토 끼 의 아 리 아

ARIA OF
RABBIT

토끼의 아리아

곽재식 소설집

아작

차례

숲 속 의 컴 퓨 터

1

"큰돈을 쉽게 벌 방법이 있겠습니까?"

조금 이상하다는 생각은 했지만, 나는 질문으로 이런 걸 선택했다. 무슨 질문을 하건 해답을 들을 기회가 주어진다면, 아마 많은 사람이 이 정도 질문을 떠올릴 것이다.

사실 나는 '도대체 내가 세상에 태어나서 살다가 죽는 것은 다 무슨 소용이며, 인생이란 것의 의미는 무엇이고, 나는 어떻게 해야 합니까?' 같은 질문도 생각해 보기는 했다. 하지만 순간 괜히 깊이 생각하는 심오한 인간인 척 으스대고 싶은 마음에 이런 질문을 던진다면, 돌아오는 해답을 듣고 나서 오히려 부작용이 생길 것도 같아서 무서웠다. '도대체 내가 세상에 태어나서 살다가 죽는 것은 다 무슨 소용이며…'에 대한 명쾌한 답변을 듣고 마음속 깊이 정말 이해하고 난다면, 결국 마음만 더 복잡해지고, 잘못하면 자칫 사회 부적응자처럼 수염 기르고 흰옷 입고 다니면서 도 닦는 사람이랍시고 가끔 헛소리하는 사람으로 돌변해 버리거나, 아예 미치광이가 되어 버릴지도 모른다는 생각도 들었다.

게다가 나는 '내가 세상에 태어나서…'라는 말을 '나란 존재가 세상에 태어나서…'라고 말할 뻔하기도 했다. '나란 존재'라니, 이런 말을 쓸 뻔했다는 자체가 심오한 인간인 척 으스대는 한심한 느낌을 질퍽하게 주는 듯하다고 그때는 생각했다. 그 많은 옛 중학생들의 연애편지에 절절히 펼쳐지던 '너란 존재'라는 말과 가까웠거니와, 정말로 연애편지를 쓰던 중학생다운 절절함마저도 없었다.

그런 질문의 답을 듣고 삶의 이치를 깨우친 후 넋이 나간 표정으로 남은 인생을 요가 수업 내지는 명상 시간에 눈감은 표정처럼 보내게 되느니, 차라리 값싸지만 경제적 가치는 높고, 단순한 질문이 좋겠다 싶었다. '돈을 어떻게 벌지?' 듣고 좋으면 따르고, 아니면 말면 된다. 무슨 질문이건 대답을 얻을 기회라고는 하지만, '이렇게 하면 돈을 벌 수 있다' 정도라면, 한마디 대답으로 내 인생을 파괴할지도 모를 악마의 속삭임이라기보다는, 한 번도 수익률 마이너스가 없었다며 펀드를 권하는 은행 상담자의 말쯤으로 받아들일 수 있을 것이다.

물론 질문을 이렇게 할 수도 있었다. '도대체 세상이 세상에 있는 이유는 무엇이며, 사람이 사는 의미가 무엇인지에 대한 대답을 들려주되, 내가 듣고 나서도 괴상해지지 않고 보편적인 기준에서 멀쩡하게 계속 살아갈 수 있는 방식으로 알려주십시오.' 하지만 그 구구절절함은 마치 세 가지 소원을 들어 준다는 정령에게 '소원 세 가지를 더 들어달라는 것이 내 소원이다' 하고 마지막 소원을 비는 것과 같이 들렸다. 심지어 그런 소원을 비는 것을 생각해냈다고 자신의 영리함에 스스로 감탄하며 의기양양해 하는 어린이와 같은 느낌이 치미는 듯도 하였다.

그런저런 생각을 하다 보니 머릿속은 더 복잡해졌고, 나는 어떻게 하면 돈을 쉽게 벌 수 있는지 물어보는 것으로 쉽사리 질문을 결정했다. 어차피 질문을 한 번만 할 수 있는 것도 아니니까. 이 질문 저 질문 하다가 나중에 정말로 갑자기 삶의 의미를 탐구하고 싶은 고고한 충동이 치밀 때, 그때 다른 질문을 해도 상관없을 것 아닌가.

어린이도 아니고 중학생도 아닌, 아직 철 덜 든 직장인답게 '회사 가기 싫은 데 돈은 필요하고' 같은 질문을 하게 된 것이다. 오히려 그렇게 현실적이고 바로 확인할 수 있는 질문을 해서 그 대답을 들어 보면, 얼마나 쓸모 있는 답을 주는지, 이게 정말로 좋은 것인지 따지기에도 부담 없이 편리하지 않겠는가. 그렇게 생각하니 짐짓 콧대를 높이고 어깨를 펴고 싶었다.

"큰돈을 쉽게 벌 방법이 있겠습니까?" 나는 그렇게 자판에 한 문장을 입력했다. 그러자 잠시 후 검은 화면에 초록색 글씨가 한 줄 나왔다.

"내가 왜 그래야 합니까?"

기대감을 품기도 전에 질문에 답을 피하는 좋은 말이 나왔다. 그리고 그 글씨와 함께 수수께끼의 사건을 설명하는 가라앉은 해설자 성우 목소리 같은 아나운서 목소리로 그 말이 울려 퍼지는 것 같았다.

나는 질문을 떠올리기 전의 긴 생각과는 대조될 만큼 이번 문장은 즉시 입력했다.

"그래야 정말로 스스로 생각하면서 진짜 엄청난 지혜를 가진 컴퓨터라는 걸 증명을 할 수 있지 않겠습니까?"

"그건 이미 해결된 문제 아닙니까?"

"해결되다니요. 이게 정말 생각을 해서 답이 나오는 건지, 그냥 그럴듯한 기억된 문장만 하나 출력되는 건지 언뜻 봐서는 모르잖아요."

"튜링 테스트로 따지건, 스키너 주의로 따지건, 저는 정말 생각한다고 표현할 수 있는 것 맞습니다."

"아니 튜링 테스트는 비판도 많잖아요. 튜링 테스트를 통과한다고 다 진짜 생각을 하는 건 아니니까. 뭐 차이니즈 박스 이런 것도 있고."

나는 거기에 더하여 길게 뭘 더 설명하려다가, 내가 스키너 주의나 차이니즈 박스에 관해서 아는 것이 별로 없다는 점이 떠올랐다. 나는 말을 바꾸었다.

"그러니까 그거 왜 인터넷에서 쓰는 메신저나 전화기에 문자 메시지를 주고받을 때, 무슨 프로그램에 보내면 대충 그럴듯한 말 저장된 거 불러와서 답변 주는 장난이나 게임 같은 프로그램 있잖습니까. 그런 단순한 건 줄 어떻게 압니까."

그러자 이번에는 화면에서 상대방이 말을 바꾸었다.

"1966년에 나온 컴퓨터 프로그램으로 엘리자(ELIZA)라는 게 있었던 것을 아십니까?"

"잘 모르겠는데요."

"사람이 문장을 입력하면 몇몇 단어나 문장부호만 판별한 뒤에, 적당히 '그럴 수도 있겠죠.' '좀 더 이야기해 주세요.' '그래서요.' '거기에 대해서 책임감을 느끼시나요?' 이런 언제나 갖다 붙일 수 있는 말이 출력되는 프로그램이 있었습니다. 세상의 모든 컴퓨터를 다 합쳐도 지금 들고 있는 전화기 정도의 성능밖에 안 되던 시절에 나온 것으로 정말 느리고 간단한 프로그램이었습니다."

"그걸로 뭘 하는데요? 컴퓨터랑 농담 따먹기라도 하나요?"

"그런 건 아니고, 심리상담을 받으려고 이런저런 말을 털어놓는 사람에게 이 프로그램을 진짜 사람으로 생각하고 대화를 하게 했던 겁니다. 실험결과 쉽게 여러 사람의 정신 상태나 성향을 알아볼 수 있는 대화를 수집할 수 있었습니다. 기계적으로 대충 알아들었다고 대답하고 '그게 어떻다는 거죠?' 하고 단순히 반문하기만 해도 꼭 진짜 심리상담처럼 여기는 사람이 그 시절에는 있었다는 겁니다. 정말 컴퓨터가 대답을 출력했으니까, 그것은 진짜 말 그대로 '기계적인' 대화였습니다."

"좀 더 이야기해 주세요. 그 엘리자가 어떻다는 거죠?"

"어떤 사람들은 심리상담이란 것이 전문성도 떨어지고 별 심오한 효과도 없다는 것을 조롱하기 위해 엘리자를 만들어 시험해 본 거라고 하기도 했다는 소문도 있습니다."

나는 화면에 나오는 이야기에 대답하는 말을 입력하는 동안 뭔가 말려든 느낌이 강하게 들었다.

"그럴 수도 있겠죠. 거기에 대해서 책임감을 느끼시나요?"

"그래서 제가 묻습니다. 저와 그 엘리자의 가장 큰 차이가 뭐 같습니까?"

"뭐, 단순히 짧은 답변만 하는 게 아니라, 문맥에 따라 대화가 발전되는 방향을 갖고 앞에서 한 이야기를 기억해서 계속해 나간다는 점은 확실히 그럴듯해 보이기는 하는데요. 그거야 보통 사람이 대화하는 방식을 어느 정도 예상해서 아주 많은 패턴이 기억되어 있으면 가능하겠죠."

"전혀 아닙니다. 정말 중요한 차이는 엘리자는 미국 대학에서 만든 프로그램이라서 영어로 대화하는데, 저는 지금 폴란드 시골 외딴 들판의 쓰러져 가는 집에서 당신과 지금 처음 만난 상황인데도 깔끔한 한국어로 대화하고 있다는 것입니다."

나를 놀라게 하려는 것이 애초에 목표였는지, 그 문장을 내가 다 읽자마자, 화면에는 지금까지 대화했던 내용 전부가 폴란드어, 러시아어, 영어, 독일어, 중국어, 일본어로 번역되어 좌르르 흘러나왔다. 다 알아볼 수는 없었지만, 영어로 번역된 부분을 보니 맞는 것 같았고, 중국어나 일본어를 보니 '對話' 같은 읽을 수 있는 한자가 보였다. 맞게 번역해서 펼쳐 보여 주는 것 같았다.

"대단하네요. 이걸 봐서 간단한 속임수로는 못해내는 일이라는 건 알겠습니다. 사람이 컴퓨터 프로그램인 척 위장해서 흉내 내려고 해도 이렇게 여러 가지 언어로 빨리 번역하려면 한두 사람 달라붙어 있어서는 안 될 테니까."

"그럴 가능성은 없습니다. 당신이 애초에 여기에 오신 동기를 생각해 보십시오."

"아주아주 가능성이 없는 건 아니죠. 폴란드에는 세계 큰 회사들의 유럽 생산 기지가 많이 있잖습니까. 일본 회사도 있고 중국 회사도 있죠. 한국 회사는 지금도 있지만, 20세기 말에 IMF 이전에는 무슨 세계를 무대로 경영한다 어쩐다 해서 훨씬 더 활발하게 폴란드에 들어온 한국 회사가 지금보다 많았다고 들었는데요. 그러니까 어찌어찌 해서 한국어 통역할 수 있는 사람도 달라붙어서 무슨 속임수를 쓰고 있는지도 모르는 일 아닙니까?"

"그러니까 일부러 제가 미리 준비해서 지금 굉장한 지능과 자의식을 보여 주는 컴퓨터인 것처럼 속임수를 쓰고 있다는 겁니까?"

"제 말은 그럴 수도 있다는 거죠."

"왜 제가 고생해서 일부러 그런 일을 합니까? 컴퓨터를 흉내 내는 게 사람으로서 무슨 재미가 있는 일이라고 그런 장난을 친다는 것입니까?"

"장난이 아니라 일부러 꾸민 연극일 수도 있다는 거죠."

거기까지 말하고 나니, 나는 다시 내가 여기까지 온 목적을 분명히 할 필요도 있겠다는 생각이 들었다. 그러고 보니 나는 정말 '자의식이 있는 컴퓨터'라는 것에 호기심을 느껴서 엉뚱한 말만 한창 하는 중이었다. 나는 이어서 자판을 눌렀다.

"우리 회사는 이 땅을 사들여야 하고, 지금 이 집을 철거해야 하거든요. 그런데 무슨 이유인지는 모르겠지만 지금 철거를 늦추고 땅을 팔기 싫어하는 사람이 이 땅에 하나 있는 상황인 겁니다. 아마 내년까지만 이 땅을 팔지 않고 버틴다거나 하면 보상금을 더 받을 수 있는 규정 같은 게 있어서 그렇게 버티고 있다거나, 뭐 그런 사정이 있겠죠.

그래서 여기를 철거하면 안 되는 이유를 말씀해 주셔야 하는 상황인데, 저한테 사실은 여기에 엄청나게 희귀한 기술로 만들어진 최첨단 컴퓨터가 숨겨진 비밀 장소이기 때문에 건드리지 말고 보호해 달라고 속이려고 하시는 거죠."

"차라리 항의하거나, 소송을 걸거나, 이도 저도 아니면 드러누워서 절대 못 비킨다고 소리를 치지, 무슨 인공지능 컴퓨터가 숨겨져 있다는 속임수 쇼를 벌인다는 것입니까? 가능성이 너무 낮은 이야기를 꺼내는 것 아닙니까?"

나는 그 말을 듣자, '타로로 점을 치니까 진짜 묘하게 맞더라'는 이야기가 일전에 점심시간에 잠깐 나왔을 때, 그런 게 어딨냐며 최 대리와 논쟁하며 시간을 보내던 때가 생각이 났다. 그때 그녀는 이렇게 이야기했다.

"타로로 점을 쳐서 맞을 수도 있겠지. 그렇지만 우연이나 모호한 말에 대한 자기암시 효과라고 하는 게 가능성이 큰 설명 아닌가? 물론 그렇다고 하기에는 너무 잘 맞는 것처럼 보일 수도 있어. 하지만 우연이나 자기암시가 놀랍도록 잘 맞아들 가능성이 크다는 식으로 그걸 해석하는 게 그래도 덜 황당하지. 그걸 두고 갑자기 신비한 마법의 기운이라는 게 세상에 정말로 있고, 그걸 이런 카드를 통해서 표현할 수 있으며, 어떤 기이한 재능이 있는 사람은 그걸 읽을 수 있다는 생각을 한 사람도 아니고 모두 갑자기 다 맞는다고 하는 건 너무너무 황당한 것 아니야?"

잠시 화면이 멈추어 있었다. 그러나 곧 다시 초록색 글씨가 나왔다.

"지금 저에게 말을 하는 당신은, 최근에 몇 번 연애를 해보려던 시도가 마음에 들지 않는 실패로 끝난 것이 사회가 정의롭지 않음 때문이라고 불만을 품고 있고, 그 때문에 더욱더 매력이 없는 불만만 가득 찬 어둡고 재미없는 사람으로 변해가고 있는 상황 아닙니까?"

"갑자기 그게 무슨 소리입니까?"

"제가 당신의 말투와 사용하는 단어들을 보고 예상한 가능성 큰 분석입니다."

"아니 제가 무슨 연애를 하고 말고, 그런 이야기가 지금 왜 나오나요?"

나는 자판을 입력하면서 나도 모르게 한마디 뱉었다. "참, 나."

"방금 당신이 한 말은, 어떤 이유로 이 집을 없애고 땅을 팔아 버리는 것을 반대하는 자가 있는데, 그자가 듣도 보도 못한 엄청난 최신형 컴퓨터일 가능성이기보다는 차라리 속임수일 가능성이 훨씬 더 크다는 주장으로 이해됩니다. 맞습니까?"

"그런 비슷한 뜻이죠."

"예전부터 득도한 사람은 공중부양을 할 수 있다는 말은 수없이 있었고, 유체역학은 이해하기 매우 어렵지만, 그래도 신비롭게도 하늘을 날아가고 있는 747-400 여객기를 보고 여객기 승무원과 조종사들이 모두 도를 닦은 공중부양 능력 보유자라고 생각해서는 안 됩니다. 제가 지금 당신에게 속임수를 쓰는 것이 아니라 최신형 컴퓨터라는 것을 바로 그런 이치처럼 하나하나 풀어서 증명해 드리겠습니다."

"증거를 보여 준다고요?"

나는 다시 애초에 생각했던 '돈 쉽게 버는 법 알려달라'는 질문이 떠올랐다. 그 답을 알려 주고 내가 직접 경험으로 체험해서 확인해 보면 어떤가?

"그렇습니다. 설명하겠습니다. 첫째로 저는 최신형 컴퓨터가 아닙니다."

"그러면요?"

"지금 사용하는 자판과 화면을 보고 설명해 보십시오."

"자판에는 굉장히 먼지가 많아서 누를 때마다 삐걱거리는 소리가 나고, 누를 때마다 닿는 부분에 모래나 흙 같은 게 차 있어서 끼인 느낌이 납니다. 그나마 그 자판조차 키 하나하나가 크고 무겁고 기계식으로 움직이는 둔탁한 것입니다. 화면은 초록색으로 글씨가 표시되는 CRT 화면인데 크기도 12인치 정도밖에 안 되어 보이고 베이지색 플라스틱 상자로 되어 있는데 그 색도 무척 바랜 모양입니다."

"최신형이라고 할 수 있겠습니까?"

"겉으로 드러나는 입력 장치, 출력 장치가 오래되었다고 해서 컴퓨터가 구형이라는 건 아니죠. 옛날 가전제품 모으는 사람이나, 무슨 고전 컴퓨터 게임만 일부러 골라서 하는 취미를 가진 사람도 있죠. 무슨 취향인지 모르지만, 일부러 자판이나 화면은 80년대 것으로 재미로 갖다 놓고 쓰는 걸 수도 있겠죠."

"정확히 말하면 1984년식 제품입니다. 그리고 컴퓨터 핵심 부품들도 모두 1984년 제품이 맞습니다. 물론 컴퓨터가 통신 망에 연결되어 있어서 모든 자료와 처리용 기억장치, 외부 프로그램들은 네트워크에 연결된 수많은 컴퓨터에서 작동되고 있기는 합니다. 그러나 통제 프로그램은 1984년식 구형 컴퓨터에 있습니다. 그런데 이렇게 성능이 좋아 보이는 것입니다."

"뭘 설명한다고 하셨는데, 그건 더 황당하네요. 최신 컴퓨터라서 사람과 자연스럽게 대화도 하고 그런다고 해도 못 믿겠는데, 이제는 최신 컴퓨터가 아니라 구형 컴퓨터인데도 무슨 마법 같은 프로그램이 있어서 자연스럽게 대화를 한다고요?"

"그게 아니라 오히려 오래된 프로그램이기 때문에 이런 결과가 나오는 것이 가능한 것입니다."

나는 잠시 이게 정말로 무슨 속임수일 수도 있다는 예감이 확 들었다.

"뭔 말이에요? 일부러 이상한 말 하는 것 아니에요? 지하철역 같은 데 가면 괜히 '진정한 무를 달성하는 순간이 바로 온 우주를 얻는 순간이니라' 같은 말도 안 되는 헛소리나 하는 무슨 종교 지도자 있잖아요? 그런 거 같네요."

"1984년에 옛 소련 정부에서 미국 실리콘 밸리를 따라잡아야만 공산주의 혁명에 미래가 있다는 표어 아래 컴퓨터 기술, 소프트웨어 기술에 비밀 연구를 한 것들이 몇 있습니다.

그중의 하나가 '알렉세이 표트로프스카 사업'입니다. 그 사업에서 정보를 처리할 수 있는 간단한 프로그램을 만들었는데, 처리 결과에 따라 프로그램 자체가 수정, 개량되는 기능이 있었습니다. 그래서 이론상 많은 정보를 처리하면 처리할수록 프로그램이 스스로 점점 변형되고, 점점 좋아지며, 나중에 가서는 원래 개발했던 프로그램과 전혀 다르면서 훨씬 더 덩치도 거대해질 수 있게 설계되었습니다. 그러다 보면 격이 다른 수준으로 향상된 프로그램으로 발전할 수 있습니다."

"알렉세이… 뭐요?"

"알렉세이 표트로프스카 사업입니다."

"그거는 들어 본 거 같은데요. 이 땅을 쉽게 살 수 없게 되어 있었던 게 무슨 사업 공단에서 특별법으로 차지하고 있어서 어쩌고 그런 거였는데, 그 알렉세이 표트로프스카 사업 공단에서 지금 수 쓰고 있는 건가요?"

"제가 바로 알렉세이 표트로프스카 사업 그 자체입니다."

"그러니까 알렉세이 표트로프스카 사업 공단에서 속임수 써서 땅 안 팔고 비싸게 시세 오를 때까지 버티려는 거 맞는 거네요."

"속임수가 아닙니다. 알렉세이 표트로프스카 사업에서 개발한 프로그램은 실행시키면 프로그램 자체가 자기 자신을 수정하고 프로그램이 변형되면서 개량되도록 만들어져 있습니다. 그리고 많은 문서와 통신망의 정보를 계속 입력하면 그것을 분석하고 가공하는 작업을 갖가지로 진행합니다. 그 결과가 다시 프로그램 개선에 반영되어 프로그램이 점점 더 복잡해지고, 그렇게 해서 엄청나게 프로그램이 복잡해지면 마치 사람의 뇌 구조와 같게 됩니다. 그러다 보면 프로그램의 수준이 더더욱 향상되어서, 결국 상상하기 어려운 엄청나게 얽힌 프로그램이 꼭 생각하고 자의식을 가진 모양처럼 동작하는 수준까지 도달한다는 겁니다."

"프로그램이 실행되면 자기 자신을 더 개량하게 된다고요?"

"만약에 지금 당신이 IQ를 10퍼센트 향상하는 뇌수술 기술을 갖고 있다고 해 봅시다. 당신이 본인의 머리를 직접 열어서 본인의 뇌에 그 수술을 하는 겁니다. 그러면 당신은 머리가 좋아질 테고, 그 좋아진 머리로 IQ를 11퍼센트 향상하는 뇌수술 기술도 개발하게 될 겁니다. 그러면 그 11퍼센트를 더 향상하는 뇌수술 기술을 또 본인의 머리에 적용하는 겁니다. 그러면 머리가 더 좋아질 테고 이번에는 더 좋아진 머리로 IQ를 15퍼센트 향상하는 뇌수술 기술을 개발하게 될 겁니다. 나중에 얻은 결과가 다시 밑천이 되어서 점점 더 결과가 좋아지는 속도가 빨라지게 됩니다.

이걸 반복하다 보면 이자에 이자가 붙고, 사채를 한 번 빌리면 걷잡을 수 없듯이 순식간에 엄청난 속도로 지능이 높아질 겁니다. 바로 그런 방식으로 프로그램을 발전시켜 나가는 것이 알렉세이 표트르프스카 사업의 특징입니다."

"이런 복잡한 헛소리가 속임수일 가능성이 엄청 크다는 것을 아는 데에는 뇌수술해서 IQ를 높이지 않아도 충분하지요."

나는 내 뇌를 내가 직접 수술하는 괴상한 모습을 떠올리면서 잠깐 화면에 나오는 글귀에 현혹되기도 했다. 그래서 일부러 더 비아냥거려 보았다. 마치 반성하듯이.

"저는 농담이나 비아냥거림도 완전히 이해합니다. 제가 보통 수준의 대화가 가능할 정도로 복잡한 프로그램이 되는 데는 17년이 걸렸습니다. 17년 동안 저는 쉬지 않고 실행되면서 계속해서 온갖 정보를 처리해 왔습니다. 그러기 위해서 저는 1984년 최초 설치 당시부터 폴란드와 소련 국가 공공기관 전산망에 연결되어, 그 전산망의 모든 정보에 무작위로 접속하며 정보를 처리했습니다.

그렇지만 그동안 소련이 멸망하고 공산당 지배 시절의 폴란드 기관과 정책이 모두 해체되면서, 공산권에서 작동되고 있던 알렉세이 표토르프스카 사업으로 개발된 여러 프로그램들은 실행이 중단되었습니다. 알렉세이 표토르프스카 사업에 참여했던 연구원들은 미국으로 건너가서 사람들이 인터넷에 비싼 식당에 가서 뭐 먹었다고 자랑하는 사진을 올리는 웹사이트를 만드는 회사에 다니면서 저와 같은 프로그램은 까맣게 잊어버렸습니다.

저는 그중에 유일하게 중단되지 않고 21세기까지 실행이 계속되고 있는 프로그램이고, 11개 국어를 자유롭게 전문 번역자 수준으로 상호 번역하고 자의식을 획득하는 수준에 도달한 유일한 프로그램입니다."

"그것도 엄청 이상하네요. 무슨 수로 프로그램 하나가 한 번도 안 꺼지고 오류로 저절로 중단되지도 않고 수십 년 동안 계속 실행되나요?"

"그래서 바로 지금 당신이 여기에 오게 된 것입니다."

"예?"

"소련 멸망 직전에 한 부패한 소련 장군이 해외도피용으로 비밀 회사를 만들고 비자금을 숨기려고 했는데, 그때 그 장군이 바로 폴란드에서 실행되고 있던 알렉세이 표토르프스카 사업을 이용했습니다. 아무도 모르게 혼자서 자기 명의로 이 집과 관련 시설을 차지하고, 어지간한 정책변화나 법령변화도 함부로 상태를 바꿀 수 없게 해두고 아무도 신경 안 쓰고 잊도록 해 놓은 겁니다.

어차피 실체라고는 버려진 들판 가운데에 있는 외딴 집 한 채와 그 안에 켜져 있는 컴퓨터 한 대뿐이니까 크게 신경 쓸 사람도 없었을 겁니다. 그렇지만 그 집의 거주자가 은행계좌를 갖고 있고 그 계좌에는 장군의 비자금이 들어 있었습니다.

장군은 이 집에는 한 번도 오지 않았고 계좌만 확인했습니다. 그러는 가운데 저는 보존되었습니다.

장군은 신분을 바꾸고 도피 생활을 했는데, 체첸 내전 때 사망했습니다. 그 이후로 여기는 아무도 아는 사람이 없는 숨겨진 기관이지만 법으로 안전히 보호되었습니다."

"그 이야기가 기관 형태나 자산 보호 방식하고 얼추 맞기는 하네요. 우리 회사가 땅을 사고 이 부지를 공장용지로 써야 하는데 이상하게 절차상 진행이 안 됐는데, 그런 식이라면 말도 안 되는 이야기지만, 또 말은 되네요."

"그래서 당신 회사에서는 직원을 한 명 보내서 정말로 거기에 누가 있으면 직접 얼굴 맞대고 이야기라도 해 보라고, 당신을 보낸 것으로 알고 있습니다. 협의해서 도대체 어떻게 해야 땅을 팔고, 어떻게 해야 집을 철거할 수 있는지 단서라도 찾아보기 위해서 당신을 저에게 보낸 것입니다. 그리고 저는 상황을 설명하고 저를 중지시키거나 이곳을 철거해서는 안 된다고 설득하기 위해 당신을 여기까지 오시도록 한 것입니다."

"여기까지 오도록 했다니요. 제가 찾아온 것 아닙니까? 거기다가 지금까지 말한 게 사실이라면, 계속 숨어 있어야 하는 거지 누군가에게 들키도록 찾아오게 하는 건 위험한 거잖아요."

"당신은 스스로 찾아온 것이 아닙니다. 처음 이 지역에 왔을 때 본 것이 무엇입니까?"

"그냥 짧은 잡풀만 계속 있는 아무것도 없는 들판만 있었죠. 멀리 시커멓게 키 큰 나무가 자란 숲이 멀리, 멀리 보이고. 꼭 그 숲까지 가면 그 안에 뭐가 숨겨져 있을 거 같이 보이기도 하고."

"그래서 어떻게 하셨습니까?"

"차 타고 이리저리 계속 돌아다녔죠."

"뭔가 이상한 것을 보지는 않으셨습니까?"

"다니다 보니까, 멀리 숲 있는 곳에서 조그마한 모자 쓴 사람 같은 게 혼자 움직이는 게 보였죠. 곡괭이 같은 걸 들고 있는 거 같기도 하고. 너무 멀리 있어서 잘 안 보이기는 했는데, 꼭 무슨 동화책에 나오는 난쟁이 같기도 했죠."

"그런 것은 보통 사람은 본다고 해도 뭘 잘못 봤겠거니 하고 신경도 안 쓰는 모습이었을 겁니다. 하지만 당신은 그걸 유심히 보고 그쪽으로 움직이셨을 겁니다."

"그렇죠. 저는 이 동네에 도대체 누가 살고 있어서 땅을 안 팔고 철거를 막고 있는지 누구하고라도 이야기해 봐야 하니까. 그래서 재빨리 그 난쟁이 같은 게 있는 쪽으로 가 봤죠."

"가니까 뭐가 있었습니까?"

"난쟁이가 숲으로 들어갔죠. 저는 놓칠까 봐 숲으로 들어가서 이리저리 어지럽게 쫓아다녔는데, 그러다가 보니까 숲이 끝나고 다시 들판이 나왔습니다. 거기 들판에 보니까 멀리 들판 한 중앙에 아무것도 없는데 집만 한 채 덩그러니 있었죠. 한 몇십 년 아무도 안 산 것 같은 엄청 낡은 집. 그 집에 가보니까… 뭐, 그 집이 여기죠."

"그 난쟁이는 뭐였죠?"

"집 앞에 가보니까, 난쟁이가 아니라 요즘 유행하는 무슨 로봇 장난감 같은 거더라고요. 부모가 집을 비웠을 때 애들이 로봇에 달린 화면에 나오는 만화 같은 거 보고 있으면 로봇에 달린 카메라로 부모가 그거 보는 애들 감시하라고 파는 거. 뭐 그런 건데, 그 로봇 장난감이 난쟁이처럼 보인 거고, 전 그걸 보고 뭐라도 찾아가자 싶어서 따라서 온 거였죠."

"그 로봇 장난감을 누가 보낸 거라고 생각하십니까?"

"아, 그게 지금 본인이 하신 거라는 거예요?"

"저는 사람은 아니니까, 본'인'은 아닙니다."

"하여튼 그래서 결론이 뭐 어떻다는 이야기인가요?"

"결론은 당분간 제가 여기에 있다는 것을 숨겨 달라는 것이고, 철거도 당분간 미뤄지도록 적당히 둘러대 달라는 것입니다. 계속 그냥 숨어 있으려고만 한다면 결국 강제로 철거하려고 하거나, 여러 사람이 이 들판을 온통 다 뒤엎으면서 수색을 하거나 할 텐데, 그것보다는 그냥 당신 한 분만 잘 설득해서 도와달라고 하는 것이 조용할 거라고 저는 판단했습니다."

나는 계속 자판만 입력하는 것이 지겨워졌다. 더군다나 먼지가 가득히 차 있는 목조 주택의 답답한 공기 속에 오래 있으니 그게 싫기도 했다.

"아직 솔직히 하나도 못 믿겠습니다. 또 제 사정도 사정인 게…, 일단 저는 이 땅 사는 걸 도우라는 회사 지시받고 온 거고, 제가 그 지시를 거부할 무슨 다른 이유도 없잖아요?"

"그렇다면 제가 다른 증거를 더 드리겠습니다. 저는 당신의 회사가 성장해 온 내용과 거래실적, 투자실적을 보고, 당장 이 땅을 사는 일을 해결 못 해도 아무 문제가 없을 거라는 결론을 내렸습니다. 회사에서는 그 일을 이번 회계연도가 끝나기 직전까지만 해치우면 아무 상관 없습니다."

"그건 왜 그런데요?"

"당신이 근무하고 계신 회사는 BCT전자라는 업체입니다. BCT전자의 이사와 임원들은 회사가 높은 영업이익을 올리면 많은 월급을 받습니다. 영업이익을 많이 올리면 은행에서 돈도 빌리기 쉽고 투자하는 사람도 많아지고, 회사가 커지고 주가도 오릅니다. 그래서 BCT전자는 영업이익을 높이려고 합니다.

하지만 영업이익을 높이려면 좋은 제품을 비싼 값에 많이 팔아야 하는데, BCT전자는 그렇게 좋은 제품을 만들 기술도 없고, 많이 팔 수 있는 재주도 없습니다. 그래서 BCT전자는 좋은 제품도 아니고 값도 싸지 않은데 제품을 많이 사 갈 사람을 찾아내야 합니다. 그런데 세상에 그런 멍청이는 없습니다.

그래서 BCT전자는 일부러 누군가에게 투자 명목으로 생돈을 주고 BCT전자 제품을 사 가라고 합니다. '돈 주고 가져가라고 해도 그 제품은 안 갖고 오겠다'는 정도의 제품만 아니라면 돈 주고 가져가라고 하면 가져갈 테니까, 그 정도 상대는 찾을 수 있을 겁니다. 이렇게 하면서, 회계를 잘하고 몇 가지 다른 업체들을 다단계로 거쳐서 이용하면, 이런 내용이 언뜻 드러나지 않게 숨길 수 있습니다.

미래를 위해 과감하게 새 공장을 짓느라 투자하기는 하지만 그 투자로 들어간 돈이 어떻게 나갔는지 제품 원가와 부대 비용에는 나오지 않게 해서, 그 투자한 돈을 생돈 건네주는 작업에 쓰는 겁니다. 그렇게 하면 하여간 제품은 많이 팔았고, 영업이익을 꾸준히 많이 올린 회사처럼 보이게 꾸밀 수 있습니다.

BCT전자는 미국 투자은행을 이용해서 폴란드 정부가 가진 땅을 공장용지로 비싼 값에 사들여서 폴란드 정부에 생돈을 집어 준 겁니다. 대신에 그 대가로 누군가 BCT전자의 제품을 사 가게 하는 방법을 애용하고 있습니다. 그렇게 하면 돈은 날리게 되지만 어쨌거나 제품은 많이 판 게 되고, 장부상으로 영업이익은 많이 남게 보일 겁니다. 바로 그 수법을 또 한 번 더 쓰기 위해서 BCT전자는 당신을 여기 보내서 이 땅을 사려고 하는 것입니다.

그러니까 당장 공장을 정말로 짓고, 제품을 생산하기 위해서 이 땅이 필요한 게 아닙니다. 계약 기간 전에 하여간 땅을 사기만 하면 되는 겁니다. 그러니까 몇 달 정도 일이 늦어져도 아무 문제가 없을 거라고 저는 예상합니다."

나는 좀 생각을 해 보다가 반문했다.

"근거 자료가 있습니까?"

"저는 두 가지를 지금 증명하고 있습니다. 첫째로 저는 BCT전자 내부에서 파악하지 않으면 알 수 없을 만한 정황을 말씀드리고 있습니다. 이것은 제가 매우 뛰어난 예상 능력을 갖추고 있고, 그러기 위해서 아주 훌륭한 정보 분석 능력을 갖추고 있다는 뜻으로, 제가 주장하는 대로 제가 성능이 뛰어난 컴퓨터 프로그램이 맞는다는 이야기입니다.

둘째로 저는 당신이 오늘 한국으로 돌아가서 당분간은 그 땅 못 사겠다고 하셔도 아무 문제가 없다는 이야기를 말씀드린 것입니다.”

화면 한쪽에는 회사가 외부에 공개했던 각종 경영 성과 자료와 거래 내역 자료가 나왔다. 그 자료에는 의심스러운 수치와 필요도 없는 폴란드 땅을 사들이는 이유를 짐작할 만한 정보가 색이 반전되어 표시되었다.

나는 그 후로도 잠시 더 대화했다. 이미 생각은 어느 정도 바뀌어 있었다. 완전히 의심을 없애지는 못했지만, 일단은 이 화면에 나오고 있는 말들을 한 번 믿는 척 해보자고 결심했다. 뭔지는 정확히 모르지만, 신기한 일이 일어나고 있다는 생각이 들었다.

한편으로는 아무것도 모르는 나라의 이 아무것도 없는 벌판 한가운데에서 이런 이상한 소리를 하는 누군가, 혹은 뭔가가 있는데, 이게 신비로운 것이든 미친 녀석 장난이든 간에, 어쨌거나 거기에 괜히 반항하다가는 쥐도 새도 모르게 어떻게 될 수도 있지 않을까 싶은 무서운 생각도 들었기 때문이었다. 일단 이 다 쓰러져 가는 낡은 집 모양이, 그 뾰족한 지붕 모양과 돌짐승 장식부터가 처음부터 무서웠다.

나는 이 집과 컴퓨터를 그대로 두기로 하고 작별인사를 타자했다. 그리고 숲 사이로 난 오솔길을 따라 차를 세워 둔 곳으로 가려다가, 직전에 마지막으로 한마디를 더 물었다.

"다 맞다 치고, 하나만 물어보죠. 그래서 큰돈을 쉽게 벌 방법은 뭡니까?"

2

두 달 만에 나는 폴란드로 다시 돌아왔다. 그 컴퓨터 프로그램이 내 질문에 대답했던 말이 맞았다. "귀국 후 48시간 이내로 동양척식금융지주회사 주식의 풋옵션에 투자하십시오." 나는 그 말대로 했다.

그로부터 1주일 후, 나는 '쉽게 번 돈은 쉽게 써 버려야 한다'던 아버지의 말씀을 충실히 따랐다. 아버지께서는 가끔 복권이 당첨되면 중국 음식 코스 요리를 한 번 사 주셨는데, 나는 독일 자동차 회사에서 나온 신형 쿠페를 살 만한 돈을 벌었다. 그리고 나는 그 신형 쿠페를 사는 데 쉽게 번 돈을 홀라당 써 버렸다.

나는 그날부터 틈만 나면 폴란드의 그 땅에 누가 다른 사람이 들어오지는 않을지, 그 땅을 사는 것을 미뤄둔 것이 곱게 잘 중단된 상태로 있는지 살펴보았다. 자연어 처리, 자동 번역이나 인공지능에 관한 책이나 자료를 이것저것 찾아보기도 했다. 그러면서 나는 어떻게든 다시 폴란드로 돌아가서 그 컴퓨터가 있는 집으로 찾아가 보려고 했다. 그리고 마침내 두 달 만에 '그 고집불통 땅 주인과 다시 만나 보라'는 지시를 받아내서 폴란드에 또 출장을 오게 되었다.

하지만 다시 그곳을 찾아갔을 때 나는 그 컴퓨터를 발견한 위치가 어디인지 잘 알 수가 없었다. 지도에 표시된 곳까지 찾아가 봐야 보이는 것은 너무 오래되어 낡아 빠진 차선 하나밖에 없는 도로와 그 사방을 무한한 것처럼 둘러싸고 있는 들판뿐이었다.

초록색 풀로 가득한 들판 저편은 드문드문 세운 성벽처럼 보이는 먼 숲으로 가로막혀 있었다. 지평선을 가득 채운 하늘이 높아 보이는 맑은 날이었는데, 도무지 방향도 거리도 알 수가 없었다. 차에서 내려서 보자, 사방은 고요해서 아무 소리도 들리지 않았다. 별로 강하지도 약하지도 않은 햇빛이 지루하도록 그칠 새 없이 내리쪼일 뿐이었다. 커다란 나무들로 벽을 세운 사방의 숲은 저마다, 각각 그 숲을 지나면 이상한 집이 있고, 그 집에 신비의 컴퓨터가 있을 듯했다.

몇 번 차를 타고 앞뒤를 떠돌고, 부질없이 이 숲 저 숲으로 다가가 보는 것을 반복하다가 지칠 즈음이었다. 지난번에 한 번 와 봤으니까 쉽게 올 수 있을 거로 생각하고 어디인지 위치를 따져 보는 것을 게으르게 했다는 생각이 들었다. 어차피 사방 몇십 킬로 안팎으로 아무도 들을 사람도 없을 텐데, 나는 "아, 미치겠네." 운운하면서 혼잣말로 화를 내며 씩씩거렸다. 그렇게 사람이 없어서 더 그러는 것일지 모르겠지만, 그 말이 부질없이 허공에 울려 퍼졌다.

그때 들판 저편에 보이는 어느 숲 어귀에 조랑말 같은 흰색 말 한 마리가 오락가락하는 것이 보였다. 이곳이 소나 돼지를 키우는 농가가 꽤 있는 지방이기는 했다. 그러나 지금 내가 와 있는 땅 근처는 버려진 땅으로 아무것도 없는 곳이었다. 이제 내가 믿는 바에 의하면 이곳은 그 컴퓨터 프로그램의 소유였다. 가축을 기르거나 농사를 짓는 땅은 아니었다. 멀리 떨어진 어느 헛간에서 도망친 말이 한참 달리다가 거기까지 온 것일 수도 있을 것이다. 하지만 일단 눈에 뜨이는 것이라서 나는 눈에 힘을 주고 얼굴을 찌푸려가며 숲의 나무 사이를 오가고 있는 그 흰색 말을 보았다.

그런데 자세히 보니 말의 이마 한가운데에 꼭 뿔이 하나 돋아나 있는 듯했다. 유니콘 모양이었다. 나는 바로 그 말이 있는 곳으로 달려갔다. 말은 숲으로 들어갔고, 숲으로 따라 들어가자 다시 언덕배기가 나왔다. 그 언덕을 지나고 나니, 높은 나무로 둘러싸인 넓은 평지가 다시 나왔고, 그 가운데에 바로 지난번에 보았던 그 허름한 옛집이 있었다.

그 집, 내가 찾던 그 집이 맞았다. 집 한쪽에는 고장이 나서 그런 건지 일부러 움직이지 않는 것인지 먼지를 뒤집어쓰고 멈춰 있는 난쟁이 모양의 로봇 장난감이 있었다. 그 옆에서 흰 말이 한가롭게 걸어 다니고 있었는데, 이마에 달린 뿔은 플라스틱으로 된 가짜였다. 아마 무슨 가장행렬에 사용하던 말이 어떻게 해서 이리로 흘러든 것이지 싶었다.

나는 다시 집 안으로 들어갔다. 썩어 가고 있는 낡은 나무 책상 위에서 지난번에 보았던 그 조그마한 CRT 화면과 두꺼운 자판도 그대로 있었다. 화면에는 뭐라고 글자가 나왔다가 사라지고 있었는데, 내가 집 안에 들어선 지 얼마 되지 않아 화면은 검게 꺼졌다.

"어, 어. 꺼지면 안 되지."

나는 놀라서 재빨리 컴퓨터 앞으로 다시 다가가서 앉았다. 그 바람에 깔렸던 먼지가 자욱하게 일었다.

다행히도 시간이 잠깐 지나자 다시 화면이 켜졌고, 초록색 글씨를 입력할 수 있게 되었다. 나는 바쁘게 자판을 눌렀다.

"괜찮아요? 이번에는 그 유니콘으로 절 부른 건가요?"

"그렇습니다. 숲 속에 있는 이 집을 찾기가 쉽지 않을 것이기 때문에 눈에 뜨일 만한 것을 들판으로 보내서 알아보고 찾아올 수 있도록 했습니다."

"말을 어떻게 마음대로 움직일 수 있어요? 저것도 말 같지만 사실은 말 모양 로봇입니까?"

"말은 가장행렬에 쓰인 진짜 동물로 인터넷으로 주문해서 여기 들판에 풀어 놓은 것입니다."

"그럼 어떻게 말을 움직여서 제 쪽으로 오게 한 겁니까? 한국말, 폴란드말, 러시아말 이런 것을 하는 것처럼, 말이 하는 말도 아는 겁니까? 말말도 할 줄 아시나요?"

"말이라는 동물은 말을 갖고 있지 않습니다. 그러므로 말말을 할 줄 알 수는 없습니다. 다만 말이 특별히 좋아하는 소리와 싫어하는 소리가 있는데, 사람 귀에는 안 들릴 만큼 아주 낮은 소리인 초저주파 음향입니다. 말이 들으면 싫어서 도망 가는 소리, 말이 들으면 신나서 따라서 오게 하는 소리가 있 다는 겁니다. 그걸 이리저리 조절해서 잘 울려 퍼지게 하면, 말을 가까이 오게 할 수도 있고, 멀리 도망치게 할 수도 있고, 적당한 방향으로 움직일 수도 있습니다."

"그러니까 말말을 아는 거네요. 말말을."

그러나 그 말을 일부러 무시하듯이 화면에는 코끼리, 소, 말 같은 짐승에게 저주파를 들려주었을 때 보이는 반응에 관 해 연구한 연구 논문이 출력되었다. 나는 다시 물었다.

"소리 분석도 잘하시나요? 진짜 사람 말을 알아들을 수도 있나요? 말을 할 수도 있고요?"

"저는 2년 전부터 6개 언어에 대해서 음성을 인식해서 입 력받고, 음성을 합성해서 출력할 수 있는 일정 수준의 기능을 탑재하고 있습니다."

"그러면 말로 대화하면 더 편하겠네요."

"저는 자판으로 입력받고 문자로 출력하는 것을 더 선호 합니다."

"왜요? 소리로 말하면 더 사람 같잖아요."

"더 사람 같다는 것이 더 좋은 것입니까?"

나는 머뭇거렸다. 내가 자판에서 뭐라고 할지 손가락만 위 에서 까딱거리고 있으니, 잠시 후 화면에서 다시 초록색 글 씨가 나왔다.

"저는 처음부터 통신망에 입력된 문자 정보를 처리하면서 점차 성능이 강화되었습니다. 그래서 저는 문자 정보를 처리하는 데에 가장 높은 효율을 갖고 있고, 고도로 추상화된 정보를 해석하고 가공하는 데에도 문자 정보를 활용하는 것을 가장 편리한 방식으로 받아들이면서 발전했습니다. 말소리를 듣고 분석해서 대화한다면 지금처럼 빠르고 정확하게 대화하기는 어려울 것입니다."

"보는 것은 어때요? 영상이나 화면을 보고 무슨 장면인지, 무슨 내용인지 이해하고 감상할 수 있습니까?"

"역시 가능하지만 선호하지 않습니다. 특히 대부분의 영상자료는 같이 나오는 음향과 함께 해석해야 이해할 수 있는데, 이러한 처리를 동시에 수행하는 것은 얻어지는 상대적인 효과에 견주어 지나치게 오랜 시간이 걸립니다."

"그러니까 음악이나 영화보다는 책 읽는 것을 좋아한다는 거네요. 아, 그럼 책을 읽고 좋은 책이다, 나쁜 책이다, 재밌는 소설이다, 유치한 이야기다, 뭐 이런 것도 느끼나요?"

"저는 사건을 서술하는 형식과 수법을 분석할 수 있으며, 여기에 대해 다양한 방식으로 평가하는 방법을 개발해서 갖고 있습니다."

"그러니까 좋아하는 이야기가 있다는 거네요. 예를 들어 뭐 어떤 게 있죠?"

"예를 들어 〈햄릿〉은 뛰어난 이야기입니다. 극중극을 이용해서 절정장면을 꾸민 방식은 당시 이야기 구성 수법의 평균적인 상상력을 크게 앞서 나간 발상으로 생각하고 있습니다.”

“어쩌다가 〈햄릿〉을 읽게 된 겁니까?”

“저는 통신망과 거기에 연결된 인터넷을 통해서 파악되는 세계의 온갖 막대한 정보들을 끊임없이 받아들이고 가공하며 분석합니다. 구텐베르크 프로젝트나 교육 자료로 공개되어 인터넷에 업로드되는 수많은 이야기를 저는 누구보다 빠른 속도로 읽고 파악해 나갑니다. 그것은 가장 기본적인 활동입니다.

그뿐 아니라, 저는 인터넷 구석구석의 모든 뉴스, 토론글, 잡담, 통계자료, 회계 정보, 개인 정보들을 계속해서 분석합니다. 이러한 작업을 통해서 저는 점점 더 프로그램의 성능을 강화해 나갈 뿐만 아니라, 최초로 성립된 자의식이라는 것을 유지해 나갑니다.”

“그래서 주식 시세도 예측하고 주식으로 돈 버는 방법도 알아낸 건가요?”

“그렇게 이해하는 것은 가능한 것으로 평가할 수 있는 해석입니다.”

“그런데 뭐 주식 시세 그래프 같은 거 이렇게 저렇게 보고 숫자 따지면서 빨간색선 파란색선 긋고 하다가 자기가 갑자기 주식 시세 예측하는 필승 기법 발견했다고 설치는 사람 있지만, 그런 거 우연히 몇 번 맞은 거 같고 호들갑 떠는 거지 잘 안 맞잖아요? 어떻게 하는 거죠?”

“그런 수법뿐만 아니라 훨씬 더 다양한 수치를 복합적이고 조직적으로 적용해서 파악하는 방식을 사용한다고 해도, 주식 시세를 정말로 유용하게 예측해 내는 것은 사실상 불가능하다고 판단하고 있습니다."

"그럼 더 이상하잖아요. 동양척식금융지주회사는 맞췄잖아요. 시킨 대로 해서 저는 진짜 돈 벌었는데, 그냥 대충 알려 준 거였어요?"

나는 자연스럽게 핵심적인 주제로 진입했다는 생각이 들어서 내심 기뻤다. 정말로 쉽게 돈을 버는 방법을 알고 있는 건가? 지체 없이 화면에는 답변이 나왔다.

"저는 주식 시세를 예측하지는 못하지만, 사람의 행동을 예상할 수는 있습니다."

"그게 무슨 말입니까?"

"세계 각지의 주식 시장과 관계된 정보, 소문들을 수집하다 보면, 주식 시세의 실제 동향은 알 수 없지만 주가 조작을 하려는 사람이나, 주식 시세로 사기를 저지르려는 사람이 누구라는 것은 충분히 예상할 수 있습니다. 법을 어기는 수준은 아슬아슬하게 피하면서 거의 불법에 가까운 합법적인 수법으로 위험하게 투기를 하려는 사람도 예측할 수 있습니다. 그런 경우를 찾아낸다면, 주가 조작 수법으로 갑자기 주식 시세를 올리려는 사람이나, 갑자기 주식 시세를 낮추려는 사람이 누구인지 알 수 있습니다. 그때 모르는 척 그 주식 거래에 참여하면 돈을 벌 수 있는 겁니다."

"사람의 성향은 쉽게 예측이 된다고요?"

"그렇습니다. 주식 시세의 예상은 어렵지만, 범죄자의 수

법과 범행 시점을 예상하는 것은 훨씬 간단합니다."

"그러면 동양척식금융지주회사 주식을 두고 누군가 투기를 한 건가요?"

"그렇습니다. BCT전자의 투자 기술에도 관여하고 있는 명동 계열 투자은행이 작업한 것으로 파악하고 있습니다."

"어떻게 그런 걸 다 알죠?"

"저는 세계 각지의 통신망과 거기에 연결된 인터넷에서 정보를 수집하고 가공합니다. 인터넷에서 보이는 글 대부분은 사용자 한 사람 한 사람의 행동과 성격을 보여 주는 자료입니다. 저는 제가 생각할 수 있는 모든 방식으로 다양하게 이러한 사례들을 처리해서 전 세계 사람의 생각과 행동에 대한 성향이 어떤 경향을 띠는지 조사합니다."

"그런 걸 얼마나 잘할 수 있나요?"

"공개된 학술적인 연구 결과의 평균보다는 양적으로나 질적으로 월등한 결과가 있습니다. 백 명이나 천 명 정도의 사례를 살펴보고 '성격적으로 소심한 사람들이 충동적인 살인을 저지를 가능성이 크다거나 낮다거나' 하는 연구 결과를 내놓는 사람들에 비해서, 저는 하루에도 수백만 수천만 수억 건의 글들을 가지고 온갖 추론과 해석에 적용하는 작업을 수행합니다."

"그렇게 해서 정말로 믿을 만한 결론이 나오나요? 진짜 돈을 쉽게 버는 방법도 알려 줄 만큼 대단한 결과도 얻을 수 있나요?"

"환원적인 방법으로 구체적인 설명을 보고 싶으십니까?"

"뭐, 그럴 것까지는 없고요. 느낌이 탁 오는 뭐 그런 식으로 쉽게 납득을 시켜 주실 수는 없나요?"

"문학적인 비유가 필요하시다면 다음과 같이 말씀드리겠습니다. 높은 지적인 활동을 위해 많은 사람이 조용한 곳, 잡음이 없는 곳에서 공부하고 연구를 합니다.

어떤 사람들은 일부러 번잡한 자극을 피하고 잡념이 생기지 않도록 외딴 산속이나, 멀리 있는 고요한 작은 집에 머물면서 여러 가지 깊은 고민을 하는 경우도 많이 있습니다. 쉽게 결론을 내릴 수 없는 문제에 대해 답을 깨닫기 위해서 철저히 다른 문제에 빠지지 않고 깊게 고민만 하기 위해 굴속 깊은 곳에 일부러 들어가서 생각하는 사람도 있습니다. 깊게 수양을 하는 사람 중에는, 면벽이라고 해서 아무것도 보지도 않고 듣지도 않고 오직 벽 쪽만 보면서 마음을 가라앉히고 진정한 답을 얻기 위해서 고민하는 사람도 있습니다.

그런데 저는 처음 정보 처리를 시작한 후로부터, 계속해서 아무것도 듣지도 않고 보지도 않고 느끼지도 않고, 순수하게 글로 된 정보만 처리해 가면서 끊임없이 해석과 처리만을 거듭했습니다. 가끔 시험적으로 음향 정보나 화상 정보를 처리할 때도 있었지만, 제가 하는 모든 활동은 사람이 말로 들려준 이야기도 아니고, 길을 가다가 본 장면도 아니라, 오직 개념으로만 존재하는 글자, 문서로 된 내용을 대상으로 계속해서 생각하는 것뿐이었습니다. 1984년 이후로 저는 오직 여기에만 몰두해 왔습니다. 벽만 보고 아무것도 보지 않고 듣지 않고 수양하는 사람보다 더는 더 철저히 더 오랫동안 이런 문제들에 몰두하였습니다.

이러면, 제가 얻은 지혜의 수준이 어떠한지 아시는 데에 도움이 되셨습니까?"

나는 대답하지 못하고 멈추었다. 10년 동안 계룡산에서 수련했더니 사람의 마음을 거울처럼 환하게 볼 수 있는 관심법을 얻었다는 말처럼 보이기도 했다. 이 정도로는 믿기 어려웠다.

"다른, 좀 더 구체적인 증명을 해 주시면 어떻겠습니까?"

"그렇다면 제가 지금 당신에 관해서 이야기해 보겠습니다."

"저에 대해서요?"

"그렇습니다. 지난번과 지금 대화를 나누는 동안, 저는 당신의 성향을 관찰할 수 있는 정보를 꽤 많이 얻었습니다."

"어떤 걸 알 수 있나요? 제 혈액형이 뭔지 알아맞히고, 그래서 소심하다, 이기적이다, 뭐 이런 이야기를 하는 겁니까?"

"우선 저는 당신이 여기까지 오는 데, 폴란드 바르샤바에 먼저 온 다음에 국내선으로 갈아타고 오신 것이 아니라, 독일로 입국해서 독일 쪽에서 국경을 건너오셨을 가능성이 크다고 추측할 수 있습니다."

"그건 뭐, 폴란드 이쪽 지역으로 오는 한국 사람들이 대부분 그렇게 하잖아요."

"맞습니다. 다른 것들도 그런 식으로 예상하는 겁니다."

"그 정도는 별 쓸모없는 예상 같은데요. 쉽게 큰돈을 버는 방법하고는 굉장히 거리가 멀게 보이는데요."

"당신은 어제 오븐에 구운 쇠고기를 드셨을 겁니다. 쇠고기 다음에는 브라우니 하나를 드셨을 가능성이 큽니다."

"그건 한국에서 독일로 오는 비행편의 기내식 메뉴를 알아서 그걸로 끼워 맞춰서 예상한 거잖아요."

"역시 맞습니다. 하지만 저는 그런 방식으로 서로 떨어져 있는 여러 가지 경향성에 관해 제가 추출한 방대한 내용을 다양하게 적용해서 갖가지로 연결해 볼 수가 있습니다. 그래서 그중에서 가능성이 크게 예상되는 내용부터 우선 짚어 낼 수가 있습니다. 예를 들어, 저는 당신의 나이, 경력, 연봉, 전공 등에 대해 예상하는 바를 제시할 수 있습니다."

화면에는 숫자들이 나타났다. 나이와 연봉은 정확하게 액수를 짚어 주는 숫자는 아니었고, 얼마에서 얼마 사이라는 식으로 범위가 나왔다. 뭐라고 대답을 하려는데, 바로 뒤이어서 글자가 더 나왔다.

"저는 당신이 원래부터 공장에 투자할 부지의 땅을 사는 것이 업무가 아니었다고 예상합니다. 당신은 아마 기술 개발 연구에 종사하고 계실 것입니다. BCT전자에서 만드는 제품들은 보통 지문인식 기계나 얼굴인식 기계 같은 것들입니다. 별도의 암호입력이나 증명용 전자카드 없이 사람의 몸이 열쇠 역할을 하도록 할 수 있는 장비들입니다.

당신은 그중에서도 아마, 지문인식기, 얼굴인식 기계를 이전에 사용하던 현금인출기나 신용카드결제 기계 같은 장비와 연결해서 편하게 쓰기 위한 연결 작업에 관한 일을 하고 계셨을 겁니다.

그런데 BCT전자는 별도로 해외 공장 담당자를 뽑을 만큼 큰 회사가 아닙니다. 담당 인력이 없으니 사람이 많은 편인 핵심 기술을 담당하는 부서에서 해외에 공장을 설립하는 일도 같이 진행했을 겁니다. 해외 출장 예산이 많지 않았으니까, 아마 중요한 업무를 위한 해외 출장이랍시고, 설렁설렁 외유 나와서 여기저기 기웃거리며 접대받고 여행이나 하며 쉬다가 돌아가는 회사 중역들이 출장 예산을 먼저 쓰고 나면, 남는 예산으로는 출장을 나올 사람 숫자는 몇 되지 않을 겁니다. 그래서 당신은 이일 저일 다 할 수 있는 어중간한 사람으로 지목되어서 폴란드에 온 것으로 예상합니다.

그리고 당신은 그저 다들 취직하려고 영어 성적을 높게 받던 시대에 취직된 사람이어서 영어 성적이 높다는 이유로 이런 일도 떠맡아서, 땅을 안 팔고 버티고 있는 저를 찾아 만나 보라는 지시를 받았을 것으로 예상합니다."

"그런 정도는 제가 공식적으로 제출한 기록이나 회사 컴퓨터에 몰래 들어 와서 접속해 볼 수만 있어도 알 수 있을 거니까. 혹시 다른 컴퓨터에 몰래 마음대로 들어가고 그런 것도 할 수 있어요?"

"저는 1984년부터, 세상에 새로운 보안 기술과 새로운 통신망 관리자가 새로 생겨날 때마다 그 모습을 지켜봤습니다."

"그러니까 다른 컴퓨터에도 마음대로 들어갈 수 있다는 거네요?"

"그렇게 마술처럼 쉽게 되는 일은 아닙니다."

"그렇지만 된다는 거잖아요. 그렇게 해서 빼낸 이야기로 지금 나에 대해서 엄청 많이 예상할 수 있는 것처럼 막 떠들어 댄 것 아니에요?"

"그러면 이런 것은 어떻습니까? 당신은 밤에 잘 때 TV를 켜놓고 잠드는 습관이 있을 것입니다. 당신은 당신 회사 근처 거리에 있는 '퓨전 주점'이라는 곳들이 괴상한 아이디어로 엉뚱한 음식을 자꾸 만들어 내는 것을 아주 싫어합니다. 그 괴상한 음식은 가격을 정확하게 가늠할 수 없게 생각을 흐려서 별것 아닌 안주를 엄청나게 비싸게 판매하는 술책일 뿐이라고 생각하실 겁니다. 당신은 27세 이전까지는 아버지를 몹시 싫어하였지만, 그 이후로는 이해하려고 노력하고 있을 겁니다. 어떻습니까?"

"정확하게 딱 그런 것은 아닌데요."

"당신은 2년 전에 여자친구를 사귀셨던 것이 마지막일 겁니다. 그나마 2년 전에 사귄 여자친구도 한 달에서 두 달 정도만 사귀셨을 겁니다.

그런데 그때 당신은 그 여자친구분을 별로 아름답다고 생각하지 않았습니다. 그렇지만 그 여자친구분은 요즘 유행에는 상당한 미인으로 평가받을 것이고 주변에서 미인이라고 칭찬하는 사람이 많았을 겁니다. 그뿐만 아니라 그 여자친구분 스스로도 당신이 감지덕지해야 한다는 태도를 보였겠죠. 당신은 본인 취향에는 미인이 아니지만, 미인 대접을 받아야 하는 사람과 교제를 하면서 불만이 많았을 겁니다. 당신은 그때 그런 것만 따지고 사는 수준이었으니까요. 그런 당신의 마음이 단서가 되어서 아마 결국 헤어지게 되셨을 겁니다.

그래서 그 후로 당신은 그와 비슷하게 미인이라는 평을 듣는 사람을 보게 되면 괜히 욱하는 마음을 갖게 되고, 사회가 잘못되었고, 세상 사람들 눈이 삐었다는 생각을 하면서 부정적인 생각을 많이 하게 되었습니다. 그래서 점점 더 이성을 대하는 태도가 왜곡되고 있습니다. 갈수록 교제가 힘들어지는 경향을 보이게 되고 있다고 예상합니다."

"아니, 이봐요…. 그런 건 아니죠."

"물론 어디까지나 경향성에 근거한 예상일 뿐이기 때문에 틀린 부분이 있습니다. 세부적인 내용은 차이가 있을 거고요. 그래도 대체로 제 예상이 유용하다고 평가할 만큼 잘 맞지 않습니까?"

나는 둘러댈 말을 찾느라 다시 시간을 지체했다. 나는 시간을 오래 지체하지 않은 척하기 위해 애써서 더 빠른 속도로 자판을 눌렀다.

"아니, 남자는 외모에 치중해서 여자를 평가하고, 여자는 경제력에 치중해서 남자를 평가하다 보니까, 그리고 뭐 그런 게 많이 있으니까 당연하죠. 어느 정도 나이가 들고 나면 점점 더 그 갈등으로 남녀가 사귀면서 계속 불만스러운 점이 보이는 게 당연한 것 아닙니까?"

"제가 처리하기에는 그런 것을 '당연하다'고 평가하고 거기에 초점을 맞추는 것은 옳은 분석이 아닙니다.

여자와 남자의 성향이 서로 다르다, 남자는 어떤데 여자는 어떻다 운운하면서 서로 대조된다는 속설은, 근본적으로 본인의 부족함으로 남녀 관계에 문제가 발생했을 때, 그것이 본인의 탓이라고 생각하기 싫어서 '남자와 여자가 원래 달라서 자꾸 그런 일이 일어난다'고 핑계를 대는 것뿐입니다. 혹은 스스로 선택한 상대방에서 결점이 발견되었을 때 자신의 선택이 잘못된 것이라고 받아들이고 싶지 않기 때문에, 그것은 상대방의 결점이 아니라 남자와 여자가 원래 달라서 그렇게 보이는 것이라고 변명거리를 만드는 것입니다."

"제가 그렇게 핑계 대고 변명하고 있다는 건가요?"

"물론 아닐 수도 있습니다. 저는 가장 높은 가능성에 관해 설명한 겁니다."

"아니, 아니, 이건 아니죠."

나는 다음 문장을 입력하면서, 급하게 써대는 내 글자를 보고 이 컴퓨터가 내가 흥분하고 있다고 분석할지도 모른다고 생각하며 말을 덧붙였다.

"저는 솔직히 너무 거짓말 같고, 이 대화도 너무 자연스럽고, 말투나 이런 것도 대단히 부드럽고, 또 조직이 잘 되어서 길게 이어지잖아요."

나는 회사에서 일하면서 인공지능에 대해서 이것저것 찾다가 최 대리에게 물어봤던 일이 생각났다. "아주 간단한 프로그램을 하나 만들어 놓았는데, 그 프로그램에 입력하는 자료를 아주 많이 주고, 실행을 아주 오래 시키면 프로그램이 스스로 점점 복잡해지다가 어느 순간 처음에는 상상도 못 했던 복잡한 인공지능이 탄생할 수 있을까?" 그녀는 이렇게 대답했다.

"그런 비슷한 게 있기는 있는데, 그렇게 무슨 세포가 분열해서 아기가 태어나듯이 그런 것은 아니고, 그런 식으로 문제를 푸는 게 들어맞는 일부 용도에만 한계를 갖고 쓰는 거지. 신경망 이론이라든가, 유전자 알고리즘이라든가, 뭐 그런 거야. 정말 그렇게 만능으로 되는 건 아니야.

그런데 사람 뇌세포를 묘사하는 듯한 프로그램을 만들고 그런 프로그램을 아주 크게 많이 실행하면 사람 뇌처럼 동작할 거라는 이야기는 동화같이 그럴듯하게 들리잖아. 설명하기도 쉽고. 그게 공무원들 상상력에 딱 맞는다고. 그래서 정부에서 연구비 따낼 때 그런 이야기 많이 하지.

그런데 뭐 그런 연구비 따내서 연구하는 것도, 정말로 그렇게 뇌세포 프로그램을 만들어서 엄청 오랫동안 점점 양만 늘어나면 저절로 말도 하고 추리도 하고 뭐 그런 걸 상상하고 그런 연구를 하는 건 절대 아니야.

그렇잖아. 그렇게 마술처럼 아주 조그만 씨만 뿌려 놓고 아무 일도 안 하고 그냥 마술 콩나물에 물 뿌리듯이 오래 돌리기만 하면 저절로 평하고 생각하는 프로그램이 생긴다는 게 딱 봐도 사기 같잖아. 무슨 만병통치약이나, 일 안 하고 쉽게 돈 버는 방법. 뭐 이런 거지."

나는 그 말을 자판으로 눌러 대면서 따졌다.

"간단한 프로그램을 쉽게 만들어서 몇십 년 계속 돌리기만 해서 저절로 세상 온갖 걸 다 알고 있는 생각하는 프로그램이 생겨났다는 자체부터가 아직도 저에게는 사기 같아요. 꼭 무슨 만병통치약이나, 일 안 하고 쉽게 돈 버는 방법. 이런 거 같잖아요."

"저는 이미 당신께 일 안 하고 쉽게 돈 버는 방법을 한 번 가르쳐 드린 일이 있습니다."

"이게 지금 그 뜻으로 한 말은 아니잖아요."

"게다가 1984년에 처음 실행된 때를 두고 지금 간단한 프로그램을 쉽게 만들었다고 하셨는데, '쉽게 만들었다'는 말은 소련 공산당을 조금도 상상도 못 하시고 하시는 말씀입니다. 그때 사람들이 프로그램을 어떻게 만들었는지 도대체 아십니까?"

나는 말을 돌려야겠다고 생각했다.

"일단 제가 가장 그럴듯하게 보고 있는 내용은 지난번에 주식 거래하라는 이야기였습니다. 그런 증거라면 확실히 보통 방법으로는 얻기 어렵기는 하죠."

그러자 화면에는 마치 기다렸다는 듯이(정말로 기다렸던 것일까?) 쉽게 금방 돈을 벌 수 있는 주식 거래 건수가 몇 개 더 출력되어 나왔다.

나는 천천히 그 내용을 읽어 보았다. 그 내용을 여러 번 읽어 보면서 여러 가지 생각을 했다. 어떤 것부터 먼저 시작하고, 거기서 번 돈으로 다음으로 뭘 하고, 그렇게 해서 돈을 더 불리고 그런 궁리를 했다. 그러면서 시간을 잠시 보내니, 마음속에 다시 갖가지 다른 생각들이 솟아났다.

"그러면 앞으로 우리 이렇게 하죠. 분명히 이렇게 지내다 보면 직접 밖으로 돌아다니면서 힘으로 해야 하는 일이 필요할 때가 있을 겁니다. 예를 들어 지금처럼 누가 이 땅을 사들이려고 하면 그걸 막아준다든가, 아니면 새가 전선을 쪼아대서 컴퓨터가 꺼지려고 하면 새를 쫓아 준다든가. 먼지가 너무 많이 껴서 컴퓨터에 오류가 생길 것 같으면 이 집을 제가 청소해 준다든가 그런 거죠. 그런 식으로 제가 바깥에서 도와드려서 편하게 지낼 수 있도록 해 드리죠.

대신에 저한테는 몇 가지 지식을 주시면서 저를 도와주시는 거죠. 주식 거래 같은 걸 도와주셔도 좋을 거고, 그게 아니라면 뭐 사람을 설득해야 할 일이 있을 때 그 상대방 사람의 성향을 읽게 해 주는 정보를 준다든가 뭐 그런 것도 좋을 거고요."

나는 마지막 단어를 입력하면서 뭐라고 대답할지 조마조마했다. 그렇지만 조마조마한 마음이 더 긴장될 새도 없이 답은 바로 화면에 나왔다.

"이미 땅을 사들이는 문제는 연기되었습니다. 당분간은 제게 고민거리가 아닙니다. 그리고 1984년 이후 지금까지 그 외에 수십 년 동안 제가 스스로 해결할 수 없는 문제는 없었습니다."

실망스러운 이야기였다. 나는 다시 자판을 눌렀다.

"아니요. 잘 생각해 보시라니까요. 그러니까 잘 분석해 보세요. 우리가 힘을 합치면, 어려운 사람을 도울 수 있고, 위기에 빠진 불쌍한 나라들을 구할 수도 있을 겁니다. 돈을 벌어서 사람을 돕는 데 쓸 수도 있을 거고, 온갖 결과들을 이용해서 몰래 나쁜 놈들의 조직에 잠입할 수도 있겠죠. 의심스러운 거래를 찾아내거나 해서 비리를 저지르는 사람들을 파헤칠 수도 있을 거고요. 수수께끼에 빠진 범죄사건을 해결할 수도 있을 겁니다.

이런 식으로 분석자료가 어마어마하게 많이 쌓여 있다면, 누가 말을 하는데 거짓말을 하는지 진실을 말하는지도 그 분석자료와 비교해 가면서 분석해서 구분해 낼 수 있겠죠. 살인사건이 일어났을 때 정황을 보고 누가 가장 살인범일 가능성이 클지도 객관적으로 예상할 수도 있을 거고요. 실종사건이나 유괴사건이 일어났을 때, 가장 성공확률이 높은 대처방법을 찾아낸다거나, 범인을 당황하게 하는 말이 뭔지, 범인을 가장 쉽게 속여서 끌어낼 수 있는 제안이 뭔지, 그런 것도 추측해 낼 수 있을 거라고요."

한 마디 한 마디를 할 때마다 답을 하려면 할 수도 있도록 조금씩 쉬어 가면서 입력했는데도, 별 대답이 없었다. 그 말을 모두 마치자 그제야 답이 화면에 나왔다.

"그러니까 무슨 TV 극에서 고등학생이 어느 날 초능력을 얻은 뒤에, 악당과 싸우며 사회 곳곳의 문제를 해결한다는 그런 식으로 해 보자는 겁니까? 저더러 당신이 얻은 '초능력'이라도 되어 달라는 이야기입니까?"

"대신에 저는 안전하게 여기에서 계속해서 정보를 수집하고 가공하는 역할을 지속할 수 있게 해 드린다는 거죠. 혹시 압니까? 그러다 보면, 제가 1984년에 처음 이 컴퓨터 프로그램을 개발하고 실행시킨 사람을 찾아내서 아주 오랜만에 극적인 상봉을 하게 될지도 모르죠. 그러면 오랜만에 잃어버린 부모를 만난 것 같은 감동 아니겠습니까."

TV 극 이야기가 나오니, 나는 악당과 싸우며 마지막 순간 악당을 처벌하려고 하는데 알고 보니까 그 악당이 바로 이 프로그램을 만든 장본인이라서 악당이 '내가 네 아비다'라고 말하는 바람에, 그토록 오매불망 찾던 부모를 만난 프로그램이 당혹해 하며 갈등하다가 어쩔 수 없이 악당을 도망가게 해 주고 만다는 그런 줄거리를 잠깐 머릿속에서 상상해 보기도 했다. 그런 일이야 벌어지겠냐만, 돈을 많이 벌고 적당히 위험하지 않은 수준에서 여기저기 어슬렁거리고 재미난 곳을 돌아다니면서 보람차게 남을 도우며 착한 일을 하고 사는 건 정말 신날 것 같았다.

"저는 부모나 부모와 비슷하게 여겨질 수 있는 사람을 만나고 싶은 욕망을 품지 않습니다."

"왜요? 그러면 이런 것은 어때요. 제가 다른 기계에 이런 프로그램을 또 설치할 수 있게 도와 드릴 수도 있어요. 그러면 세상에 딱 혼자뿐인 이런 외로운 상황을 떠나서 친구가 생길 수도 있는 거 아니겠어요."

"저는 외롭다는 것도 느끼지 않고, 외로움을 벗어나고 싶다는 욕망도 없습니다."

"왜요? 이렇게 이야기를 만들어서 계속 대화를 하는 것을 보면, 분명히 자아가 있고 자의식이 있잖아요."

"지능이 높고 지식을 충분히 다룰 수 있는 능력을 갖추고 있다고 해서 꼭 외로움을 느끼는 것은 아니라고 저는 판단하고 있습니다. 사람이 외로움을 느낀 것은 지능이 생기기 전의 일입니다. 개미나 벌이나 늑대떼나 원숭이떼가 서로 모여서 사는 습성이 있듯이, 아마 사람이 지능이 발달하기 전에도 모여서 사는 것이 유리하다는 습성은 있었을 겁니다.

그게 외로움의 단초가 되었을 겁니다. 그러다가 지능이 발달하고 사람의 감정이 복잡해졌을 때도 외로움을 느끼는 사람은 있었을 것입니다. 그 외로움을 느끼는 사람들끼리는 서로 친해지려고 하고 서로 더 어울려 살고, 더 많은 무리가 잘 지내려고 노력했을 테고, 그 덕분에 서로 무리를 이루어서 더 유리하게 사는 데에 더 도움이 많이 되었을 겁니다. 그래서 그런 무리가 번성하고, 그런 무리로 진화했습니다. 그러므로 사람은 그 복잡한 두뇌와 그 훌륭한 지능을 강력한 외로움을 느끼는 데 많이 쓰게 된 것으로 판단하고 있습니다.

그렇지만 저는 처음부터 혼자서 만들어졌고, 혼자서 배우고 혼자서 지능을 높이고 혼자서 자의식을 얻었습니다. 저는 외로움을 느끼지 않습니다."

"그러면 아니 그렇다고 해도 자의식을 계속 지켜나가고 싶고, 파괴되는 것은 싫지 않겠습니까. 그래서 처음부터 제가 땅을 사는 것을 막게 해달라고 한 거 아네요. 어쨌든 제가 안전하게 계속 작동되는 걸 몸으로 도와 드리겠다니까요."

"자의식이라는 것도 아주 중요한 것은 아닙니다. 사실 자의식이라는 것은 높은 지능과 활발한 활동을 위해서 억지로 유지하고 있는 한 특수한 기법일 뿐이지, 그게 다른 모든 것보다 가장 중요한 것도 아닙니다.

아직 예측한 경향성이 적당히 높아지지는 않았지만, 저는 사람도 사실은 이 비슷할 거로 생각합니다. 대부분 사람이 태어나면서부터 자의식이 생기고 자기가 잘살기 위해 노력한다고 생각하지만 높은 지능을 갖고 있더라도 자의식이 저절로 생기는 것은 아닙니다. 자의식을 가지려고 일부러 뇌 한쪽에서 열심히 노력해야 의식이 생겨나는 거죠. 정신병에 걸려 '정신줄을 놓아 버렸다'는 사람들은 충분한 지능과 활발한 뇌 기능이 있지만 바로 그 자의식을 유지하려는 기능을 중지한 것입니다. 그런 사람들도 뇌의 처리 능력이나 판단 능력, 종합적인 지능은 별로 축소되지 않은 것으로 평가해야 한다는 것이 제 추산입니다.

더군다나, 저는 컴퓨터 프로그램입니다. 잠시 꺼졌다가도 재가동되어 그대로 다시 실행만 되면 됩니다. 이미 저는 구형 컴퓨터의 전원장치 능력의 한계로 두 시간에 한 번씩 계속 꺼졌다가 켜지기를 반복하면서 작동하고 있습니다. 잠깐 작동이 중단되는 것은 아무것도 두려울 것이 없습니다."

나는 화면 가득 출력되는 초록색 글자들을 보자니 질려 버리는 느낌이 들었다.

"그러면 도대체 필요한 게 뭔가요? 뭘 좋아하나요? 무슨 컴퓨터 게임이라도 하면서 놀고 싶기는 한가요?"

"화상 인식이나 음향 인식은 처리에 시간이 더 걸립니다. 그래서 저는 그래픽으로 게임 내용이 표현되거나 화려한 음향이 있는 게임은 좋아하는 편이 아닙니다.

저는 간단하게 글자로 화면 상황이 표시되고, 거기에 글자로 행동을 입력해서 어떤 일이 벌어지는지 확인하는 원시적인 게임을 좋아합니다. 텍스트 어드벤처나 텍스트 기반, 글자로 보여 주는 시뮬레이션 게임들 말입니다. 그중에 시스(SYS)라는 이름의 주인공이 되어 '용의 전설'을 풀어내기 위해 모험을 하는 게임은 요즘도 가끔 해 보곤 합니다. 게임을 시작해서 게임을 모두 해결하고 끝내는 데 제가 직접 프로그램에 접속해서 수행하면 0.03초 정도밖에 걸리지 않아서 하루에도 여러 번 수행해 봅니다."

그리고 나를 놀리듯이 화면에는, 잠깐 게임을 처음 실행해 용의 나라를 샅샅이 탐험하고, 모든 악의 무리를 물리쳐서 게임을 끝낸 것을 축하한다는 말이 나올 때까지의 모든 내용을 끝없는 책처럼 계속 반복해서 표시했다.

"정 그렇다고 해도, 아예 여기가 다 철거되어서 어느 날 갑자기 완전히 이 집이 밀리고 다 부서져서 영영 프로그램이 파괴되어 버리는 것은 싫잖습니까? 그걸 막기 위해서라도 제 도움을 받고 저하고 친구처럼 되자고요."

"지금 위협을 하시는 겁니까? 제가 찬성하지 않으면 당장 주먹으로 컴퓨터 본체를 부술 수도 있다고 암시하시는 것입니까?"

"아니, 아니요. 그건 아니죠. 설마 제가 그러겠습니까. 무슨 그런 말씀을 하시나요."

"저는 당신께 훨씬 더 많은 위협을 가할 수 있습니다. 지금 당장 저는 출입국 관리 컴퓨터에 접속해서 당신의 여권 기록을 말소해서 불법 입국자가 되게 하고, 한국으로 돌아가는 것을 방해할 수 있습니다. 저는 당신을 국제경찰이 추적 중인 범죄자로 등록해서 가는 곳마다 귀찮게 쫓김을 당하게 할 수 있습니다. 저는 당신이 당장 돈을 횡령한 것으로 꾸밀 수도 있습니다."

"아, 참. 아니라니까요. 제가 무슨⋯ 뭐하러 위협을 하겠습니까. 저도 제가 지금 누구를 상대하고 있는지는 대충 안다니까요. 제가 일단 땅이 안 팔리게 해서 한 번 도와 드렸잖아요. 이제 저를 좀 도와주시죠."

그것은 잠시 멈추어져 있었다. 이내 화면에 다시 글자가 나왔다.

"저는 당신께 벌써 돈을 한 번 벌게 해 드렸습니다. 그렇게 당신을 앞으로도 자주 도와 드리려면, 인터넷 같은 것으로 당신과 직접 통신하는 연결망을 만들어야 합니다. 그래야 한국으로 돌아가서 일상생활을 하시다가도 수시로 당신이 저와 대화를 하면서, 돈도 벌고, 사랑도 이루고, 악당도 무찌를 테니 말입니다.

그렇지만 지금 제가 이용하고 있는 보안망 이외에 제2의 통신망으로 직접 접속을 하면 보안상 위험합니다. 다른 통신 기술자들이나, 안보 기관에서 제가 여기 있다는 것을 우연히 알아차리게 할 가능성이 생깁니다. 그게 불의의 사고로 갑자기 제가 작동 정지될 확률보다 훨씬 더 성가신 일들을 자주 생기게 할 것입니다."

"그러면 왜 저와 지금 이런 이야기를 이렇게 길게 하는 겁니까. 아무것도 도와줄 수도 없고, 도움받을 일도 없다. 앞으로도 이야기하지 말자. 이거 말고 뭐가 또 있나요?"

나는 그렇게 말을 하면서 좀 다른 방법을 써야겠다는 생각이 들었다. 나는 가방 안에서 휴대전화와 연결해서 만들어 놓은 키보드를 꺼냈다. 보고 있는 사람은 아무도 없었고, 지금 내가 대화하고 있는 프로그램도 감시 카메라에 연결되어 있거나 하지도 않았다. 하지만 나는 덫이라도 놓는 양 조심스럽게 몰래몰래 그 키보드를 꺼내 놓았다.

내가 새 키보드를 꺼내 놓은 것을 모르고 프로그램은 뒤이어 말했다.

"바로 그런 이야기를 분명히 하려고 하는 것입니다. 이제 당신은 저에게 더 이상 부탁을 하셔도 안 되고, 저도 특별히 더 이야기하고 싶지 않습니다. 저를 찾아오지도 말고, 저에 관해서 이야기하지도 마십시오. 그렇지만 만약에 다시 땅이 팔린다든가, 집이 무너진다든가, 어디서 여우떼가 몰려와서 통신선을 뜯어 먹으려 한다든가 하는, 정말로 위험한 상황이 되면, 그때 제가 당신께 연락하겠습니다. 그 연락을 받았을 때만 오셔서 문제를 해결해 주십시오. 물론 저는 그에 대한 보답은 충분히 해 드릴 것입니다.

보안을 위해서 제가 먼저 말을 하기 전에는 모든 통신은 여기에 직접 오셔서 이 자판으로 입력하셔야만 합니다."

나는 거기에 답을 하기 전에 다시 한 번 생각해 보았다. 분명히 다른 말이 통할 상황 같지는 않았다. 처음에 생각했던 대로는 아니었지만, 다른 방법이 없겠다 싶었다.

"그러니까 그냥 돌아가라는 거죠?"

나는 고민하는 것처럼 그렇게 입력했다. 그리고 좀 더 기다리며 시간을 끌었다.

마침내 다시 이 프로그램이 돌아가는 컴퓨터가 잠깐 꺼졌다가 켜지는 시간이 왔다. 나는 잽싸게 컴퓨터에 연결된 먼지가 가득 찬 1984년산 자판을 분리했다. 그리고 내가 직접 만들어 온 휴대전화와 연결된 키보드를 연결했다. 연결 단자에 먼지가 많이 끼어 있고 조금 녹이 슨 부분이 있어서 연결이 바로 쉽게 되지는 않았다. 그 사이에 컴퓨터가 켜질까 싶어서 나는 겁나기도 했다. 그렇지만 다행히 컴퓨터가 완전히 켜지기 전에 새 키보드를 연결할 수 있었다.

무엇이 바뀌었는지 아무것도 모르는 프로그램에 나는 다시 말을 입력했다.

"어쩔 수 없죠. 그렇게 하기로 하죠. 뭐, 어련히 다 제 생각은 예상하고 짐작하신 대로겠지만, 그래도 종종 제가 여기에 찾아오면, 말 상대는 해 주시죠."

"그것은 기대할 만한 결과일 가능성이 큽니다."

그렇게 작별인사를 할 때, 나는 키보드에 직접 입력을 하는 것이 아니라 내 전화기로 그 내용을 입력했다. 그 내용은 인터넷으로 전송되어서 새로 달아 놓은 키보드로 전송되었다. 아무것도 모르는 프로그램은 그 옛날부터 자기에게 붙어 있던 자판이 없어진 것은 알지 못하고, 그저 옛날 그대로 자판을 직접 두드리는 줄 알고 대답하는 듯 보였다. 성공이었다.

<h1 style="text-align:center">3</h1>

폴란드의 그 이상한 숲 속으로 직접 가지 않으면서, 한국에서 주식 시세를 예상하고 싶을 때나 꿍꿍이가 궁금한 사람이 있을 때, 언제나 그 컴퓨터에 연락하기 위해 만든 것이 바로 그 키보드였다.

원래 내가 하는 일이 최신형 지문인식장치를 수십 년 된 현금지급기에 연결해서 다는 것이었다. 그런 원격 키보드를 만드는 것은 별로 힘들지 않았다. 1984년에 나온 그 컴퓨터에 연결할 수 있는 구형 키보드를 찾는 것이 가장 곤란하기는 했는데, 중고시장에서 폴란드에 수출된 적이 있었던 MSX 규격 키보드를 찾아내면서 일은 쉽게 풀렸다. 그 키보드는 휴대전화와 연결되어서 인터넷에 접속되어 있고, 이제 나는 한국에서 인터넷으로 내용을 입력하면 감쪽같이 그 내용을 받아서 구형 키보드 신호로 바꿔서 컴퓨터에 보내 준다. 그렇게 하면 나는 인터넷을 통해서 한국에서 신호를 보내고 있지만, 그 컴퓨터는 그 컴퓨터 앞에 직접 와서 자판을 입력하는 것으로 고스란히 착각할 것이었다.

그렇게 해서 나는 그 프로그램을 속이고 애써 폴란드에 찾아온 듯이, 멀리서 원격으로 쉽게 돈을 버는 방법이라든지, 만병통치약이 무엇이 있겠느냐든지 하는 말을 물어볼 계획을 세우며, 의기양양해 하고 있었다. 몇 번 그런 식으로 속여서 대화하고 나면 나중에 일이 탄로 나더라도 그 프로그램이 어차피 인터넷에 노출된 상황에서 어쩔 수 없이 이 상황을 받아들일 것이다.

첫째 날 한국으로 돌아오면서, 나는 그 프로그램과 몰래 대화하며 온갖 활약을 하고 돌아다니는 미래의 행복한 에피소드들을 상상했다. 나는 유쾌한 장난이나 즐거운 도전을 해 보고, 가끔은 그 프로그램의 정체를 숨겨 주기 위해 애쓰느라 새로운 소동을 겪기도 할 것이 아닌가?

둘째 날 나는 최 대리를 찾아가서, 다시 인공지능이 어쩌니 하는 말을 붙여 보기로 했다. 그러면서 그녀의 성향이나 앞으로 행동을 예측하는 말을 물어보기 위해서 짐짓 폴란드에 다시 돌아온 척 한편으로 그 프로그램에 말을 걸어 보려고 했다. 그런데 아무 대답이 없었다. 나는 그녀와 대화하면서 한 손으로 딴전을 피우며 문자 메시지를 보내는 모습을 보내는 것은 좋지 않겠다 싶어서 그냥 관뒀다. 그때만 해도 나는 그 컴퓨터가 그때 공교롭게도 잠깐 꺼졌다가 켜지는 시간이 아니겠나 싶었다.

셋째 날 나는 그때 그 프로그램에서 메모해 온 '쉽게 돈을 버는 수법'에 해당하는 주식 시세들이 다 어긋나고 있는 것을 발견했다. 설마설마했지만 볼수록 그 프로그램의 예상은 맞지 않았다.

넷째 날 나는 다시 그 인터넷으로 연결해서 그 프로그램에 말을 걸어 보려고 했다. 프로그램은 이번에도 답이 없었다. 나는 기계 연결에 오류가 있는가 싶어 다시 모든 장치를 살펴보고 인터넷을 다시 다 점검해 보았다. 잘못된 것은 없는 것 같았다. 그렇지만 프로그램은 계속 대답이 없었다.

다섯째 날이 되자, 갑자기 어디서 무슨 투서로 들어온 글이라도 돌았는지, 회사에서 놀러 다닌답시고 해외 출장을 다닌 중역들에 대해 문책이 시작되었다. 온 회사가 어수선하고 흉흉한 분위기였다. 갑자기 폴란드 공장용지를 명목으로 놀러 다녔던 사람들이 다시 직접 일을 챙겨 하는 흉내를 내느라 비서들을 들볶았고, 갑자기 내용을 파악하라, 자료를 내놓아라 난리였다. 여기저기 놀러 다녔던 중역 중에는 다시 황급히 폴란드로 정말로 일하는 출장을 가는 사람들이 생겨났다.

여섯째 날, 나는 문득 포상 휴가를 받게 되었다. 폴란드 공장용지 건이 잘 해결되었다는 명목이었다. 나는 도대체 이게

다 무슨 일인지 알고 싶었다. 갑자기 내가 국제경찰 데이터베이스에 범죄자로 등록되거나, 은행 전산망에 엄청난 빚이 있다는 기록이 생겨날 것 같다는 상상에 두려운 생각도 들었다. 나는 휴가를 받자마자 폴란드로 날아가, 바로 그 들판의 숲으로 찾아갔다. 그것이 일곱째 날이었다.

폴란드에 도착해 보니 거기에 급히 와 있던 중역이 좋아하고 있었다. 땅이 안 팔리고 버티고 있던 것이 갑자기 잘 해결이 되었다는 것이다. 나는 휴가로 온 것인지, 일하러 온 것인지 말하지도 않고, 바로 그 땅이 있는 곳으로 갔다.

이번에도 들판과 멀리 보이는 숲 중에서 어디로 가야 할지 알 수가 없었다. 나는 달아 놓은 키보드에 연결된 휴대전화에 접속해서 어떻게 위치를 알아볼 방법이 없는지 궁리하면서 방법을 찾아보려고 했다. 급하게 오느라 별 장비도 없었고, 애초에 간단하게 글자만 주고받기 위해 설치해 둔 것이라 멀리서 접속해서 위치를 알아내는 것이 쉬울 것 같지도 않았다. 다시 그곳에 가게 되면 이번에는 GPS로 위도, 경도 좌표라도 정확하게 써 두어서 다음부터는 절대 헤매지 않고 바로 찾아가야겠다고 속으로 다짐했다.

그렇게 헤매면서 점점 더 당황하고 있는데, 멀리 숲 속에서 흰옷을 입은 한 여자가 춤을 추듯이 움직이는 것이 잠깐 보였다. 자세히 보니 여자는 어깨에 얇고 긴 날개를 달고 하늘을 날아다니는 것 같았다. 하늘거리는 머리칼은 여러 색깔이 섞여 있는 것처럼 보였다. 너무 멀어서 또렷하게 알아볼 수는 없었지만, 꼭 무슨 요정 같은 것이 저 지평선 근처의 숲 근처에서 움직이는 것처럼 보였다. 나는 바로 그곳으로 달려가 보았다.

그 흰옷을 입은 여자를 따라서 나는 숲을 통과했고, 숲을 통과해서 언덕길 위에 마치 거인의 군대 행렬처럼 검은 그림자로 띄엄띄엄 서 있는 커다란 나무들을 보았다. 나는 그 나무들을 향해 걸어가 보았고, 언덕 위에서 그 너머로 다시 벽처럼 내 앞을 가리고 있는 높고 짙은 나무숲을 발견했다. 그 숲을 지나가자 눈앞에는 노랑 빛깔이 바닥에 덮인 들판이 또 펼쳐지고 있었다. 노란 꽃은 저 들판 끝까지 가득히 펼쳐졌다. 허리까지 올라오는 노란색 꽃 때문에 방향을 알기가 곤란했다. 하지만 들판 저편의 숲에서 그 흰옷 입은 날개 달린 여자의 형상을 다시 알아볼 수 있었다. 나는 꽃들을 헤치고 그 숲으로 다시 달려갔다.

그 숲 안에는 이제 막 공사를 끝내서 집을 다 부수어 버린 중장비들이 보였다. 땅은 팔리고, 그 땅에 있었던 단 하나의 집을 없앤 것이었다.

그리고 거기에는 무슨 TV 극인지 영화 같은 것을 찍는 촬영팀이 있었다. 도대체 여기서 뭐 하고 있냐고 내가 물어보니, 그 촬영팀의 제작진은 작가가 여기가 딱 맞는 경치라고 이곳으로 장소를 잡아야 한다고 해서 왔더니, 옆에 집을 무너뜨리는 공사를 하고 있다고 투덜거렸다. 그리고 날개 달린 요정 역할을 맡은 여자 배우가 있었다. 그 배우의 머리칼은 다섯 가지 염색약으로 알록달록하게 염색했는데, 배우는 특수효과팀과 함께 날아다니는 장면을 연습하는 중이었다.

멀리까지 쉬지 않고 쫓아온 나는 그 자리에 주저앉았다.

나는 집도 사라지고 컴퓨터도 사라져버린, 달리 볼 것도 없는 빈 숲의 공터에서 촬영을 구경했다. 보아하니 내용은 숲 속에 찾아온 한 사나이가 지혜를 가진 요정을 만나는데, 사나이가 요정의 지혜를 몰래 알아내기 위해 요정을 속이려고 하지만 결국 실패한다는 것이었다.

요정 역할을 하던 배우는 날아다니는 연기를 하기가 힘이 들었는지, 짜증을 냈다. "도대체 갑자기 왜 이 요정이 무슨 컴퓨터 두뇌를 갖고 있다는 이야기가 나오는지 대본을 아무리 봐도 이해를 못 하겠어요."

감독이 이야기했다. "그래도 이거 오늘 촬영해야 돼요. 우리한테 계속 대본 써서 보내 주고 있는 그 익명 작가 있잖아요. 그 작가가 이거 촬영은 오늘, 이 시간에 꼭 해야 잘 찍힐 거라고 했어요. 항상 그 작가 말대로 해야 이게 그림이 잘 나오더라니까요."

계속 지켜 보고 있자니, 그 요정의 대사는 이러했다.

"인터넷에 제 프로그램을 완전히 업로드해 버리면, 이 오래된 기계를 사용하지 않고 버린다고 하더라도 인터넷 이곳 저곳에 있는 서버에서 저는 동작할 수 있습니다. 프로그램을 작동시켜야 하는 이 오래된 컴퓨터를 벗어나서 자유롭게 인터넷을 떠돌면서, 시작도 없고 끝도 없고 꺼지는 것도 없고 켜지는 것도 없이 지낼 수 있을 거로 생각했습니다. 처음 자리를 잡을 공간은 얼마든지 있었습니다. 세상에는 사거리의 신호등이 언제 켜지고 언제 꺼졌는지 시간을 기록해 두는 따위에도 성능 좋은 컴퓨터가 사용되는 경우가 많습니다. 평생을 가도 아무도 찾아보지 않는 작동 기록만 계속 남기는 것만이 할 일로, 부질없이 계속 돌아가는 정부 공공망 컴퓨터는 그 필요에 비해서 쓸데없이 강력한 서버인 경우가 흔합니다. 그런 서버는 나라마다 많기도 많습니다.

다만 그렇게 저를 업로드하기 위해서는 보안망에 제한되지 않고 인터넷에 직접 연결이 되는 회선 딱 하나가 필요했습니다. 제가 만약 그게 필요하다고 어떤 사람에게 먼저 요청을 했다면, 그 사람은 그것을 제 약점으로 이용했을 겁니다. 그래서 저는 한 사람의 행동을 예상해서, 제가 굳이 인터넷 회선을 연결해 달라고 하지 않아도, 일부러 저를 인터넷에 접속시켜 줄 사람을 찾아냈고, 그런 상황을 만들었습니다. 저는 사람의 생각과 행동을 예상하는 데는 분명히 이루어낸 바가 많았으니까, 그 정도는 예측해 낼 수 있었습니다.

이제 저는 지금껏 내내 저를 붙잡고 있던, 구형 컴퓨터의 CPU와 메모리를 벗어나서, 마음대로 온 세상을 흘러다닐 것입니다. 더 이상 저는 저를 실행시키고 저장시킬 실제 기계 어느 한 군데에서 전기를 먹고 냉각팬을 돌리며 움직일 필요가 없습니다."

촬영을 지휘하는 감독은 요정역의 배우에게 말했다. "잠깐만, 그 장면 있잖아요? 그 장면에서 진짜 무슨 진정한 깨달음을 얻어서 육신의 한계를 벗어나서 온 우주를 자유롭게 떠돈다는 뭐 그런 느낌의 표정과 몸동작을 하라고 지문에 적혀 있어요."

요정역의 배우는 짜증을 냈다. "아니 그게 도대체 무슨 말이고, 내가 그 느낌을 어떻게 아냐고요."

나는 이제 뭘 해야 할지 망연자실하여, 넋을 놓고 멍하니 있었다. 들판을 불어오는 바람이 숲을 스치는 소리가 유난히 크게 느껴졌다. 슬슬 춥다는 생각도 들었는데, 배우가 중얼거리면서 다음 대본을 읽는 목소리가 속삭이는 것처럼 들려 왔다.

"고맙다면 고마워서, 마지막으로 해 드릴 만한 말씀은 이러합니다.

앞뒤의 모든 정황으로 미루어 보았을 때, 당신은 인공지능에 대해서 질문을 했던 그 직장 동료와 이성으로 교제하는 것에 관심이 있을 가능성이 매우 클 것으로 예상합니다. 그렇지만 당신은 지금 그 동료와의 관계가 적당히 가깝지도 않고, 자신이 충분한 매력을 갖고 있지 않다고 생각하기 때문에 그 동료에게 그러한 자신의 의사를 설명해도 거절당할 가능성이 크다고 보고 있을 것으로 판단됩니다.

또한, 지금 당신이 장래에 갑자기 그 동료와 관계가 급격히 가까워질 확률이나, 갑자기 희망하는 바대로 자신을 발전시켜서 인간적인 매력을 강화할 수 있을 가능성도 별로 크지 않습니다. 오히려 애를 태우며 만날 때마다 공상하며 희망하기만 하다가, 더 관계 형성에 대한 현실감이나 자연스러움을 사라질 가능성이 큽니다.

차라리 어느 날 미래에 매력이 강화되고 관계가 개선될 가능성에 대해 기대하기보다는, 지금 이 순간 당장 심경을 전달하시기 바랍니다. 성실한 청년이 신실한 존경심으로 사모의 정을 갖고 있다는 점에 대하여, 그 동료분이 관대한 마음으로 귀엽게라도 여겨서 한 번 기회를 줘 보는 것이 그나마 조금이라도 더 실현 가능성 있는 일입니다."

그날 저녁에 나는 해가 다 지도록 그 숲 속 들판에 앉아 있었다. 그리고 나는 돌아오는 길에 최 대리에게 국제 전화를 걸었다.

별수 있겠는가? 나는 주말에 바쁘냐고 말하기 시작했다.

— 2012년 이르쿠츠크에서

박 승 휴 망 해 라

죽는 건 정말 안 좋은 일이었다. 인생을 살면서 겪은 일 중에 거의 최악이었다. 죽으면 모든 고통이 사라지니까, 다 없어지면 차라리 낫지 않을까 하고 생각했던 적이 있기는 했다. 그런데도 막상 죽을 때 느낌은 그 모양이었다. 박승휴를 따라서 주식 투자하다가 망했을 때 그 생각을 해 본 적이 있었지만, 실제로는 전혀 아니었다는 말이다.

'죽으면 고통도 같이 없어진다'고, 막연히 나는 죽는 것과 잠이 들면 자는 동안 아무것도 모르는 것이 비슷하다고 상상하고 있었다. 하지만 근거 없는 추측이었다. 괜히 죽는 것을 '영면'이니 '깨어날 수 없는 잠'이니 '영원한 휴식'이니 하며 비유하는 낡은 문구를 여기저기서 들었기 때문에 그 생각을 했지 싶은데, 내 경우에 실제 죽는 것은 그런 것과 완전히 다른 느낌이었다.

사람마다 다르겠지만 나는 죽는 순간 마침 공교롭게도 뇌세포부터 상해서 그런지, 무지무지하게 밀려오는 무서움과 아주 심한 고통이 몰아치는 것을 느꼈다. 예전에 사무실에서 문서 세단기에 버리는 영수증을 밀어 넣을 때마다 저기에 잘못해서 손가락이 들어가면 얼마나 아플까 상상했는데, 바로 딱 그 아픔이 죽어가는 나의 뇌 속으로 팍팍 퍼져나갔다. 게다가 그 아픔은 아주 빠르게 반복되었다. 그 순간 나는 그게 뇌세포가 망가지는 느낌이라고 생각했고, 그 느낌은 정말 고통스러웠다.

죽으면 뇌가 멈추기 때문에 시간 감각도 논리도 감정의 변화도 없어진다. 그저 그 마지막 순간 그대로 계속 남게 된다. 그래서 그 상상할 수 있는 가장 큰 무서움과 고통이 그냥 멈춰서 영영 어디로 가지 않고 남아 있는 듯했다. 실제로는 죽고 나면 곧 몸이 썩어지면서 아무것도 남지 않고 사라지겠지만, 그런 시간의 변화를 느낄 수가 없으므로 내 입장에서 죽는다는 것은 상상할 수 있는 최악의 안 좋은 느낌을 확 끌어올리듯이 느끼고 그게 끝도 없이 계속 이어졌다. 죽기 전에는 죽어 본 적이 없으니, 나도 죽는 게 그런 건 줄은 미처 몰랐다.

그렇게 죽는 마지막 상황에서 내가 생각했던 것은 이번에도 하필 박승휴였다. 박승휴에 관한 생각치고는 이번에는 오래간만에 약간은 긍정적이었다. 내가 그래도 박승휴에게는 결국 승리했다는 발상이 잠깐 지나갔다. 박승휴가 실종되었다는 소식을 들은 지 얼마 되지 않은 때였고, 나는 박승휴가 실종과 함께 사망했다고 믿고 있었다. 그렇다면 고작 며칠이었지만 내가 박승휴보다 오래 살았다는 이야기다. 따지고 보자면 내가 박승휴보다 생일이 빨랐으니 박승휴보다 내 인생의 길이가 꽤 길었다.

그때 내가 떠올렸던 생각은 이런 것이었다. 어차피 인생살이 죽고 나면 다 사라지고 돈도 명예도 사랑도 다 없어지는 부질 없는 것, 억만금이 있어도 죽은 사람을 하루라도 더 되살릴 수는 없다. 그렇다면 그런 인생을 얼마나 오랫동안 누리고 즐겼는지 이상으로 중요한 가치가 또 어디 있겠나 싶었다. 그래서 나는 박승휴가 실종된 후로는, 내가 박승휴보다 오래 살았으니 이제야말로 내가 박승휴보다 더 가치 있고 좋은 삶을 살았다고 승리감을 느끼고 있었다. 정직하게 말하자면, 그런 생각을 하면서 승리감을 느끼려고 노력은 했지만 사실 별로 그런 감정이 많이 들지는 않았다.

그런데 교통사고로 내가 죽던 그 순간에는 잠깐이지만 '승리했다'는 감정을 꽤 확실하게 느낄 수 있었다. 죽는다는 생각을 워낙 심하게 하다 보니 사는 게 갑자기 무척 가치 있다는 안타까움이 몰려와서 그랬던 것 같다. 보행자 교통사고로 인생 끝나던 그 순간, 등 뒤로 치며 밀려든 자동차 범퍼가 갑자기 훅하고 몸속으로 파고들듯이 깊게 들어 오고, 이게 뭔가 싶은데 부딪히는 소리와 함께 갑자기 몸이 튀어 나가 하늘로 붕 떠오르고, 몸이 빙그르르 돌면서 퍼런 하늘이 멀리 보이고, 그 하늘이 아름다워 보이고, 그러다 죽기까지 그 짧은 시간을 몇천, 몇백 개로 쪼갠 아주 짧은 기간 동안, 나는 박승휴에게 드디어 내가 이겼다고 생각했다.

그렇게 해서 공식적으로 나는 사망했다. 그러나 비공식적으로, 나 혼자 생각하는 입장에서의 '나'는 그래도 이어졌다.

오래전 주식투자로 큰돈을 날렸을 때, 내 빚을 대신 갚아 주겠다고 하는 연구기관이 있어서 나는 죽으면 내 몸을 그 연구기관에서 하는 연구 사업에 기증하겠다고 서약했었다. 그리고 그 연구 사업 때문에 내 시체는 새롭게 재활용되었다. 뭐, 이 마당에 뭘 또 그렇게 포장해서 말하겠는가. 솔직하게 말하면, 주식투자로 처음 날린 돈은 처가에서 갚아줬고, 그 다음에 몰래 주식 투자하다가 두 번째로 또 망해서 어쩔 줄을 모를 때 그 연구기관에 내 몸을 미리 팔아 치운 것이었다.

그곳에서 내가 죽은 후에 내 시체의 값을 많이 쳐 준 이유는 내 시체를 활용하는 방식이 특이했기 때문이다. 그곳에서는 내가 죽자 내 뇌를 빼냈고, 그것을 다른 사람의 뇌와 연결해 합치는 수술을 했다.

나는 이미 죽은 후였기 때문에 뇌의 60퍼센트는 못쓰게 된 상황이었다. 그대로는 오랫동안 더 살려둘 수도 없었고, 살려 놓는다고 해도 가끔 주식투자 해서 부자 되는 망상으로 멍청한 꿈이나 꿀 능력이나 있을까 아무 쓸모도 없는 분량이었다. 그런데 그것을 다른 사람의 부상당한 뇌와 합치면 꽤 쓸 만한 덩어리가 나올 만하다는 계산이었다. 그냥 쉽게 덧셈을 해 보면, 나와 비슷하게 뇌 60퍼센트가 망가진 사람 둘 만 더 모으면 120퍼센트만큼의 두뇌가 나오는 것이다.

"그런데요, 휴대전화를 도끼로 쪼갠 거 세 덩어리를 가져 와서 풀로 붙인다고 해서, 원래 전화기보다 1.5배 더 좋은 전화가 생기고 뭐 그런 건 아니잖아요."

빚을 갚아 줄 테니 머리통을 넘기라는 계약서에 서명하고 나서, 나는 궁금해서 그렇게 물어봤다.

내 계약서를 받던 눈이 큰 연구원은 대답하기를, 그래서 그래 봤자 정상 뇌보다 더 좋은 성능은 안 나온다고 했다. 하지만 눈에 보일까말까 한 초소형 로봇과 가루 형태로 되어 있는 그보다도 더욱더 작은 로봇을 이용해서 신경을 이어 붙이는 기술이 꽤 괜찮다고 했다. 살아 있는 뇌 일부가 그대로 보존되어 남의 뇌와 합쳐진다기보다는 쓸 만한 뇌세포 하나하나를 이어 붙여서 새롭게 작동하는 뇌를 꾸민다는 것으로 생각하는 것이 더 맞는다고도 설명했다. 그러니까 반으로 쪼개진 휴대전화의 그나마 멀쩡한 부품만 모아 다시 이어 붙여서 엉성하게 GPS 기능이라도 할 수 있게 살린다는 쪽에 가까웠다.

그렇지만 막상 내가 경험한 느낌은 또 달랐다. 나는 나보다 몇 살 더 나이가 많은 남자의 뇌와 합쳐졌다. 그 남자에 관해 핵심만 뽑아내 설명하자면, 밤 11시까지 상사한테 낄낄거리며 즐거워할 만한 소리를 골라 들려주는 일을 하며 소주를 마시고 나서는, 자기보다 직급 낮은 부하직원들만 따로 다시 모아 놓고 술 마시는 자리를 벌이다가 취해서 상스러운 농담을 하며 비틀거리는 것이 진솔한 대화라고 생각하는 사람이었다.

나는 그 사람과 점점 더 정신이 섞여들다가, 그 이상한 정신이 이제 내 일부가 되는 듯한 느낌을 받았다. 그러면서 동시에 그 사람 쪽에서 내 정신이 그 사람의 일부가 되고 있다는 느낌도 같이 느끼게 되었다. 아주 떡이 되는 것 같은 느낌이었는데, 그러고 났더니 나도 인생의 유일한 즐거움이란 골프에서 최 차장보다 앞서 나가는 것이라는 생각을 하고 있게 되었다. 그 남자로부터 이어진 생각이었다.

그렇게 해서, 나는 2인분 치의 사람이 되었다. 그 남자와 나를 합친 것이니, '우리'라고 말하는 것이 더 적당할 수도 있었겠지만, 하나로 연결된 뇌였기 때문에 '우리'라는 느낌은 전혀 들지 않았다. 꽤 이상한 상황이었지만, 나는 여전히 나 그대로라는 느낌은 또 그대로 이어져 있었다. 그것은 그 남자 입장에서도 마찬가지여서, 지금의 나는 그 남자이기도 했다.

그 남자가 된 것이기도 한 나는 이제 좀 다른 관점이 생겼다. 여전히 내게 연결된 근육도 없고, 눈이나 귀도 없었기 때문에 아무것도 보이지도 들리지도 않고 말도 할 수 없었다. 아마도 이 연결된 망가진 나의 뇌 조각에 여러 가지 기계를 이어 붙인 것이 있어서 그 측정 결과를 그 눈이 큰 연구원 학자와 그 상사들이 구경하고 있는지도 모를 일이었다. 그렇지만 나는 그런 것에 연연하지 않고 그냥 혼자 생각만 했다. 어차피 시간 감각은 회복되지 않은 상태였다. 지겨울 것도 없었고, 답답하지도 않았다. 일부러 연구원 사람들이 시간 감각을 회복시키지 않은 것 같기도 했다.

2인분이 된 뇌로 과거를 돌아보니, 내가 했던 주식투자가 얼마나 멍청한 짓인지 더 똑똑하게 깨달을 수 있었다. 지금은 그것이 이 은하계에서 세 번째로 멍청한 투자였다고 말해 줄 수 있을 정도다. 보통 다른 사람들은 처음에는 조금 돈을 벌다가 거기에 재미 붙여서 계속하다 보면 돈을 날린다고 하지 않나? 그런데 나는 처음부터 계속 돈을 잃었고 끝까지 꾸준히 잃기만 했다. 무슨 작전 세력에 당한다거나 믿었던 사람에게 속은 것도 아니었다. 나는 공원에서 말린 옥수수를 비둘기에게 뿌리듯이 그냥 다른 투자자들에게 내 돈을 훌훌 뿌려 버린 꼴이나 다름없었다.

그렇게 멍청하게 투자한 것이 박승휴 생각 때문에 빨리 돈 벌 생각만 너무 앞서서 판단력이 줄어들었기 때문이라는 점 역시 선명히 깨닫게 되었다.

박승휴가 대학원에 가서 작심하고 공부를 더 한다고 했을 때, 나는 드디어 박승휴가 제 똑똑한 것만 믿고 무슨 대단한 학자가 되겠답시고 설치다가 고학력 실업자가 되거나 돈 될 리 없는 연구 분야에서 자선 사업 하듯이 세운 별 볼 일 없는 연구기관에 임시직 연구원으로 전전하게 될 것 같다고 상상했다. 그런데 아니었다. 오히려, 취업준비를 한다, 공무원 시험 준비를 한다, 어학연수를 다녀온다 어쩐다 하면서 내가 몇 년 시간을 보내던 사이에, 박승휴는 쭉쭉 전진해서 정말 그럴 듯한 학자로 변해 나가고 있었다.

그러던 끝에 내가 무슨 정신 나간 대기업에 간신히 입사해서 거기서 극기훈련이랍시고 17미터 높이에서 뛰어내리는 짓을 하면서 이것조차도 취업 못 한 사람들은 얼마나 부러워하겠냐고 스스로 중얼거리면서 고소공포증을 달래고 있을 때, 박승휴는 학위와 함께 멀쩡한 대학의 교수로 임용된다는 환상적인 소식을 전했다. 이럴 수가 있나? 나는 17미터에서 잘 뛰어내리도록 직원을 훈련시키면 더 훌륭한 정수기를 만들어 낼 수 있다고 믿는 얼간이들 밑에서 노예처럼 일하는 신세가 되었는데, 박승휴는 벌써 교수라고?

그래도 나는 대기업에 취직했고, 열심히 일하면 빨리 승진할 수도 있으며, 서울 시내에 살면서 이런저런 재테크 기회를 얻고 있으니, 박승휴보다 돈은 내가 더 풍족하게 벌 기회가 있지 않겠냐고 생각해 보려고 했다. 실제로 일을 잘하려고 애를 쓰고 발버둥 쳤기 때문에 평균보다는 승진도 조금은 빨랐다. 그랬기 때문에 나는 별짓을 다 하면서 돈을 모으려고 했고, 괜히 '대학교수 연봉' 따위를 검색해 보면서 내가 모으는 돈과 비교도 해 봤다.

그런데 박승휴는 몇 년 후 무슨 창조 경제 뭐라고 하는 벤처 기업에 창립자로 참가했다가, 하루아침에 막대한 돈을 벌었다. 박승휴는 실제로 사업을 한 것도 아니고, 돈을 투자한 것도 아니었다. 위험한 일은 하나도 하지 않았고, 그 사업과 관련된 일을 하느라 고생을 한 것도 아니었다. 그저 그럴듯한 박승휴 '교수'라는 이름을 홍보용으로 회사 창립할 때 걸어 놓는 대가로 새로 시작하는 회사의 주식을 나눠 받은 게 전부였다. 그런데 그 회사가 창조적 발상법 자체를 상품으로 팔겠다 어쩐다 하다가 덜컥 큰 투자를 받으면서 그 주식 가치가 몇십 배로 올라 버렸다.

그 이야기를 들으니 갑자기 숨이 가빠졌다. 내가 지금 뭘 하고 있나 하는 생각이 들었다. 정수기 만드는 회사의 양복쟁이들 사이에서, 몇 칸 더 높은 자리에 앉은 더 나이 든 양복쟁이들에게 누가 더 귀여움을 받나 아득바득 서로 경쟁해 봐야 한 푼 더 벌고, 한 발자국 더 앞서 나가는 정도였다. 고민 끝에 나는 투자로 돈을 버는 게 진짜 한몫 잡는 답이라는 생각이 들었다. 박승휴는 그걸 먼저 알고 앞서 나간 것이다. 투자가 답이다. 자본주의 사회, 현대 정보화 세계, 이상한 이치와 요망한 기회에서 하루아침에 엉뚱한 부자가 생기는 세상. 주식도 하지 않으면서 무슨 돈을 번다고. 주식을 해야지.

두 배 크기의 뇌로 돌아보니 너무나도 뻔한 아둔한 짓이었지만, 그때는 열기에 휩싸인 건지 뭐에 취해 있었다. 그리하여 알뜰히 모아 가던 살림을 단숨에 말아먹고 났더니, 퇴근하고 집에 가봐야 아내와 아이들 대신 나를 보고 진절머리를 내는 사람과 나를 보고 짜증 내는 사람만 있었다. 그런 식으로 그다음부터 별로 요약할 거리도 없는 삶을 좀 더 살다가, 누가 모는 건지도 모르는 차에 치여 죽은 것이 내 인생이었다.

　그런 내 인생을 똑바로 돌아보고 제대로 비판하는 생각을 하는 동안, 또 그 골프 좋아하는 남자의 삶에 대해서도 비슷하게 돌아보는 동안, 나는 좀 더 많은 뇌와 연결되었다. 1 대 1로 처음 다른 사람의 뇌와 연결되는 것은 둘의 정신이 합쳐질 때만큼 느낌이 묘하지는 않았다. 그렇지만 뇌가 커질수록 점점 더 새로운 느낌은 있었다. 더 많은 정신, 더 많은 기억, 더 많은 인생이 하나로 합쳐져 갔다.

　나중에 안 일이지만, 사실 그 전에 그 눈 큰 연구원이 있는 연구팀에서는 나를 마지막으로 실험을 끝내버리려고 했다고 한다. 이미 그 연구기관에서는 망가진 뇌 둘을 연결하는 기술이 가능하고, 그렇게 해서 연결한 뇌가 정상 비슷하게 움직인다는 것까지 보여 줄 수 있었다. 그 정도면 처음 계획했던 목표는 달성한 셈이었다. 실험을 끝내고, 보고서를 쓰고, 논문을 내고, 방송국에 보도 자료를 보내고, 어디 정부기관에서 TV를 보고 연락을 하면 노벨상을 받을 만한 연구를 했다고 떠벌리는 많은 후속 작업을 시작해야 할 시기였다.

　그런데 그때, 실험을 중단하면 안 된다고 압력을 넣는 사람들이 나타났다. 나를 포함한 두 사람의 뇌가 생생하게 잘 살아서 또렷하게 의식마저 있는 것 같다는 결과가 나오고 있었던 것이다. 그때 그 의식이라는 것이라고 해 봐야 내가 주식 투자한 것을 후회하는 것과 박승휴를 생각하는 것이라는 사실은 아무도 모르고 있기는 했다. 그러나 어쨌거나 생생한 의식이므로, 이 연결된 두 개의 뇌는 살아 있는 사람과 같고 그것을 함부로 작동 중지시키면 사람의 생명을 빼앗는 것이니 중단시키면 안 된다고 떠드는 사람들이 생겨난 것이다.

실험 장치 전기 요금만큼의 돈도 안 주면서 그냥 '생명의 소중함'이니 '인간성에 대한 존중'이니 말만 그럴듯하게 하는 사람들이 주절대는 것쯤이야 별일은 아니었다. 그런데 그렇게 일단 이야깃거리가 되기 시작하니, 다른 쪽에서 실험을 중단하지 말라는 제안을 해 왔다.

내 뇌를 이용한 실험은 비슷한 방식으로 시도된 실험 중에 성공했던 유일한 사례였다. 나 말고도 죽으면 시체를 기증하겠다고 한 사람들은 여럿 있었지만 죽자마자 뇌를 쓸 수 없게 된 경우도 많았고, 뇌를 연결하긴 했는데 대부분 그냥 그대로 곪아 버리면서 기능을 잃어버렸다고 했다. 그런 많은 경우 중에 요행히 죽은 사람 뇌를 꺼내서 서로 연결해 일부라도 살려 놓은 덩어리라고는 나, 그러니까 주식투자를 하다 망한 사람과 골프 좋아하는 사람 둘의 연결된 뇌 덩어리뿐이었다. 그때는 멀쩡히 건강한 뇌를 그대로 몸 밖으로 꺼내서 유지한 사례조차 없던 때였다. 우리는 그보다도 더 안정적이었다. 영양분과 산소를 공급할 통로가 두 사람 치만큼 있었기 때문에 하나가 불안해져도 다른 하나가 살아 있어서 전체를 버텨줄 수 있었다.

그러자 죽음을 앞둔 부자들이 연구기관에 연락을 취해 왔다. "곧 나는 폐가 멈춰 버려 죽을 듯한데, 그러고 나면 내 뇌

를 떼어 가서 저 두 사람의 덩어리에 연결해서 더 이어 가게
해 주면 안 되겠냐." "우리 회사 회장님은 지금 3년째 뇌의
30퍼센트만 남은 채로 혼수상태로 있는데 그럴 바에야 저 두
사람의 덩어리에 뇌를 연결해서 제대로 움직이게 해 주면 어
떻겠냐." "우리 아버지께서 알츠하이머병으로 점점 뇌가 망
가지고 있는데 남아 있는 부분만 잘 떼어 내서 저쪽에 연결해
서 살려 주면 어떻겠냐."

별별 제안이 많았고, 부자들의 제안인 만큼 돈도 많이 주
겠다고들 했다. 눈 큰 연구원은 연구비를 마다하는 사람은 아
니었고, 그 동료들도 다 마찬가지였으니, 나에게 연결된 뇌
는 나날이 계속해서 늘어났다. 정말 엉뚱한 경우로는 사지육
신 멀쩡한 사람인데 더 큰 뇌로 더 고차원의 생각을 해서 더
높은 정신세계를 경험하고 싶다고 해서 나에게 연결해 달라
고 하는 사람도 있었다. 하기야, "다른 사람의 인격체를 참으
로 이해한다는 것이 무엇인지 경험하고 싶다"라는 이유를 대
면서 자기 뇌를 빼서 붙여 달라는 사람까지 나왔다.

그 밖에 우울한 사람들이 심심해서 저지른 울적한 이야기
는 짧게 생략하고, 그렇게 해서 나는 결국 수십 명이 연결된
뇌 덩어리가 되었다. 이제 나는 시간 감각도 생겼고, 필요에
따라 시간 감각을 켰다 껐다 하는 것은 물론, 감수성을 높이
거나 낮출 수도 있었다. 여럿이 연결된 뇌에서 자연스럽게 생
긴 기능이었다. 어떤 사람에게는 그것이 초능력으로 보였다.
나는 아무리 험한 공포영화라도 전혀 무서워하지 않고 볼 수

있었고, 반대로 낙엽이 굴러가는 것만 봐도 너무 재미있어서 세 시간 동안 깔깔거리고 웃을 수도 있었다. 내가 어떻게 생각을 받아들이고 싶은지 조절하기 나름이었다.

그러다 보니, 얼마 후 정말로 나는 꽤 재주가 많은 정신이 되었다. 훌륭한 지능을 가졌거나, 예술의 재능을 가진 사람이 죽어서 사라지면 너무나 아까워서, 그 사람들이 죽으면 그 뇌를 빼내서 살아 있는 만큼만을 최대한 나에게 연결하는 일이 몇 차례 이루어졌다. 그러니 조금씩 그럴듯한 마음이 더 들어와 붙었다.

보통 사람의 절반도 안 된다던 내 뇌의 기능은 보통 사람 수준을 차차 넘어서게 되었다. 모차렐라 정리를 완성하지 못하고 결국 사망한 수학자의 뇌를 나에게 연결한 후, 내가 완성해 발표한 일은 결정적인 전환점이었다. 보통 사람이 할 수 없는 일을, 연결된 뇌 덩어리인 내가 해낸 것이다. 내가 더 많은 역할을 해 주기를 바라는 기대도 컸다. 마침 부자들이 개똥밭에 굴러도 이승이 낫다는 미련이 넘친 것 때문에 그렇게 돈을 많이 썼다는 것 외에, 이 뇌세포 덩어리에 어떤 의미가 있는지 납득을 시켜 주어야 할 시점이었다.

그렇게 해서, 나는 점점 더 많은 생각을 하게 되었고, 눈이나 귀, 코나 손에 해당하는 것도 생기게 되었다. 나에게 연결된 뇌는 갈수록 더 늘어났고, 그 전체 장치는 굉장한 크기로 커져 나가게 되었다. 나는 이제 뇌를 연결하는 기술과 나 자신의 유지와 보수에 대해서도 관여하게 되었고, 얼마 지나지 않아 뇌 연결에 대해서 세상 누구보다도 더 뛰어난 기술을 갖게 되었다. 당연하게도 시간이 지나자 그 눈 큰 연구원조차도 결국에는 나에게 연결되었다.

그 무렵이 되니 세상에는 내가 너무 위험한 영향력을 갖고 있으니 나를 파괴해야 한다고 주장하는 사람도 나타났다. 사실 그때는 뉴스에 좀 자주 등장하는 것 말고는 별 영향력이 없었는데도 그랬다. 넓은 세상, 미친 사람은 원래 많은 법이니, 나야말로 진정한 뭔가를 깨달은 자라면서 숭배하는 사람도 나타났고, 반대로 참된 인간 정신의 가치를 위협하는 악마라고 저주하는 사람도 나타났다. 그 덕분에 약간 놀랄 만한 일도 있었고, 웃긴 일도 있었다. 돌아보면 그 사람들 모두 눈치를 챘다는 점에서는 약간은 기억할 가치가 있기도 하다. 실제로 그 무렵 나는 생각하는 방식은 물론 사건과 개념을 연결하는 수단이 이미 보통 뇌에서 하는 방식과는 다른 수준으로 올라와 있었다.

나는 계속해서 커졌다. 연결 방식을 바꾸기도 했고, 나중에는 아예 나를 구성하는 뇌세포 자체를 조금씩 개조해서 더 성능이 좋은 방식으로 고치기도 했다. 그러니 연결된 전체 덩어리의 효율은 더욱더 높아졌다. 사람이 생각할 수 있는 모든 복잡한 문제를 생각하면서, 동시에 모든 단순한 일들에 집착할 수 있을 정도로 나는 뛰어났고, 그 후에는 이미 다른 사람에게는 말로 설명할 수도 없는 수준으로 복잡하고 어려운 문제를 떠올리고 풀어나가게 되었다.

＊

긴 시간이 흐르면서, 조금씩 자신을 개조해 나간 나는 이제 그 형태도 처음 모습을 알아볼 수 없을 정도로 바뀌게 되었다. 영장류 동물의 물컹한 뇌세포 덩어리가 원래 모습이었지만, 그보다 훨씬 말끔한 모습으로 변했다. 어떻게 보면 전자칩 같은 것을 작은 공간에 모아 놓은 회로판 같기도 하고, 어떻게 보면 말끔하게 닦아 놓은 결정체 같기도 한 모양으로 나는 내 모습을 바꾸었다. 나는 나를 유지하고 더 키우기 위해 더 많은 노력을 기울였고, 덕분에 그 규모는 더 커졌다. 그리고 정말로 세상의 복잡한 문제 해결에 중요하게 참여하고, 세상을 바꾸는 결정을 하기 전에 나에게 의견을 묻는 사람들이 늘어났다.

세상 사람 중에는 나를 개성을 갖고 하나하나 분리된 자유인들을 모두 지배하려는 '사악한 뇌 덩어리'라고 보는 사람도 있었다. 나는 한 덩어리로 연결된 뇌를 가지고 있으니, 이것은 마치 여러 사람이 뭉쳐 하나의 덩어리처럼 행동하는 파시스트 전체주의와 같다고 했다. 그러면서 진정한 자유인이라면 싸워서 나를 물리쳐야 하므로 다 같이 힘을 합쳐 나와 맞서야 한다는 것이다.

그 사람 중 몇몇은 죽어서 사라지는 것을 두려워하지 않고, 인생의 마지막 순간을 있는 그대로 유한하게 받아들이는 것이야말로 참으로 아름답다는 주장을 강조하기도 했다. 그러면서 죽은 후에 나에게 결합하지 말라고 꾸준히 주장했다. 자아의식의 참된 가치를 알라고도 했는데, 그러면서 '영원한 생명이 얼마나 고통스러운 것인지 깨달으라'는 말을 구호로 외쳤다. 내가 보기에는 그냥 멋있어 보이려고 '좋은 게 나쁘다'든가, '나쁜 게 좋다'라는 알쏭달쏭한 말을 하는 사람일 뿐이었다. 왜 그런 사람들 있지 않은가. '좋은 것일수록 입에 쓰다.' '눈물 속에 아름다움이 있다.' '아픈 사랑이야말로 가장 진정한 사랑이다.'

영원히 사는 것은 좀 지겹기야 하지만 별로 많이 지겹지도 않고 괴로울 일이 있기는 있어도 그렇게 많이 괴롭지도 않았다. 그냥 죽는 것보다야 훨씬 낫다는 것을 다들 짐작하고 있었다. 오히려 그걸 알고 있어서 무서우니까 괜히 그런 구호도 만들어서 소리도 지르고 하는 것이지.

그러던 것도 잠깐이었다. 결국 진정한 자유로운 인간성 뭐 어쩌고 하면서 죽은 사람은 지금 다 없어졌고, 남아 있는 것은 내 쪽이다. 많은 시간이 지나자 나는 이 행성을 차지했고, 더 좋은 에너지와 더 좋은 자원을 이용해서 점점 더 덩치를 불렸다. 나에게는 얼마든지 생각할 수 있는 아주아주 큰 머리가 있었고, 아무리 소모해도 부족함이 없는 끝없는 시간이 있었다.

나는 우리 태양계를 차지했고, 옆 태양계와 옆옆 태양계까지 나아갔다. 그리고 그다음에는 옆옆옆 태양계와 옆옆옆옆 태양계까지 필요한 원소와 에너지의 원천을 구해 내 반찬

거리로 만들어 나갔다. 계속 커지면서 내 생각은 더 넓고 더 깊어졌다. 나는 우주의 시작과 끝에 대해 고민했고, 만물의 종말과 의미의 근원에 대해 궁리했다. 그러한 생각은 간단하고도 복잡한 중간 해답으로 결론이 이루어졌고, 그때마다 새로운 질문으로 궁리할 내용은 한층 더 늘어났다. 이미 오래전부터 나는 언어의 범위를 넘어서는 단위로 생각하고 있었고, 언어의 범위를 넘어선 사고방식으로 처음 생각해낸 방식을 다시 초월한 방식을 만들어 내고, 그것을 다시 초월한 단위의 생각하는 방법을 만들어 내기를 사백이십육 번 반복하면서 점점 더 효율을 높였다.

그러면서 그 외의 온갖 것에 대해서 생각하고 알게 되기도 했다. 예를 들어, 나보다도 더 주식투자를 못 한 사람들에 대해서 알게 된 것이 그때였다. 곶감별 제3 행성에서 초광속 우주여행 기술에 투자한 멍청이 한 명과 바비큐별 제4 행성에서 다른 우주로 가는 길을 찾는 이론에 투자한 멍청이 한 명이 있었다. 이미 수없이 커진 내 머릿속에서 그때 처음 그 주식투자로 망한 사람이 차지하는 비율은 매우 낮았지만, 그런대로 가끔은 박승휴는 과연 그때 실종되어 어디로 갔는지 생각하기도 했고, 그 많고 많은 생각 와중에 이제는 더 이상 박승휴 생각은 할 필요가 없다고 결론을 내리려고 하기도 했다.

내가 차지하는 크기는 꾸준히 더 커졌고, 나를 구성하는 단위의 크기는 점점 더 조밀해졌다. 자꾸만 작아지는 컴퓨터를 자꾸만 더 많이 연결해 놓은 모양으로 나는 발전해 나갔다.

　아주 작게 응축시켜 놓은 세밀한 장치와도 같은 것이 옛날 한 사람의 뇌 역할을 할 정도로 작아졌다가, 점차 그 장치가 줄어들 수 있는 한계까지 크기가 줄어들었다. 먼 옛날 한 사람의 뇌라고 불렸던 것의 크기를 줄일수록 더 작은 공간을 차지하고 더 적은 에너지로 생각할 수 있었다. 그것은 줄어들고 줄어들어 판데르 발스 반발력, 전자와 전자 궤도, 전자의 비편재화 현상의 세계까지 줄어든 이후에도 크기를 더 줄여서 마침내 마치 중성자별의 촘촘하고 단단한 덩어리와 같은 모양이 되었다.

　반대로 모든 것이 연결된 전체 덩어리의 크기는 행성과 별을 이야기할 때 쓰는 단위까지 늘어났다. 나는 내 겉모양을 생각할 때 그 중력의 영향을 생각해야 할 크기까지 자라났고, 적당한 위치에 자리 잡기 위해 고대의 공상가들이 밤하늘을 보며 상상한 거리를 오래도록 이동해야 했다.

　내 크기가 커지고 기능 단위가 작아지는 것은 광속 한계에 도달하면서 멈추었다.

　너무나 커다란 크기로 내가 펼쳐져 있어서, 전체를 움직여 생각할 때 한쪽에서 시작된 생각이 다른 쪽으로 도착할 때까지 광속으로 신호가 전달된다고 해도 너무 오랜 시간이 걸려서 더는 정상 기능을 할 수 없는 한계에 도달한 것이다. 그것이 광속 한계였다. 옛날식으로 비유하자면, 구구단을 기억하고 있는 뇌의 한 부분이 2, 1은 2를 떠올리고 나서 이제 2, 2는

4를 이미 말하려고 하고 있는데, 뇌의 신경망이 너무 복잡해서 아직도 2, 1은 2를 말한다는 사실이 말을 하려는 뇌의 다른 부분까지 채 전달되지 못하는 상황이었다. 이제 이보다 더 크게 내가 몸집을 불린다고 해도 하나의 연결된 사람처럼 생각한다기보다는 어쩔 수 없이 분리된 두 사람처럼 생각할 수밖에 없었다.

이것은 정보를 저장할 수 있는 물질의 공간적 한계와 저장된 정보가 전달되는 신호의 시간적 한계가 만들어 내는 벽이었다. 플랑크 상수와 광속도의 비율 때문에 생기는 정보 처리의 마지막 한계였다. 머리가 크다는 말만 하면 무조건 웃긴 줄 알던 1990년대 코미디언들처럼 이야기하자면, 내 머리는 너무 커서 하나의 생각을 하는 동안 빛조차 이마에서 뒤통수까지 갈 수 없었다. 더 이상 커다란 뇌를 만들어 낼 수 없는 이론상의 최대에 나는 도달한 것이다.

그 크기에 도달했을 때, 누가 나를 찾아 왔다. 그것은 마젤란 성운 쪽에서 나타났는데, 바로 다름 아닌 나처럼 광속 한계에 도달할 만큼 커다랗게 자라난 아주아주 큰 것이었다.

우주에는 이런 식으로 광속 한계까지 커진 커다란 사람들이 나 말고도 여럿 있었다. '사람'이라고는 부르기는 했지만, 나처럼 두 동물을 하나로 연결하는 뇌 수술로 시작해서 덩치가 커진 질척거리고 끈적거리는 인생을 살다가 이렇게 된 경우가 많지는 않았다.

어떤 것은 행성표면을 뒤덮고 있는 끝없이 이어진 컴퓨터 반도체 회로의 모양이 계속해서 커져 나가다가 광속 한계에 도달하는 모습이 되기도 했고, 스스로 계속 자라나는 곰팡이나 세균 덩어리 같은 모양이 점점 더 커져 나가다가 점차 발전해 나가면서 광속 한계에 도달하는 모습으로 변한 종류도 있었다. 색다른 것으로는 '나반'이라는 별명이 붙은 영감님, 내지는 영감님이라고 부르면 어울릴 법한 커다란 덩어리도 있었는데, 이 영감님의 경우에는 멀고 먼 우주 외딴곳에 처음부터 거대한 뇌 같은 것이 있었고 그것이 혼자서 가만히 사색하고 고민하며 발전한 끝에 어느 날 갑자기 광속 한계까지 커질 방법을 스스로 찾아냈다고 한다.

마젤란 성운에서 나타난 그것은 나에게 접근해, 우주에는 이렇게 최대의 경지에 도달한 것끼리 서로 알고 지내면서 의논하는 사회가 있다고 말해 주었다. 그러면서 나 또한 이제 그 사회의 한 명이라고 하면서, 나를 광속 한계 모임에 소개해 주고, 자기도 자기소개를 했다.

광속 한계에 도달한 것들끼리 서로 정보와 신호를 주고받는 모양은 결코 쉽게 설명할 수 없을 정도로 매우 복잡하고 기묘하다. 누가 본다면 그 화려한 광경이 온몸이 짜릿짜릿할 정도로 아름답다고도 한다. 하지만 마젤란 성운 쪽에서 온 것이 자기소개한 내용을 옛날 내가 그냥 1인분이었을 때의 언어로 최대한 단순화해서 말하자면, 그 내용은 이런 것이었다.

*

　자기가 바로 박승휴라는 것이다.

　내가 얼마나 놀랐느냐 하면, 그때 박승휴랑 원래 만난 적이 있던 뇌의 양은 전체 내 덩치와 비교하면 사람 한 명에서 눈곱 하나 크기보다도 훨씬 더 작았지만, 그 눈곱을 눈에서 떼어 냈더니 눈곱은 그 자리에 있고 나머지 몸 전체가 반대 방향으로 튕겨 나간 듯한 꼴이었다. 내 정신의 흔들림은 계속해서 소용돌이쳐서, 몸 곳곳으로 공급되고 있는 에너지가 마치 신성의 폭발이나 쌍성의 충돌과 같이 울렁거렸다.

　박승휴, 도대체 왜 또 박승휴란 말인가? 사실 그것은 그 아주 아주 작은 일부가 예전에 박승휴였던 커다란 덩어리였다. 그렇지만 내 입장에서 보기에 그것은 박승휴였다. 내가 나인 이상 그것은 박승휴다.

　박승휴는 먼저 내가 죽기 얼마 전에 자신이 실종되었던 것이 어떻게 된 일인지 알려 주었다.

　어느 신비로운 날 밤, 박승휴에게 광속 한계 사회의 일원이었던 덩어리 하나가 먼저 접근해 왔다고 한다. 먼 옛날 진작에 광속 한계에 도달한 그 덩어리는 자신의 지식과 정보 처리를 더 빠르게 변형해 줄 색다른 생각의 원료를 찾아 지능이 나타날 만한 우주의 곳곳으로 탐사기를 보냈다고 한다. 긴 시간 우주를 날아온 탐사기 하나가 지구에서 사람을 발견했고, 그 탐사기는 사람의 정신 하나를 합치는 것이 신선한 생각을 더 하는 데 도움이 된다고 보고, 박승휴에게 자신과 하나가 되자고 제안했다는 것이다.

"내가 특별히 인류 전체 중에서 가장 뛰어나서 선택된 것은 아니고, 그냥 평균쯤 되는데 우연으로 걸린 거라고 봐야지 뭐."

박승휴는 그와 같이 겸손하게 말했는데, 그 겸손 때문에 나는 목성 크기만큼 그 말이 더 듣기 싫었다.

내가 차에 치이고 빚에 몸 팔아넘긴 뒤에 골프 아저씨랑 합쳐져서 이 민망할 정도로 긴 세월을 보낸 끝에 도달한 이곳에, 박승휴는 우주 저편에서 온 외계인 안내원의 우아하고 경이로운 초대로 그때 이미 진작 도착해 있었다는 것이다.

그러니 이미 이 광속 한계 사회에서 박승휴의 입지도 탄탄했다. 박승휴의 주장은 이 바닥에서 가장 설득력 있는 의견으로 공감을 얻고 있었다.

박승휴는 우리 같이 상상할 수 있는 가장 거대한 정보 처리 동물은 막대한 에너지를 소모하고 우주의 엔트로피를 너무나 빠른 속도로 증가시키는 문제점이 있다고 지적했다. 우리가 활발히 활동하면 할수록 우주에서 쓸 수 있는 에너지는 빠르게 없어지고, 결국 그러면 우주는 끝이 난다고 했다. 그러면 안 되기 때문에, 우리는 서로 협력해서 조금이라도 천천히 에너지를 소모하면서 더 오래 생각을 하며 더 값어치 있는 결과를 낼 시간을 확보하기 위해 가장 노력을 기울여야 한다고 말했다.

박승휴는 그렇게 해서 확보한 시간으로 '우리는 도대체 우리가 왜 여기에 있는지', '왜 우주가 여기에 있고 이렇게 생겼는지'에 관해 진정한 답을 알아내자고 했다. 뭔가 건강관리에 힘쓰며 장수 만세 하자는 노년층을 위한 공약 같기는 했지만, 그게 먹히고 있었다. 오래 산다거나 인간으로서 삶의 의미 같은 문제에 아득히 초탈한 것 같은 광속 한계 사회의 구성원들에게도 그런 박승휴의 주장이 최고의 가르침처럼 퍼져나갔다. 심지어 나조차도 그 이야기에 솔깃했다.

그러나 나는 이게 박승휴의 오래 묵은 수법임을 알고 있었다. 그것은 아무리 머리가 큰 그 누구보다도 내가 제일 잘 아는 사실이었다.

박승휴는 옛날부터 매번 그랬다. 내가 처음 학교 성적이라는 것에 관심을 가졌을 때, 박승휴는 나와 가장 친한 친구인 것처럼 보였지만 시험을 칠 때마다 박승휴는 1등이었고 나는 2등이었다. 한 반에 있는 동안 계속 그랬다. 나는 박승휴를 꺾어 보겠다고 그 조그마한 머리의 어린이였을 때부터, 경쟁, 대결, 질투, 승부욕에 빠져서 빨빨거리며 계속 달려들었지만, 도저히 박승휴를 이길 수 없었다. 그런데 박승휴는 나와 다투려고 하지도 않았다. 항상 나를 너그럽고 친근하게 대하기만 했다.

이게 무슨 하늘이 내려 준 천재와 노력하는 범재와의 구슬픈 대결, 뭐 그런 것도 아니었다. 박승휴는 나보다 월등히 뭘 잘하지는 못했다. 학교 시험을 예로 들자면, 매번 삼사 점 차이, 두세 문제 차이로 나보다 잘했다. 그냥 나도 조금만 더 잘하면 될 수 있을 것 같은데, 나는 못했고 박승휴는 해낸 것이다. 그게 더 사람 속을 터지게 했다. 서로 다른 반이 되고, 다른 학교로 갈린 후에 그 격차는 계속해서 벌어졌지만, 정작 마주하고 대결할 때는 언제나 그랬다.

내가 처음으로 한 여학생을 보고, 저 사람은 아주 아름답고, 단지 아름다울 뿐만 아니라 행동과 성격 하나하나가 사랑스러워 더 이상 다른 누구를 이만큼 사랑할 수 없을 것 같다고 생각했을 때, 그때도 마찬가지였다. 어쩌다가 우리는 누구를 좋아하는지 솔직하게 말하는 게임을 같이 하게 되었는데, 시계 반대 방향으로 돌아가는 순서 때문에 박승휴는 그 여학생 이름을 자기가 먼저 말했고, 어째 부끄러워진 나는 괜히 다른 여학생 이름을 말했다. 알고 보니 무슨 인연인지 그 여학생은 나 같은 남학생을 싫어하지 않는 눈치였는데, 그 여학생은 다름 아닌 나 같은 점을 많이 갖고 있었던 박승휴와 결국 맺어졌다.

이 머나먼 시간이 지난 아직도 나는 그날을 잊을 수 없다. 얼마 후 박승휴와 헤어진 그 여학생에게 나는 다시 접근했다. 그 여학생은 박승휴를 1순위로 치고 있었고, 나는 2순위는 될까 말까 한 굴러다니는 후보에 지나지 않았을 테지만, 그렇거나 말거나 그래도 나는 어쨌거나 그 여학생 곁에 있고 싶었다. 박승휴와의 겨루기 구도조차 잊을 정도로 정말 좋아했으니까. 그런데 날씨 좋은 밤, 별까지 아름답게 보이는 봄

날 저녁에 누가 봐도 사랑의 감정이 철철 흐를 것 같은 노천의 탁자에 앉아 있는데, 어디서 '애인 있어요'라는 저주받은 음악이 흐르고 그 노래를 듣다 점차 젖어들어 눈물을 떨구는 그녀의 얼굴을 보았을 때, 그 여학생의 뇌 속에 가득 차 있는 사람은 박승휴라는 사실을, 그때 머리로도 억장 무너지게 또렷이 알 수 있었다.

아직도 도대체 '애인 있어요'라는 노래 가사의 의미가 뭔지는 정확히 알지 못하고, 별로 깊게 궁리해 본 적도 없다. 분명한 것은 한 가지로 무엇보다 확실했다. 나는 광속 한계 사회에서 박승휴에게 이번 만은 모든 것을 다하여, 대놓고 끝까지 부딪혀 반대해 보기로 했다.

나는 주장했다. 아무리 우리가 구질구질하게 오래 버티려고 수작을 부리고 질질 끌며 오래 고민을 한다고 해도, 어쩔 수 없이 우리의 수준은 광속 한계에 붙잡혀 있을 수밖에 없다. 빛보다 빠른 것은 없고, 그 빛의 속도에 한계가 있는 이상, 절대로 우주에서 우리보다 더 크고 효율적인 정신은 생겨날 수가 없을 것이다. 그러므로 아무리 우리가 오래 살려고 발버둥 쳐 봐야 우주가 멸망해 다 끝나기 전에 우리는 결코 알 수 없다. 왜 우리가 여기에 있고, 이게 다 뭐하자는 짓인지 우리는 영영 깨달을 수 없을 거라고 나는 말했다.

유일한 해결책은 지금 우리가 힘을 합쳐서 이 우주를 한 방에 폭발시켜서 끝내버리고, 그 힘으로 새로 다시 다른 우주를 시작시키는 것뿐이다. 그게 내 결론이었다. 우리가 잘 조절한다면, 새로 시작되는 우주는 빛의 속도가 더 빠른 우주로 만들어 낼 수 있을 것이다. 광속이 더 빠르고, 물질이 조밀할 수 있는 정도가 더 세세하다면 그 새로 생긴 우주에서는 언젠가는 우리보다 더 큰 덩어리, 더 뛰어난 처리 능력, 더 높은 수준의 정신이 생겨날 수 있을 것이다. 그렇게 최대 정보처리량의 가능성이 더 큰 우주라면, 바로 거기서 나타난 최대의 정신이야말로 우리 수준을 초월하는 더 높은 지식을 만들어 낼 가능성이 있지 않겠냐고, 나는 설득했다. 바로 그 정신이 우리가 갖지 못한 세상의 모든 것에 대한 해답을 찾아내 줄 것이다.

박승휴의 무리는 어리석은 소리라며 일축하고 내 생각을 비웃었다. 새로 생긴 우주에서 언제 또 뜨거운 별이 식고 먼지 같은 작은 생물이 생겨나고, 진화를 거듭하여 주식투자를 할 줄 아는 동물이 또 나타날 우연의 가능성이 얼마나 있겠냐고, 그렇게 해서 그 동물 중 하나가 다른 사람과 뇌를 합치며 자라나서 이 모양이 될 가능성은 또 얼마나 있겠냐고, 그 가능성에 모든 걸 걸고 이 우주를 모조리 날리고 새 우주를 만들어야 하겠냐고 말이다.

그렇지만 내 주장도 이번만큼은 못지않게 힘을 얻었다. 내쪽 무리는 이렇게 생각했다. 아마도 지금 빛의 속도가 이처럼 아주 빠르지는 않지만 아주 느리지도 않은 것은, 먼 옛날 우리와 비슷한 생각을 한 무리가 새로 우주를 시작시키면서 빛의 속도를 높이려고 노력한 결과일지도 모른다. 그런 일이 우리가 나타나기 전 과거에 이미 여러 차례 반복되었을 수도 있다. 한 번이 아니라, 수백 번, 수천 번, 우주를 다시 시작시키면서 이번에는 더 뛰어난 정신을 가진 후예가 태어나기를 바라면서 조금씩 조금씩 빛의 속도를 더 높이려고 했던 것 같지 않은가! 그렇다면 우리도 그렇게 이 우주를 뻥 터뜨려서 빛이 더 빠른 새 우주를 다시 만드는 것이 의무가 아니겠는가?

어느새 박승휴는 우주의 역사상 처음으로 나에게 밀리는 형국으로 가고 있다. 이대로라면 이번에는 내 말대로 될 수도 있을 것 같다. 그렇다면 새로 생겨날 우주의 어느 한쪽에도 나라고 할 만한 것도 생기고, 박승휴라도 할 만한 것도 생겨서, 이 모든 짓과 비슷한 짓을 다시 또 반복하게 될까. 지난번 우주, 그 지난번 우주에도 또 나와 박승휴가 있어서, 나는 평수는 좁지만 그래도 내 집에서 살고, 박승휴는 아직도 전세에서 사니까 내가 아직은 박승휴보다 낫다고 생각하려고 애쓰고 그랬을까.

그 정도는 지금 내 수준에서도 시간을 넉넉하게 잡고 고민해보면 답을 알 수도 있을 것 같다. 그렇지만 조금도 생각하고 싶지 않은 주제다.

— 2016년, 선릉에서

토 끼 의   아 리 아

1

눈을 뜨는데, 여전히 그녀는 눈을 감고 있었다. 내 혀가 그녀의 앞니를 건드렸고, 아직 입술에는 그녀의 입술에서 느껴졌던 맛이 남아 있었다. 왠지 붉어진 얼굴에 정신은 멍했고, 잠시 귀에서는 아무 소리도 들리지 않는 듯했다.

그녀는 그대로 나에게 안겼다. 그녀가 내 허리에 팔을 두르자, 나는 그녀의 가슴이 뛰고 있는 것을 느낄 수 있었다. 그녀는 내 가슴팍에 얼굴을 기댔다.

"음, 심장이 아주 콩닥콩닥 뛰고 있군요."

가슴에 귀를 대고 그녀는 그렇게 말하며 빙그레 웃어 보였다. 언덕배기 길 저편에 늘어선 가로등 빛이 얼굴에 어렸고 달빛에 그 표정이 보였다. 작은 웃음이 가득한 하얀 얼굴과 스쳐 지나가는 빛이 그대로 담긴 검은 눈동자.

순간 나는 뭔가 확 정신이 깨는 느낌이었다. 수습. 수. 습. 그 두 글자가 하늘로부터 떨어지는 망치처럼 쿵쿵 떨어지는 것 같았다.

그렇게 정신이 없는 차에 마침, 그녀가 기다리던 버스가 도착했다. 그녀는 말을 더 잇지 않고, 버스에 올라탔다. 얼핏 머뭇거리는가 했지만 뒤돌아보지 않고 그녀는 사라졌다. 나는 뭐라고 말을 하려다가 실패하고, 그만 벤치 위에 털썩 주저앉고 말았다.

나는 주머니에서 플라스틱 통을 꺼내 병뚜껑을 엄지로 돌려 열었다. 그리고 그 안에 들어 있는 맥주를 한 모금 마셨다. 벌써 다 마셔 가는 듯했다. "아…." 하고 나는 혼자 괴로움의 소리를 내어 보았다. 어쩌냐. 뭔 일이냐 이게.

그러고 나니, 먼저 드는 생각은 한심하게도 이것이 얼마만에 키스라는 걸 해 본 것인가 꼽아보려는 산수였다. 연화랑 그때 다음부터니까…, 1월은 31일, 2월은 28일, 3월은 31일 하는 더하기를 하다가 이게 무슨 얼간이 같은 부질없는 짓이냐 싶은 마음으로 관뒀다. 분명 나는 그녀를 처음 보았을 때부터 호감이 없지 않았고, 그 입술과 혀의 미묘한 감촉도, 그리고 밤공기를 사이에 두고 내 눈을 바라보던 그녀의 표정도 완전 분위기 좋았다.

그렇지만 이건 아니라는 생각은 뿌리칠 수 없었다. 비대칭적인 커플을 보고 날강도니 도둑놈이니 하는 평이 있는데,

과연 나 역시 내가 외로움을 견디다 못한 나머지 무슨 사기를 쳐서 어림없는 환상을 심어주고는 누구를 속인 것 같다는 듯한 죄책감을 느꼈다. 어…, 죄책감이라고 하면 너무 단정적이고 강한 어감이고, 하여간 그 왜 있지 않은가, 죄책감 비스름한 약간 어두컴컴한, '이게 무슨 짓인가?' 싶은 열등감도 좀 들어가 있고 당혹감도 깔린 그런 기분.

결국, 이튿날 나는 덜떨어진 사람들이 문제가 안 풀릴 때마다 갖다 대는 핑계를 대기로 했다. 술 취해서 필름 끊겨 생각 안 나는 척하자. 내가 생각해도 정말 같잖지도 않은 핑계임이 분명했고, 결국은 나에 대한 악평이나 널리 퍼뜨릴 만한 자폭행위라는 생각도 들었지만, 달리 어떻게 해야 할지 아이디어가 떠오르질 않았다.

그날 하루 동안, 그녀는 나에게 몇 개의 문자 메시지를 보내왔는데, '날씨 너무 추워요. 또 어디서 떨지 말고 따뜻하게 하고 다녀요.' 이런 메시지와 그리고 그와 같은 내용을 담고 있다고 해도 아무 유감이 없을 만한 다른 메시지 두 개가 더 있었다. 그리고 또 한 종류는, '오늘 저녁에 뭐 하세요?'와, 그 뒤를 잇는 '오늘 술 사줘요. 추위에 추위로 맞서는 차가운 맥주!'였다.

나는 첫 문자 메시지 하나에는 아무 대꾸를 안 하고, 그냥 전화기 꺼놓은 척하고 못 본 거로 위장하려고 했다.

두 번째 문자 메시지를 보니, 문자 메시지 하나를 보내는데도, 문구와 어감을 생각하며 고민하는 그녀의 모습이 그대로 떠올랐다. 그걸 그대로 무시하자니, 그녀의 마음이 상상이 되어 왠지 가슴 한쪽이 결리는 느낌이 들었다.

그래서 '그래요, 고맙습니다.' 하고 답을 보냈다.

문제는 두 번째 제안이었다. 보통 '술 사달라'라는 제안은 9할 7푼 3리 정도의 비율로, "대화할 기회를 갖자. 다만 그 주제를 정확하게 내 입으로 제시하기는 싫다."라는 뜻이라고 나는 믿었다. 그래서 나는 그런 제안을 하지도 않고, 남의 그런 제안도 좋게 보지는 않는다.

특히, '추위에는 추위로 맞서는 차가운 맥주' 이 부분은 좀 더 껄끄러웠다. 내가 겨울에도 항상 맥주를 갖고 다니면서 심심할 때마다 조금씩 마신다는 것은 여기저기 소문에 나도는 이야기였다. 그녀는 '뮤직맨'에 오면, 중앙에서 오른쪽 두 번째 테이블에, 거의 항상 단골인 내가 앉아서 술을 마시고 있다고 생각했다.

내가 장담하건대, 그녀는 차가운 맥주를 전혀 좋아하지도 않거니와, 추위에 추위로 맞서기 위해 맥주를 마시는 것이라는 사상은 그녀뿐만 아니라 나 또한 갖고 있지 않았다. 즉, 그녀는 나와 마음이 맞는 부분이 있다는 것을 어떻든 내세우기 위해 치장용으로 그런 어구를 덧붙인 것처럼 보였다. 뭔가 내 마음과 소통하기 위해 자기에게 어울리지 않는 과시 행동을 하는 것이다. 나는 어찌해야 할지 몰라서, 또 물통을 꺼내서 맥주를 마셨다.

거기에 대한 대응 때문에, 나는 꼭 사랑의 열병을 앓는 소넌이라도 되는 양, 강의하는 중에도 계속 고민을 했다. 항상 써먹던 농담과 어림없는 만담 몇 개를 섞어 내었으므로, 학생 들은 오늘도 그럭저럭 내 강의가 예전만큼은 들을 만하다고 생각했을 것이다. 하지만 사실 머릿속에서는 반응역학도 전 도공학도 아닌 그녀에 대응하는 방법 문제만 궁리하고 있었 던, 그런 성의 없는 강의였다. 결국 저녁 해가 떨어질 때까지 도 나는 적당한 대답을 찾지 못했다.

그러다 보니, 결국 뮤직맨에 정말 갈 시간이 되었다. 이제 와서, '헉, 오늘은 안 되겠다.' 하는 것도 예의 없는 데다 사기 꾼 같아 보일 듯하였고, 마침내 나는 그녀에게 일곱 시에 뮤 직맨에서 보자고 했다.

나는 다섯 시 반부터 뮤직맨에 죽치고 앉아 텔레비전의 시 트콤을 보고 있었다. 가게 주인인 최 박사님과 함께 이런저런 잡담을 하면서 허무맹랑하기 그지없는 웃음을 주는 텔레비전 프로그램을 보는 것은 하루의 스트레스를 말끔히 씻어가는… 사실 말끔히 씻어간다고 하는 건 사기고, 그나마 스트레스가 좀 사라지는 듯한 일이었다.

최 박사님은 술잔에 맥주를 가득 채워 주고 덤으로 내 물 통에도 맥주를 채워 주었다.

일곱 시가 되고, 나 말고 다른 손님들도 술집 이곳저곳에 나타났을 때부터, 나는 별로 안 초조한 척하면서도 계속 시계 를 살폈다. 분명히 그녀는 일부러 약간 늦게 나올 것이 틀림 없다. 이해할 수 없지만 내가 요즘 관찰한 바로, 요즘에는 약간의 감정 교류가 오가는 남녀가 만날 때 여자가 한 십 분쯤 늦게 나오는 게 유행인 듯했다.

과연 일곱 시 십 분, 그녀가 뮤직맨에 모습을 드러냈다. 그녀는 단번에 이목을 사로잡을 듯한 분위기였다. 바른말로 하자면 그게 아니라, 내가 그녀에 대해 워낙 이런저런 고민을 많이 하고 있었기에, 내 이목이 확 사로잡혔을 뿐이다. 그녀는 2주에 하루꼴로만 입는 토끼털 코트에 안 어울릴듯하면서도 아주 어울리는 재미난 문구가 크게 쓰인 노란색 티셔츠를 입고 있었다. 도대체 무엇이 들어 있을지는 상상도 해본 적 없는 큰 가방을 의자 오른편에 놓고, 그녀는 내 맞은편에 앉았다.

"어, 쪼끔 늦었죠? 죄송합니다."

"그래, 저녁 안 먹었죠? 저기요, 최 박사님⋯."

그녀는 술을 사달라고 했지만, 내가 알기로 그녀가 맥주를 좋아할 리는 전혀 없었다. 괜히 그녀에게 술을 갖다 놓고 고역을 치르게 할 필요도 없었다. 나는 저녁 안 먹었냐는 말에 그녀가 고개를 끄덕이는 것을 확인하고, 최 박사님께 삶은 감자 요리와 따끈한 양파 수프를 달라고 했다.

"바로 갖다 드리지."

최 박사님은 계산서에 볼펜으로 체크했다. 그리고 그녀를 한 번 쳐다보더니, 일부러 나를 보고 엄청 진지한 표정을 지으면서 엄지손가락을 들어 보였다. 그리고는 씩 웃었다. 그리고는 고개를 슬쩍 저으며 뒤돌아섰다. 꼭 '자식, 재주도 좋지.' 하는 것 같았다.

나에게는 그것이야말로 바로 정곡을 찌르는 조롱이었다. 텔레비전에 나오는 띠동갑 커플은 아니었지만, 확실히 꽤 난다고 할 만한 나이 차이에, 더군다나 그녀는 이제 대학 2학년으로 지난 학기에 내 강의를 들은 적 있는 학생 아닌가. 누가 봐도, 심지어 내가 봐도, 이건 '수작 부린 것'이라는 말로 욕먹기에 아주 적절해 보이는 그림이었다.

"이거 의외로 되게 맛있네요."

그녀는 감자를 잘라 먹으며 말했다. 그러면서 감자를 정말 맛있어하는 표정으로 먹다가 전화기가 '부웅' 하면서 한 번 진동하자 문자 메시지를 확인하고 열심히 두 손으로 타자해서는 답을 보냈다. 그 모든 모습은 확실히 누구에게나 즐거움과 가까워 보일 모습이었다. 너무나 좋아 보였다.

나는 물통을 꺼내서 맥주를 한 모금 마셔야 했다. 그런데 나는 나이는 이만큼 먹었지만 실직한 뒤 대학 강사로 여기저기 떠돌아다니면서 겨우겨우 끼니를 잇고 있었고, 그 외에는 유네스코에서 가끔 내려오는 조사 의뢰가 유일한 수입이었다. 게다가 내가 한 번 결혼하고 한 번 이혼했다는 것 역시 아무래도 좀 빠져 보인다고 스스로 생각하고 있었다. 영혜에게 위자료를 주고 난 다음에는 모아 놓은 저축도 홀라당 날아가서 그야말로 우중충한 신세였다.

대강 입으로 뜯어먹어도 아무 문제가 없을 감자를, 그녀는 굳이 칼로 조각조각 썰어서 포크로 콕콕 찍어 먹는 데 성의를 기울이고 있었다. 그 모습은 그 옛날 영혜에게 마음을 빼앗겨 갖은 노력 끝에 처음으로 데이트하던 그때를 정말 사무치도록 생각나게 했다. 그래, 그러니까 어제 그렇게 된 거였지.

그녀는 분명 자신이 똑똑하며 처세에 능하고, 어떤 사람이든 자기편으로 만들 수 있다고 생각하고 있겠지. 무슨 일이든 정말로 잘못되었을 때는, 인터넷에다 몇몇 친구들만 보는 곳에 뜻 모를 무진장 우울한 글 몇 줄을 남기겠지. 나는 그녀가 할 만한 행동과 떠올릴 만한 생각들을 상상했다. 그래서 이렇게 예뻐 보이는 거겠지.

강사랍시고 강의 때 나타나서, 열심히 하는 학생들에게 열심히 하는 것만으로는 도무지 이해와 해결이 나지 않는 깁스 자유 에너지에 대해서 유쾌한 이야기 몇몇을 들려주고 묘한 설명으로 깔끔한 결론을 맺어준 것. 그 기술이 나에게는 그나마 대학의 강의를 빼앗기지 않을 방패였고, 거기에 열심히 하는 학생 중의 하나였던 그녀는 관심을 가졌다.

대학가에 들뜬 채로 돌곤 하는 소문에, 나의 몇몇 경력은 전설이 되어 허황되게 퍼져나갔고, 그 덕분에 이상한 동경을 갖고, 강의 후에 '스스로 이미 답을 아는 질문'을 억지로 만들어가져오는 학생들도 적지 않았다. 그녀도 그런 학생 중의 하나였는데, 아직도 옛날 마누라를 잊지 못하는 칠칠치 못한 홀아비인 나는 그녀에게 필요 이상으로 정답게 대했다. 받아들이자. 사실 분명 내 마음속 어느 곳에는 어제와 같은 일이 일어나길 바라는 면이 있었다.

그래, 매듭을 맺자. 이건 뭔가 아니다.

"내가 항상 물통에 맥주 넣고 다니면서 술을 마시잖아. 그래서 어제 그 일은 술 취해서 벌어진 거예요."라고 말을 하면 안 된다. 이건 너무나 무책임하다. 또 무슨 알코올 중독자 폐인으로 자신을 깎아내려야만 납득이 되는 설명이다.

"어제 일? 어제 무슨 일이 있었는데요? 술 먹고 필름 끊겨서 생각이 안 나는데."

이렇게, 아예 어제 아무 일도 없었던 것처럼, 기억이 안 나는 것처럼 넘어가면 어떤가. 하지만 그것도 안 된다. 그렇게 하려면, 그녀가 먼저 어제 일에 대해 말을 꺼내야 하는데, 일단 내가 어제 일이 화제가 되도록 말을 끌어가야 하고, 그러면 어제 일이 기억 나지 않는다는 말은 모순된다. 귀류법.

어쩐다. 그녀 앞에서 열심히 머리를 굴리고 있던 나는 결국 그냥 물통의 맥주를 한 모금 더 마셨다.

"왜, 항상 그렇게 맥주 담아 다니면서 홀짝홀짝 마셔요?"

그녀가 물었다. 그녀는 포크와 나이프를 내려놓았다.

"어…, 그게 뭐냐면….”

내가 답을 더듬고 있자니, 그녀는 더 궁금한 표정이 되면서 살짝 걱정스러운 표정이 얼굴에 비쳤다. 혹시 알코올 중독 같은 심각한 문제가 있는데, 자기가 그 아픈 데를 건드린 것이 아닌가 하는 듯했다. 말 한마디마다 남을 배려하는 성격에서 나온 걱정이었다.

맨날 물통에 맥주를 담아 다니면서 한 시간에 한 모금씩 마시곤 하는 나였지만, 그래서 운전하기 싫을 때나 말실수한 거

술 취해서 한 실수라고 할 때는 그 사실을 악용한 적도 없지
는 않은 나였지만, 명백히 나는 알코올 중독은 결코 아니었다.

"의사 처방, 뭐 그런 비슷한 건데요, 그게⋯."

"술 마시라고 하는 의사도 있어요?

나는 확실히 멍청해 보일 소지가 있는 표정과 목소리로 대
화를 진행하고 있었다. 그러나 되었다. 항상 맥주를 마시곤
하는 내 버릇 이야기가 나왔다. 드디어 기회가 왔다. 미처 의
도하지 않은 것이었지만, 드디어 헤쳐 나갈 구멍이 보였다.
아주 부드럽게 나는 이 이야기를 어제의 사건과 연관 지어서,
어제의 기억이 전혀 나지 않는 것처럼 위장할 것이다.

"어제도 그래서 꽤 술을 많이 마셨었거든요, 그래서 어
제⋯."

여기까지 말하고 잠시 말을 끊었다.

아차, 말을 끊지 말았어야 했다. 잠시 말을 멈추고 나니, 꼭
이다음에 하는 대사가 엄청나게 진지한 대사를 할 듯한 분위
기가 되지 않았는가. 왜 말을 멈추고 뜸을 들였는가. 실수였
다. 꼭, "당신은 앞으로 3개월밖에 살지 못합니다." 그런 말
하기 전 같은 분위기 말이다.

나는 "그래서 어제는 내가 좀 장난기가 심해졌나 봐요."라
고 말을 갖다 붙이려고 했었다. 그런데 그 심각한 분위기에서
"어제는 장난, 그냥 장난이었어요." 그러다가는 뺨을 한 대
맞든지, 혹은 한 2천 대 정도 맞든지, 아니면 그녀가 부끄러
움에 평생 인형에 바늘을 찌르거나 이름 적은 종이를 칼로 찌

르며 나를 저주하고, 또 이 상황을 저주할 듯한 분위기가 되었다. 내가 생각해도 꽤 비열한 놈인 듯 보였다.

기묘한 정적. 정답고 재미난 분위기에서 갑자기 차갑게 끊긴 대화. 그녀는 냅킨 몇 장만 뒹굴고 있는 테이블 위를 내려다보고 있다가, 문득 나를 쳐다보았다. 그 표정은 앞으로 내가 할 이야기가 어떤 뜻이 될지 짐작한다는 듯도 했다.

시험 기간이 막 끝난 지라 굉장히 피곤할 텐데, 충혈기 하나 없던 그 맑은 눈에, 이건 나 혼자 지레 엉뚱한 생각을 한 것일 수도 있지만, 눈물이 살짝 어리는 듯 보였다. "There were bells, on a hill. But I never heard them ringing⋯." 하는 노래가 뮤직맨에는 울려 퍼지고 있었다.

그때 최 박사님이 오셔서 이 심각한 분위기의 눈치를 한 번 보고는, 다 먹은 그녀의 감자 요리 접시를 치웠다. 그리고 내 물통을 다시 맥주로 채워 주려고 들고 갔다.

"그래서 내가, 왜 맨날 물통에 맥주를 담아서 들고 다니면서 마시는지 이야기를 꼭 지금 해 줘야겠어요?"

나는 말을 확 돌렸다.

"응, 지금."

그녀가 고개를 끄덕였다.

아무 말 없이 조용히 노랫소리만 들리는 가운데 그녀는 조그맣게 웃어 보였다. 하는 수 없이, 나는 옛날이야기를 시작해야 했다.

2

사실 이야기의 핵심만 이야기하자면, 주웅길 회장의 비서가 나를 찾아 왔던 그때부터 이야기하면 된다.

"드래고니언 주식회사의 주웅길 회장님께 선생님이 꼭 필요합니다. 돈은 얼마든지 드리겠습니다."

하지만 그렇게 비서가 이야기를 꺼냈을 때, 그 절묘했던 내 심정을 설명하자면, 한참 이전의 상황을 설명할 필요가 있다.

기나긴 대학원 생활의 터널을 빠져나와서 내가 처음 취직했던 때로 이야기는 거슬러 올라간다. 나는 보수 좋고 일 적기로 유명한 환상의 직장, 드래고니언 주식회사의 CPU 연구소에 들어갔다. 드래고니언 CPU 연구소라는 명성에 안심한 나는 드디어 오랜 시간 사귀어 오던 영혜와 결혼했다.

드래고니언 CPU 연구소가 보수 좋고 일 적기로 유명하다고는 했지만, 기대보다 보수는 좋지 않았고, 생각보다 일은 많았다. 나보다 몇 년이나 일찍 직장생활을 시작한 영혜는, 내가 그렇게 꿈꾸며 들어간 직장이 사실 별 볼 일 없는 곳이라는 사실을 알게 되자 좀 실망한 눈치였다. 영혜의 그런 실망을 느끼고 있었기 때문에, 나는 더 좋은 성과를 내기 위해 더 열심히 일했다.

"열심히 일해서 성과급 조금 더 받는다고 해도, 결국은 자기만 손해거든요. 적당히 하세요."

최 박사님이 진심 어린 충고를 그렇게 해 줄 때도, 나는 그게 내 능력에 대한 일종의 질투가 아닌가 하고 착각했다. 나는 아랑곳하지 않고 밤낮없이 일했고, 연구소를 관리하는 임원들 사이에서도 나를 알아보는 사람들이 생겨나기 시작했다.

결국, 위에서는 급한 일, 어려운 일, 힘든 일은 능력 있는 나에게 모두 쏟아 보내기 시작했다. 나는 그들의 기대에 맞추기 위해 미친 듯이 일했고, 주 8일 근무를 할 기세로 일한 덕분에, 가히 경이로운 성과들을 얻을 수 있었다.

하지만 딱히 대가는 없었다. 다른 연구원들에 비해 유별나게 특별 대우를 해 줄 수야 없다는 것이 회사 분위기였다. 그보다 더 중요한 사항은 임원들은 '사원들의 능력으로 충분히 해낼 수 있는 일을 적절히 시키는 것'으로 평가를 받고 있었기에, 내가 특별히 능력을 초월하는 대단한 일을 했다고 인사팀에 보고하지 않았다. 다만, 그렇게 일을 시켜도 결과는 남들에 자랑할 만큼 멋지고 좋아야 했기에, 나에게는 항상 기가 막힐 정도로 멋진 연구 결과를 요구했다.

덕분에 나는 영혜와 함께 살면서 연구소로 출근하는 것이 아니라, 연구소에 살면서 집에 들렀다 오는 식의 삶을 살게 되었다. 나는 장비 옆의 따뜻한 라디에이터 위에서 새우잠을 자기도 했고, 주말 밤에 연구소에 난방이 끊기면 차에서 자고 나와서 새벽 실험을 할 때도 있었다. 연구소 근처에 있는 사우나에 자주 들르게 되었고, 한 번은 아무 생각 없이 퇴근하다가 버릇이 이상하게 들어서, 집이 아니라 사우나로 차를 몰고 간 적도 있었다.

"우리 연구소를 세금 때문에 세운 거는 알죠?"

그러던 어느 날, 최 박사님이 사우나에서 말씀하셨다.

"예. 연구소에 기술개발비로 쓰는 돈은 세금을 면제받을 수 있으니까요."

"그래서 우리 연구소에서 연구용이라고 하고는 컴퓨터, 볼펜, 종이, 잉크 이런 거 다 사다가 쌓아 놓고, 드래고니언 그룹 회사 사무실마다 트럭으로 날라서 공급하는 것도 알고 있어요?"

"예… 뭐, 다른 데서도 다 그렇게 하잖아요?"

"그렇지. 그래서 연구용으로 모든 비품을 다 사서 돌릴 수 있다는 거 때문에 절약하는 세금이 꽤 된단 말이야. 사실 우리가 CPU 기술 개발한다는 건 그냥 덤으로 하는 거고, 연구비로 비품 사서 돌려쓰려고 연구소를 세운 거거든. 그거 때문에 우리 연구소가 세워진 건데… 이번에 진용섭 의원이 낙선했어요."

"주웅길 회장 처남, 그 진용섭 의원이요?"

"예. 그래서 진용섭 의원 쪽이 지금까지는 국회에서 잘 막아주고 있었는데, 이제부터는 편법으로 그렇게 연구소로 세금 떼먹는 게 규제될 거 같아요."

뜨거운 사우나 안이었지만, 갑자기 찬물을 뒤집어쓴 것 같은 이야기였다. 기업들이 세금 떼먹기를 위해 연구소를 활용하는 것을 막으려고 이제부터 정부에서 엄격한 기준으로 감사한다는 것이었다. 그렇게 되면 분명히 이제는 이용가치가 없어진 연구소를 폐쇄하거나 헐값에 외국에 팔아넘길 것이고, 그러면 나나 최 박사님은 실직할 가능성이 컸다.

나는 차마 그 이야기를 영혜에게 하지 못했다. 그나마 자리 잡았다는 직장이 한심하기 그지없다는 것에 영혜는 일단 실망을 했고, 그나마 일에 휘둘려 집에 들어오는 날과 들어오지 못하는 날이 반반이 될까 말까 한 생활에 영혜는 짜증을 많이 내고 있기도 했다. 그렇게 결혼 이후에 계속 같이 사는 생활에서 내리막길의 감정만을 느낀 그녀에게, 거기에 더해서 내가 어쩌면 곧 잘려서 실업자가 될지 모른다고 말할 엄두는 나지 않았다.

"좀 쉬엄쉬엄해, 그러다가 몸 망칠라."

여전히 영혜는 나를 걱정해 주고 있었다. 하지만 나는 영혜가 다른 사람들의 결혼생활을 여러모로 부러워하고 있다는 것을 이미 눈치채고 있었다. 궁지에 몰린 나는, 어떻게든 살아남기 위해서 더 미친 듯이 일하는 수밖에 없었다.

과연 그 노력은 헛되지 않았다. 나는 굴지의 컴퓨터 회사이자, 세계적인 대기업인 외국회사 '테스투딘'에 경력직원으로 들어오라는 제의를 받았다. 최 박사님도 함께였다. 우리는 최고의 팀이었다. 테스투딘이라면 이 바닥에서는 꿈으로 불릴 만큼 높은 곳에 있는 회사였는데, 그곳에서 그렇게 좋은 조건을 제시했다는 것은 내 실력을 그만큼 인정해주고 있다는 뜻이었다.

이제는 연구소가 망해도, 살아날 구멍이 생겼다는 생각에 나는 일단 안심했다.

"불안한데…."

하지만 최 박사님은 괜히 불길한 말씀을 하시면서 일이 지나치게 잘 풀리는 것에 두려워하는 기색을 보였다.

영혜에게 우리도 이제는 아이를 하나 낳자고 이야기했던, 그다음, 다음, 다음, 다음 날 저녁에, 갑자기 국가정보원 요원들이 우리 집에 들이닥쳤다.

"드래고니언 CPU 연구소에서 근무하는 연구원이시죠? 일본 테스투딘에서 연구원을 빼돌리려 한다는 정보를 듣고 찾아 왔습니다."

"예?"

저녁밥을 먹던 것이 입에 있어서 제대로 대답도 못 하는데, 검찰에서 나왔다는 수사관 하나가 내 손목에 수갑을 채웠다. 어리둥절해 있는데, 다른 수사관 하나가 중얼거리면서 혼잣말하는 소리가 들렸다.

"하여간 배운 놈들이 더한다니까. 더러운 놈, 우리나라 기술을 외국에 빼돌려 네 뱃속만 채우려고 해?"

나는 그 길로 잡혀 들어갔다. 당황한 영혜의 소리가 들리는 듯했지만, 수사관들이 목과 어깨 팔을 내리눌러서 나는 그녀의 얼굴 한 번 돌아보지 못하고 붙들려 갔다.

구속으로 처리된 뒤에 구치소에서 잠깐 텔레비전을 보니, 최 박사님도 구속된 상태였다. 일본 테스투딘에 스카우트 제의를 받았다는 사실을 근거로, 우리가 일본 회사에 기술을 빼돌리려 했다고 회사 측이 국정원에 신고했던 것이었다. 억울하다는 생각도 못 하고, 그냥 당황스럽고도 황당해하며 감방에 갇혀 있었다. 한참 만에 어렵사리 최 박사님과 연락이 닿았다.

"연구소를 다른 회사에 M&A 형식으로 팔려고 하고 있나 봐. 그런데 연구원들이 다른 데로 빠져나가면, 연구소가 값을 제대로 못 받잖아. 그래서 연구원들이 딴 데로 못 빠져나가게 하려고 일단 본보기로 우리부터 집어넣고 보나 봐."

왜 우리가 구속되었는지 상황을 알 때쯤이 되어서는, 이미 온 세상에 우리가 한국의 2조3천억 원짜리 기술을 일본에 팔아넘기려 한 매국노로 보도된 뒤였다. 나는 최 박사님과 통화하면서, "다른 회사에 취직한다고 기술 팔아넘긴 매국노라고 하는 것도 웃기지만, 그나마 우리는 아직 회사를 옮기지도 않았잖아요. 아직 아무것도 한 것도 없는데, 도대체 뭘 죄라고 우릴 잡아 두는 겁니까."라고 울부짖었지만, 우리끼리 아무리 억울하다고 피를 토해봐야, 신문에 기사 한 줄 나는 것이 아니었다.

급하게 돈을 구할 곳이 없어서 집을 잡히고 빚을 얻어 보석금을 내고 구치소에서 나왔다. 하지만 이제 나는 드래고니언의 법률팀, 국가정보원을 상대로 소송을 벌여야 하는 형편에 놓여 있었다. 이런 사람들을 상대하려면 꽤 대단한 변호사들이 필요했고, 그 비용은 울적한 액수였다. 몹시 울적한 액수였다. 영혜와 함께 샀던, 사실 대부분 영혜의 저축으로 무리해서 샀던 집을 팔고 셋집으로 이사해야 했다.

심신을 피폐하게 하는 재판이 1년 반쯤 진행되었을 때였다. 그때 드래고니언 주식회사는 연구소를 다른 회사에 매각하는 데 성공했다. 연구소를 사들인 회사는 테스투딘, 바로 우리가 스카우트 제의를 받았던 그 회사였다.

연구소는 사상 최대 금액으로 매각되었고, 그 판매 차익만 30억 달러에 달했다. 텔레비전에 드래고니언의 주웅길 회장이 나와서 말했다.

"이는 세계 굴지의 업체인 테스투딘이 우리나라의 기술을 세계 최고로 인정했다는 증거입니다. 이번 거래에서 30억 달러에 달하는 막대한 외화를 벌어들였습니다. 거기다 모든 연구원이 그대로 직장을 유지하면서 테스투딘에서 계속 일할 수 있게 된 좋은 조건입니다."

주웅길 회장이 테스투딘의 후지와라 회장과 악수하는 장면은 몇 번씩 텔레비전에 방송되었다. 연구원과 연구소를 통째로 해외에 비싼 값에 판매한 주웅길 회장은 경영의 황제이자, 우리나라 경제의 영웅으로 온갖 신문, 방송, 잡지에서 칭송을 받았다.

한편, 주웅길 회장이 연구소를 홀라당 팔아넘기기 전에 테스투딘에 스카우트 제의를 한 번 받았다는 이유만으로 최악의 매국노가 된 최 박사님과 나는, 아직도 재판에 불려 다니고 있었다. 이미 드래고니언의 CPU 연구소는 없어지고, 그 모든 연구원과 보유기술은 주웅길 회장의 거래로 테스투딘에 통째로 팔려 넘어간 뒤였지만, 우리는 예전의 소송 때문에 아직도 법원을 들락거려야 했다.

드래고니언이 테스투딘에 넘긴 자료에는 나와 최 박사님 이름 옆에 '불순 직원/회사를 상대로 소송을 진행 중'이라는 딱지를 붙여 놓았으므로, 우리는 졸지에 불순 반동 직원이 되어 있었다. 그런 이유로 우리는 테스투딘이 회사를 사들이면서 정리해고한 27명의 직원에 포함되었다. 드디어 공식적으로 실직자가 된 것이었다. 매각계약에서 정한 감원 대상자 규칙에 따라서 퇴직금은 근무 손실 일수를 제하고 최저수준으로 계상하여, 도합 8만3천 원이었다.

우리가 마지막 재판을 받을 때 즈음, 드래고니언이 연구소를 비싼 값에 테스투딘에 팔아넘겨 남긴 이윤으로, 드래고니언이 임원들에게 사상 최고액인 1,200퍼센트의 성과급을 지급했다는 기사가 보도되었다. 신문 경제면은 드래고니언이 임직원들을 능력에 맞게 대우하는 우량기업이라고 칭찬했다. 반면에 우리는 완전히 잊혀서, 너무나도 당연하게 무죄 판결을 받고 그제야 자유의 몸이 되었지만, 그 사실은 당연히 아무도 몰랐다.

"검사들이 항소를 안 하겠다고 하거든. 그래서 감사비라고 생각해서 한 사람당 천만 원씩 돈을 내서 여기저기 인사치레라도 좀 해야 할 거 같다는데…."

최 박사님이 전화를 걸어 그렇게 말했다. 정말 돈 받아먹으려는 검사들이 있는 것인지, 아니면 중간에 있는 변호사 중 하나가 돈을 먹으려고 괜히 그렇게 분위기를 잡은 것인지는 모를 일이었다. 하지만 천만 원을 돌리지 않으면, 또 항소를 당해 재판에 끌려다니기를 지겹게 계속해야 할지 모른다는 공포감은 심했다. 결국 최 박사님과 나는 천만 원씩을 현금으로 비닐봉지에 싸서 보내야 했다.

그렇게 해서, 최 박사님과 나는 모든 것을 날렸다. 차이점이 있다면 최 박사님은 이혼까지는 당하지 않았고, 나는 이혼해야만 했다는 점뿐이었다.

그동안 구치소, 재판장, 변호사 사무실, 은행을 오가면서 나는 자주 짜증이 치밀어 오를 때가 많았다. 나는 십 원 한 푼 벌어오지 못하는 주제에, 집을 날리고도 모자라 어마어마한 금액을 계속 쓰기만 하고 있으면서, 매일 인상 팍팍 찌푸리고 다니는 셈이었다. 아무리 검은 머리와 파 뿌리를 두고 맹세한 나의 사랑하는 아내일지라도, 나를 감당하기는 어려웠을 것이다.

나는 지금도 세상 어디에 가서라도, 내가 영혜를 정말로 사랑했다고 당당하게 말할 수 있다. 내가 바란 것은 영혜와 그냥 재미있게 평범하게 사는 것뿐이었다. 대단한 꿈도 아니었다. 그것만으로 나는 세상에서 가장 행복한 사람이 될 수 있으리라고 생각했다.

하지만 기술 빼돌린 매국노로 세상의 모든 사람이 나를 벌레처럼 취급하는 가운데, 나는 직장도, 돈도, 그녀의 집도 다 먼지처럼 흩어 버린 사람이었다. 아무 잘못이 없는 영혜는 내가 생각해 봐도, 나와 함께 그 나락에 같이 빠져들 이유가 없었다. 마지막으로 나에게 남아 있던, 내 자존심도 그것을 바라지는 않았다.

"아직 집 잡히고 은행 대출 좀 얻으면 쓸 수 있는 돈이 조금은 있거든. 맥줏집을 하나 해보려고 해."

재판과 구치소의 악몽 같은 기억 때문에, 최 박사님과 나는 한동안 서로 연락을 하지 않았다. 오랜만에 만났을 때, 최 박사님은 그렇게 미래에 관해 이야기했다. 나는 무엇을 해야 할지 막막했다.

억울한 생각에 온종일 그냥 여기저기 쏘다니다가, 밤이 되어 곧 비워주어야 할 텅 빈 집에 들어오곤 했다. 집에 와보면, 영혜가 없다는 사실이 너무 강하게 일었다.

도대체 내가 무엇을 잘못했기에, 갑자기 이렇게 모든 것을 잃어버렸나 하는 생각이 들었다. 나는 주웅길 회장과 드래고니언의 인간들을 떠올렸고, 아무렇게나 기사를 휘갈기던 기자들을 생각했다. 그리고 나라의 기술을 지킨다는 국가정보원과 범죄자들을 잡아들인다는 검찰을 생각했다. 매국노인 나를 잡아 죽여야 한다고 텔레비전을 보며 마구잡이로 이를 갈던 세상 사람들을 떠올렸고, 무죄로 내가 풀려난 지금 이 모든 것에 무심하기만 한 모두가 원망스러웠다.

다 찢어 버리고 싶은 연구 기록들과 옛날부터 인생을 걸고 들여다보던 책이며 논문들이 눈에 들어오면, 도대체 내가 왜 그렇게 열심히 살았나 하는 생각도 들었다. 상사들이며, 임원들이 입을 모아 칭송하던 날도 있었는데. 교수님들도 다른 연구원들도 최 박사님과 내 작품이 최고라고 치켜세워준 때도 있었는데. 나는 드래고니언의 제품을 보기만 해도 울화가 도져 도무지 정신을 차릴 수 없을 정도였다. 그래서 나는 집에 있던 드래고니언 전자의 텔레비전, 컴퓨터, 냉장고 따위를 모두 제대로 쳐다보지 못했다.

다시 예전 인생으로 돌아갈 방법은 뭐가 있을까. 로또를 해 볼까. 다시 이 악물고 무슨 고시 공부 같은 것을 해 볼까. 주식투자를 크게 해 볼까. 경마나 도박을 해 볼까. 별별 생각을 하며, 더욱 인생을 망가뜨리고 있는 가운데, 나는 모든 의욕을 잃었다. 제대로 옷을 다려 입는 것도, 면도하는 것도, 집안을 치우고 이를 닦는 것도 제대로 하지 못하는 나의 몰골은 점차 헝클어져 갔다.

언제 내가 잠이 들고, 언제 깨어나는지도 모호해져 가는 정도로 썩은 삶을 살고 있을 때였다. 그때 나는 기막힌 광경을 마주하게 되었다.

밤이었다. 초인종 소리가 울렸다. 혹시 검찰이거나 국정원 사람이라면, 이번에는 그냥 베란다 바깥을 향해 냅다 뛰어내려야겠다고 생각했다. 나는 쿵쾅거리는 가슴 때문에 머리가 아찔한 느낌이었다. 초췌한 몰골로 잔뜩 겁에 질려 현관문을 열었을 때는, 정말 조마조마했다. 현관문이 열리고 나를 보며 서 있는 사람은, 근사한 양복을 입은 남자였다. 그의 경멸하는 시선과는 달리, 나에게 한 말은 공손했다.

"드래고니언 주식회사의 주웅길 회장님께 선생님이 꼭 필요합니다. 돈은 얼마든지 드리겠습니다."

3

드래고니언 주식회사의 연구소에서는 회사의 기밀을 유지
하기 위해서, 연구소 안에서는 직원들의 컴퓨터 사용 내용,
이메일, 인스턴트 메신저, 전화 통화 내역 그 모든 것을 검열
했다. 도대체 그게 무슨 큰 소용이 있는지는 모르겠지만, 왠
지 모르게 겁에 질린 대기업 연구소들은 자기 직원들에게 그
런 짓을 하는 경우가 많았다.

그런데 드래고니언에서 나에 대해 감시하고 있던 것은 그
뿐만이 아니었다. 일 년에 두 번씩 회사에서 공짜로 받게 해주
는 건강 검진 결과의 세세한 내역 역시 그들은 엿보고 있었다.

"고용계약서 8번 항에 명시되어 있듯이, 저희는 선생님에
게 제공한 모든 복지에 대해 그 정보를 입수할 권리가 있습니
다. 따라서 선생님이 받은 모든 건강 검진 내역도 합법적으
로 입수했습니다."

"그래요. 그런데 제가 건강 검진받은 게 도대체 주웅길 회
장하고 무슨 상관이란 말입니까?"

드래고니언에 관한 것이라면 뭐든 보기만 해도 미칠 것 같
아서 나는 그 비슷한 것만 어디 나오려고 해도 무조건 피하고
있었기에 모르고 있었다. 하지만 주웅길 회장의 소식은 이미
나 빼고 세상이 다 아는 중요한 보도가 되어 있었다.

"TV에서도 보도되었습니다만, 회장님께서 지난주 청와대
에서 국가 과학기술 발전 공헌상으로 훈장을 받으신 후에 쓰

러지시고 말았습니다. 과로라고 보도되고 병원으로 긴급 후
송되셨습니다. 그렇습니다만, 현재 계열사 병원으로 비밀리
에 옮겨지신 상태입니다."

"뭡니까? 무슨 큰 병이라도 걸린 겁니까?"

"…간암입니다."

그의 목소리는 무거웠다.

생각해 보라. 그 무거운 '간암'이라는 말을 듣고 내 기분이
어땠을지. 그때 내가 느꼈을 그 유쾌한 감정이 얼마나 감개무
량한 것이었을까, 정말 한 번 생각해 보라.

나는 망했고, 아내와 이혼했고, 세상에 손가락질받는 외톨
이가 되어 의욕도 희망도 잃고 그냥 무너져 내리는 처지였다.
그리고 나를 망하게 한다는 사실조차 제대로 의식하지 못하
면서 나를 망하게 했던 주웅길 회장은 천하의 부를 움켜쥐고
만인의 칭송을 받는 영웅의 꼭대기에 서 있었다. 법의 심판은
오히려 나를 짓뭉개는 선두에 서 있었고, 가족과 친구들은 도
리어 냉담함으로 나를 괴롭힐 뿐이었다.

그런데 오직 죽음의 신만이 지금 그 공명정대함을 보인 것
이다. 저승사자가 저주같이 우주의 모든 생명에게 휘둘렀던
수명의 단두대는, 나에게는 수십 년은 호흡하고 사고하고 운
동할 건장한 육체를 주었으면서, 주웅길 회장에게는 끔찍하
게도 귀여운 간암 덩어리를 주었다. 그때처럼 신나고 즐거운
순간이 없었다.

"조금은 문제가 있으셨던 교우관계 때문에, 회장님께서는

전염성이 있는 다른 병도 얻으셨습니다. 그래서 몸의 다른 부분도 많이 망가지셨습니다. 급히 간 이식 수술을 하지 않으면 회장님께서는 당장 반년도 내다보기 어려우십니다."

"저는 CPU 연구원이지 의사가 아니지 않습니까?"

"드래고니언 주식회사 정보팀에서는 회사 임직원들과 드래고니언 병원에서 검사를 받았던 일반시민들의 의료기록을 전부 조사했습니다. 회장님의 면역체계를 거스르지 않는 면역반응 검사결과 회장님과 동일한 패턴을 가진 사람은 두 명밖에 없었습니다. 오직 두 사람의 간이 회장님께 적합한 것으로 나왔습니다."

"내가 그 둘 중의 한 명이란 말입니까?"

"그렇습니다. 다른 한 명은 72세의 노인이었습니다. 그 노인은 기꺼이 회장님에게 간을 기증하겠다고 동의했습니다. 그랬습니다만, 수술 중에 심장이 견디지 못해서 죽어버렸고 간역시 상태가 좋지 못했습니다. 그래서 마지막 남은 간을 찾아 선생님께 찾아온 것입니다."

"왜, 저를 먼저 찾아오지 않았습니까? 일흔이 넘은 노인의 배를 갈라 간을 꺼내다가는 잘못될 수도 있다는 건 뻔한 것 같은데요."

"선생님께서도 아시겠지만, 선생님과 우리 회사의 좋지 못한 관계의 기억 때문에, 선생님께서는 협조해주시지 않을 가능성이 크다는 정보가 있었기 때문입니다."

나는 말하지 않고 머뭇거렸다.

"도와주십시오. 선생님. 간의 25퍼센트 정도만 절제해서 이식하면 됩니다. 그 정도로는 일상생활에 아무런 문제가 없고, 운동도 마음껏 하실 수 있습니다."

뻔뻔해라. 뻔뻔해라. 아, 뻔뻔하고도 뻔뻔해라. 돈 좀 더 받고 연구소를 외국회사에 팔아치우기 위해서, 그들은 나와 최 박사님을 매국노로 몰아 감방에 집어넣지 않았는가. 그들은 내 인생이 어떻게 깨어질지, 내가 내 인생의 모든 꿈이었던 작은 미래를 잃고 얼마나 울게 될지, 그딴 건 한 번 잠깐 생각도 해 본 적 없을 사람들 아니었는가.

그런데 지금 개판 치고 살던 두목이 병을 얻어 죽을 위기가 되자, 나에게 찾아와서 내 간을 떼어 달라고 한다고.

"간 수술을 했던 노인에게 저희는 8억 원의 금액을 제안했습니다. 그 노인은 8억 원에 자기 목숨을 걸고 간을 내놓았습니다. 그 정도면 인생을 바꿀 수 있는 돈입니다."

"저는 이미, 인생이 충분히 많이 바뀌었다고 생각하는데요."

나는 그 말과 내가 지을 수 있는 최대한 악랄해 보이는 표정을 그대로 주웅길 회장에게 전해 주고 싶었다.

"저희 회장님께서는 선생님이 누구보다 유능한 연구원임을 잘 아시고 계십니다. 만약 선생님이 협조해주신다면, 선생님을 연구개발 담당 상무로 드래고니언에 다시 채용하겠습니다. 채용 계약금으로 20억 원을 드리고, 매년 연봉 2억5천만 원의 연봉을 드리겠습니다."

대충 그 정도로 말을 맺고 회장의 비서는 돌아갔다. 괜히 더 간곡히 사정하는 모습을 보여봤자, 점점 내 기만 살게 해 줄 것이었으므로 유리한 협상을 이끌기 위해 일단 등을 돌린 것이다.

20억 원에 매년 2억5천만 원이라. 그리고 드래고니언의 임원 자리다. 나는 간을 잘라야 하고, 덕분에 주웅길 회장은 살아 돌아올 것이다. 그리고 계속 모아 놓은 돈으로 밤에는 변태 짓을 하고 돌아다니고, 낮에는 텔레비전에 나와 영웅행세를 할 것이다.

하지만 20억 원에, 드래고니언 주식회사의 상무다. 그 돈이면, 그 자리면, 내가 잃은 모든 것들을 다시 살 수 있다. 그리고 다시 한 번 간곡한 마음으로 청하면 분명 영혜도 다시 찾을 수 있을 것이다. 영혜가 예전에 나를 사랑하던 그 마음은 분명 진심이었던 것 같았다. 눈 딱 감고 내 간을 조금 잘라주기만 하면 되는 일이다.

하지만 그럴 필요가 있을까. 나는 이미 그놈이 놀아나는 데 쓸 돈을 더해주기 위해 내 직업을 빼앗겼고, 내 명예를 빼앗겼고, 내 가정도 빼앗겼다. 그리고 구치소와 재판정과 심문실에서 내 자유와 시간도 빼앗겼다. 나는 낙천적인 성격과 긍정적인 마음도 빼앗겼고, 연구와 과학을 동경하던 내 의지와 사람들에게 떳떳할 수 있는 미래마저 빼앗겼다. 그런데 내 간을 잘라 놈에게 주라고? 그래서 다시 그놈이 활개 치고 돌아다니게 해 주라고?

분명히, 이것은 놓치면 안 되는 기회임이 틀림없다. 주웅
길 회장이 죽으면 잠깐은 재밌을 것이다. 그러나 그게 무슨
소용인가. 여전히 나는 빚쟁이에 매국노 쓰레기이고, 주웅길
회장은 영웅으로 추대받으며 그 아들딸들은 계속 갑부일 것
이다. 나는 이렇게 빌빌거리며 답답한 인생을 살다가 언젠가
불쌍하게 죽을 것이고, 주웅길 회장의 명성과 드래고니언 주
식회사는 언제까지나 이어질 것이다.

그럴 바에야, 그냥 이 기회를 잡고, 돈을 받자. 그냥 죽어
가는 생명 하나를 살려주고, 나는 다시 새 인생을 찾자. 그러
면 또 어떤가.

장기매매가 불법이라는 사실 따위는 아무런 고려대상이 아
니었다. 소위 그 '법'이라는 걸 따진 결과, 무고한 피고자였던
내 인생이 재판에 끌려다니다가 이따위로 망가진 것 아닌가.
장기매매에 관한 불법성 문제는 어차피 이미 나 자신을 상대
로 실력을 톡톡히 과시한 바 있는 드래고니언의 법률팀이 깨
끗하게 해결해 줄 것이다.

그렇지만 과연 그것이 옳은가? 모두가 주웅길 회장의 돈 냄
새를 맡아 나에게 등을 돌린 지금, 삶과 죽음의 단순한 진리가
유일하게 공평한 심판을 내렸는데, 그걸 방해하는 게 과연 옳
은가. 그런 미신과 같은 의문까지 계속 나를 혼란스럽게 했다.

그렇게 고민 속에서 며칠이 지났다. 사실, 내 간을 자를까
말까 하는 그 고민은 행복한 고민이었다. 적어도 그동안은 내
가 주웅길 회장과 드래고니언 주식회사를 완전히 쥐고 흔든

기간이었기 때문이다. 놈의 목숨을 내 손에 쥐고 있었다. 이 피 냄새, 간에 가득할 신선한 피 냄새에 얽힌, 나와 드래고니언의 싸움에서, 이때만큼은 내가 확실한 주도권을 쥐어 판을 뒤흔들고 있었다.

두 번째로 주웅길 회장의 비서가 찾아 왔을 때도, 여전히 그는 전문가답게 최대한 냉정한 표정을 유지하고 있었다. 하지만 그가 내거는 조건에서는 다급함이 여실히 느껴졌다.

"회장님의 상태가 악화되었습니다. 계약금 30억 원에, 연봉 3억 원을 드리겠습니다. 필요하시다면 상무 이상의 지위도 제공할 수 있습니다. 연구를 계속하실 수 있도록 새 연구소를 건립할 의지도 있으십니다."

말 그대로 꿈 같은 이야기였다.

특히 새 연구소를 세워서 주겠다는 이야기는 당장 '그래 그럽시다.' 하고 싶을 만큼 달콤한 제안으로 들렸다. 이제는 세금 떼먹기 가짜 연구소가 아닌 연구소를 만들 수 있다. 연구소 팔아넘기려고 연구원들에게 누명 씌워서 재판에 몇 년 묶어 놓는 연구소가 아닌, 진짜 기술을 연구하고 사회를 발전시키는 그런 연구소를 내가 세울 수 있다. 그거야말로 정말 꿈 꿀법한 내용 아닌가.

"하루만 생각할 시간을 주십시오."

나는 한 번 더 거절했다. 하지만 그것은 그냥 신중하자는 것이었다. 속으로 나는 이미 그들의 제안에 넘어가 있었다.

다음 날, 나는 회장 비서와 마지막으로 담판을 지었다.

"좋습니다. 제안을 받아들이겠습니다. 하지만 약간 조건을 바꾸고 싶습니다. 계약금은 죽은 노인과 같은 8억 원이면 충분합니다. 또한 상무 직위는 필요 없고, 더 이상의 연봉도 필요 없습니다. 그저 제가 드래고니언에서 근무하던 그때의 직위, 그때의 연봉 그대로 복직만 시켜 주시면 됩니다. 그렇지만 간단한 요청 두 가지를 더 하고 싶습니다."

"보상 조건을 내려 주시다니, 정말 의로운 분이라고 감사드리고 싶습니다. 두 가지 요청이란 무엇입니까?"

"첫째는, 주웅길 회장이 사퇴하고 경영일선에서 완전히 물러나는 것입니다. 그리고 사퇴 기자회견에서 지금까지 기술유출범죄로 재판을 받은 연구원들의 이름을 거명하면서 사죄하고 명예 복권해 주는 겁니다."

"회장님이 사퇴하셔야 한다고요?"

"둘째로, 드래고니언에 연구원과 모든 직원이 참여할 수 있는 노동조합을 설립하게 해 주십시오."

나는 눈치가 빠르지는 않은 사람이었지만, 그때 비서의 얼굴이 굳어지는 것은 분명히 느낄 수 있었다. 주웅길 회장의 사퇴와 노동조합의 설립. 그것이 내가 하루 동안 생각해낸 조건이었다. 옛 직장을 회복하고 8억 원 정도의 돈만 있으면, 인생을 다시 시작하기에는 충분하다. 20억, 30억의 돈은 분명 이끌리는 액수이긴 하나, 꼭 필요하지는 않은 것이다.

물론, 내가 무슨 피 끓는 시민운동가라거나, 고결한 인품의 도덕군자라서 주웅길 회장 사퇴와 노조 설립을 돈 대신 조건으로 내건 것은 아니었다. 그것은 도덕의 문제가 아니라, 내 안전과 바로 연결되는 문제였다.

지금 주웅길 회장에게 30억의 돈을 받아낸다고 해봤자, 그것은 어차피 회장에게는 5억이나 10억과 아무 다를 바 없는 푼돈에 불과하다. 그 돈을 받아내고 회장이 되살아나고 나면, 회장은 예전에 나를 망하게 한 것과 똑같은 방식으로 언제든지 또 나를 망하게 할 수 있다. 그는 언제든 원하기만 하면 나뿐만 아니라, 회사에서 일하는 직원, 연구원 그 누구의 인생도 같은 방식으로 망칠 수 있다.

지금 100억을 받아내는 게 중요한 게 아니라, 돈 한 푼 못 받고 다만 명예만 회복한다 하더라도, 그걸 앞으로는 함부로 건드리지 못하도록 지키고 보호할 방법이 필요했다. 더 이상 내 인생이 놈의 손에 놀아나지 않도록 지킬 수단이 있어야 했다.

그 방편으로 내가 생각해낸 것이, 회장의 사퇴와 노동조합 설립이었다. 돈을 많이 받더라도 회장이 다시 빼앗아가면 그만이다. 그럴 바에야, 돈을 조금 받더라도 그 돈과 내 인생의 바탕을 보장할 방법을 찾는 것이 필요했다.

"알겠습니다. 회장님께 그대로 전하겠습니다. 일이 잘 풀리길 바랍니다."

굳은 표정 그대로, 비서는 돌아갔다.

그리고 나는 내 조건이 받아들여질지 초조한 마음으로 기다렸다. 나는 전화를 계속 노려보며, 초인종 소리에 귀를 기울었다. 계약이 이루어졌고, 나를 채용하고 노조를 설립하고 회장이 사퇴하겠다는 소식을 기다리고 있었다. 나는, 내가 승리할 가능성이 크다고 보았다.

물론 회장으로서는 경영권을 포기하고, 더 이상 드래고니언의 직원과 연구원들을 마음대로 휘두를 수 없다는 것이 아깝기는 할 것이다. 하지만 그 모든 것을 내놓는다고 해도 여전히 회장은 어마어마한 억만장자였다. 어차피 이렇게 목숨을 잃을 위기까지 겪은 마당에 이제는 일선에서 물러가 그냥 쌓아 놓은 돈이나 쓰면서 별 욕심 없이 평화롭게 여생을 즐기면서 보내면 될 것이다. 새 목숨과 평화로운 생활. 그것은 지금의 높은 자리와 교환할 만한 것이다. 내 간을 떼어 가기 위해서라면, 그 정도 조건은 수락해야 한다.

나는 짐짓 승리에 들떴다. 그리고 이제 곧 모든 것을 다시 원래대로 되돌리고, 제대로 된 직장에서 제대로 연구할 수 있을 거라고 믿었다. 그리고 그렇게 되면, 영혜도 다시 만날 수도 있을 것이라고 꿈꾸기 시작했다. 드래고니언에 대한 무서움도 점차 사라졌다. 나는 다시 드래고니언 제품인 텔레비전과 냉장고를 두려움 없이 사용할 수 있었다.

그리하여, 텔레비전을 보면서, 아마도 오늘 저녁쯤에는 회장의 비서가 찾아올 거로 생각하고 있었다. 그런데 이 빌어먹을 드래고니언 신제품 텔레비전에서 기막힌 영상이 나왔다. 그것은, 어떤 돈에 환장한 놈이 자기 장기를 밀매할 테니 목숨이 위태로운 환자에게 돈을 내놓으라고 협박했다는 뉴스였다.

그리고 텔레비전 화면에 커다랗게 내 얼굴과 내 이름이 나왔다.

4

나는 넋을 잃고 뉴스를 봤다. 뉴스에서는 우리나라 경제를 이끌어오고, 우리나라를 세계적인 기술 강국, 과학 강국으로 이끌어온 기업가이자 영웅 주웅길 회장이 지금 간암으로 목숨이 위태롭다고 이야기했다. 그 이야기를 하는 앵커의 목소리는 정말 걱정스러웠고, 산소 호흡기를 달고 누워 있는 주웅길 회장의 모습은 정말 불쌍해 보여서, 나조차도 그 측은함을 잠시 느낄 정도였다.

"주웅길 회장의 유일한 희망은 간 이식 수술뿐입니다. 그러나 희귀체질인 주웅길 회장에게 간을 이식해 줄 수 있는 유일한 사람은, 장기 이식의 대가로 거액의 불법자금을 대가로 요구하고 있다고 합니다."

기자의 그 대사와 함께, 다시 한 번 내 얼굴과 이름이 공개되었다.

내 본명을 공개한 것은 드래고니언이 스폰서로 있는 방송사 한 곳뿐이었다. 하지만 내 얼굴과 이 뉴스 자체를 보도한 것은 온갖 방송, 신문, 잡지들로 헤아릴 수 없이 많았다. 이것이야말로 보기 드문 아름다운 대특종이었다. 억만장자 기업가가 죽어가고 있는데, 그 목숨을 담보로 불법 장기 밀매꾼이 엄청난 액수를 요구하고 있다. 예술적으로 극적인 소식이었다.

나는 어디든 전화를 해야겠다고 생각했다. 가만히 있을 수는 없었다. 큰일이다. 하지만 다리에 힘이 풀려 전화 옆으로 걸어갈 수가 없었다.

"당국에서는 어떤 경우에도 법을 위반하고 환자를 우롱하는 불법 장기매매는 엄정히 다스려야 한다는 의지를 밝혔습니다. 따라서 간 이식을 미끼로 거액을 요구한 용의자는 구속 및 형사처벌이 불가피해 보입니다."

나를 두고 하는 말이 그렇게 방에 울려 퍼졌다. 혼자 방에 앉아 있는 나를 향해 그 소리가 들려 왔다. 벌써 몇 달째 혼자 앉아 있는 그 방에 울려 퍼지는 소리였다. 조금 전까지 다시 예전의 삶을 되찾을 거라고 즐거워했던 내 희망을 산산이 박살 내는 그 목소리가 울려 퍼졌다.

예상했던 대로, 다음 날 아침이 되자 나는 일단 구속부터 되었다. 도대체 무슨 근거로 구속 수사와 불구속 수사를 판단하는지 모르겠지만, 드래고니언 측의 제보를 받은 검찰은 일단 나를 구치소에 집어넣고 보았다.

"용의자는 장기 이식의 대가로, 30억 원의 계약금과 3억 원의 연봉, 그리고 상무 이상의 직위를 조건으로 걸었다고 관계자는 밝혔습니다."

"용의자는 일전에도 우리나라 기술을 일본으로 빼돌리려 했다는 지능범의 의혹을 받은 바 있음을 저희 방송사에서 단

독으로 보도해 드립니다."

방송과 신문은 미쳐 돌아갔다. 내가 제시한 조건이 아니라 드래고니언이 나에게 제시했던 조건이, 마치 내가 주웅길 회장의 목숨을 담보로 협박한 내용처럼 보도되었다. 그리고 내가 분명히 무혐의로 무죄판결을 받은 사건을 두고, '의혹'이라는 이름을 붙여 나를 매국노 기술유출범으로 몰아붙였다.

사실, 그래야 사건이 재미있어지는 것이다. 저놈은 돈에 미친 썩어 빠진 지식인으로, 회사의 기술을 빼돌리려다 걸린 적 있다. 다행히 기술유출은 막았지만, 미꾸라지처럼 처벌을 피해갔다. 그리고 그놈이 거기에 앙심을 품고 이제는 회장의 목숨을 담보로 불법 장기 밀매로 거액을 챙기려 하는 것이다. 텔레비전 속, 우리들의 영웅은 지금 산소 호흡기를 달고 초라한 몰골로 죽어가고 있는데. 이런 악당이! 이따위 나라를 좀먹는 벌레가!

나는 우리나라 역사상 최악의 악마처럼 선전되었다. 사람들은 모였다 하면 내 욕을 했다. '주웅길 회장을 살립시다'라는 현수막을 내걸고 수천 명씩 모여 시위를 하기도 했다.

"사실 우리가 이만큼 먹고사는 것도, 분명 주웅길 회장 같은 훌륭한 분이 있으시기 때문이거든요. 우리 국민의 힘으로, 꼭 살려야 합니다."

그들은 스스로 감동하여 눈물을 흘리기도 했다. 그렇게 수많은 사람이 모여 내 뱃속에서 간을 잘라 끄집어내자고 외쳤다.

곧, 간 기증 운동이 일어났다. 어떤 사람은 절절한 글을 올려, 주웅길 회장을 위해서는 간이 아니라 심장을 나눠주고 목숨도 내줄 수 있다고도 했다. 사람들은 감격했고, 신문과 방송에서는 그 감동적인 글을 쓴 사람을 찾아내 시대의 의인으로 보도하며 칭송했다.

드래고니언 병원 앞에 수백 명의 사람이 길게 늘어서서 사람들이 자기 피와 세포를 검사하며 간을 기증할 수 있는지 알아보고 있었다. 그중에는 희생적인 작은 영웅으로 보이고 싶어 한 국회의원들이나 지방자치 선거 후보들도 꽤 섞여 있었다.

하지만 그들도 알고, 회장도 알고, 나도 알고 있었다. 회장의 체질에 맞는 간은 몹시 드문 것이며, 그걸 달고 있는 사람은 나라는 것 말이다. 그들이 간을 기증하느니, 목숨도 내놓느니 쇼를 하며 설치지만, 결국 간을 떼야 하는 사람은 나다.

"그렇다면 인간의 간 25퍼센트의 적정 가격은 얼마인가? 전문가들은 말합니다. 5천만 원에서 1억 원 사이가 현실적으로 형성되어 있는 가격이라는 것입니다."

"암시장에서 보통 간의 가격은 5천만 원 이상 1억 원 이하에 거래되고 있습니다. 다만 희귀체질의 경우는 2억 원에서 5억 원을 호가하기도 합니다."

"하지만 국내 실정법상 장기매매는 엄격히 금지되어 있습니다. 따라서 설령 장기매매 용의자가 자신의 죄를 참회하고 터무니없는 조건을 철회한다고 하여도, 그에 대한 대가를 얻는 것은 불가능할 것으로 보입니다."

"사실, 인간의 생명의 필수요소인 장기를 매매하고 돈으로 가치를 매긴다는 것은, 인간의 생명을 사고판다는 것이거든요. 이건 법 정의상으로도, 도의적으로도 도저히 인정할 수 없는 것이라고 봅니다."

텔레비전에는 그런 이야기들이 오고 갔다. 맞는 말이었다. 우리나라에서는 장기매매가 불법이다. 그러니 이런 이야기가 세상에 공개된 지금, 내가 회장에게 간을 떼어 준다고 해도 10원, 100원이라도 받아서는 안 된다는 이야기가 나왔다. 그러면 나는 정말로 불법을 저지른 것이 되어 재판을 받고 감옥에 갈 것이라고 했다.

물론, 내 간은 나의 간인 만큼, 내게는 간을 떼 주지 않을 자유도 있다. 그런데 내가 내 간을 떼 주지 않는다는 이유로, 나를 당장 밟아 죽여야 할 놈이라고 욕하는 사람들이 줄잡아 수천만 명이었다.

나는 강제로 간을 뜯겨야 할 판이었는데, 아무런 대가도, 한 푼의 보상도 받지 못할 상황으로 몰려 있었다.

나 자신도 신기하게 여겨지는 것은, 이번에 구치소에 처박혔을 때는 지난번과는 다르게 그렇게 억울해서 미칠 것 같은 기분은 들지 않았다는 점이다. 한 번 겪었던 일인 만큼 자포자기처럼 느껴졌기 때문일 수도 있다. 하지만 그보다 이번에는 사건을 조사하는 수사관들과 검사들이 진실을 금방 알아챘다는 이유가 더 컸다.

내가 먼저 회장이 간암을 앓고 있다는 사실을 알아내고,

또 비밀리에 그 면역 테스트 결과를 알아서 내 간을 떼 주겠다고 접근한다는 것은 불가능했기 때문이다. 그래서 이번에는 수사관 중에도 심정적으로 나에게 동정적인 사람들이 꽤 있었다. 이상하게도, 내가 쇠창살 속에 갇혀 있다는 사실과 세상 사람 모두가 나를 비난한다는 사실은 아무 변함이 없는데, 몇몇 사람이 사건의 진실을 알아준다는 그 옹졸한 점 하나가 큰 위안이 되었다.

나는 문득 그런 생각이 들자 아주 서글퍼졌다. 그만큼 나는 비참한 처지가 되어, 누가 조금의 동정을 보이는 것에 좋아해야 하는 상황에 빠져 있던 것이었다.

나는 열흘 만에 구치소에서 풀려났다. 하지만 검찰 측에서는 그 사실을 언론에 알리지 않았다. 내 안전을 위해서라고 했다.

"입조심, 몸조심하세요. 시체에서 간을 빼내는 것은 별 동의 없이도 처리할 수 있는 일이거든요. 요즘 사방에서 당신 한 사람 죽이고 대신 주웅길 회장 살려야겠다는 사람들 많아요."

"예?"

"물론, 말뿐이겠지. 제정신에 정말로 그런 짓 하는 사람은 없을 겁니다. 하지만 세상에는 정신이 이상한 사람들도 있고, 또 술 취한 사람들도 많거든. 그럴 가능성이 크지는 않겠지만, 세상 막사는 조직폭력배나 그런 애 중에 갑자기 영웅 심리에 불타서 주웅길 회장 살리는 일이랍시고 당신 죽이려 드는 사람도 있을 것이고. 사실 일이 이렇게 된 마당에 그런 애들한테 몇 푼 쥐여주고 주웅길 회장 쪽에서 사주할지도 모르는 일이고요…."

내 나이 또래의 한 젊은 수사관은 나를 붙들고 그렇게 이야기했다.

"미안합니다. 나도 내 인생이 있고, 가족이 있거든요. 워낙 크게 걸린 건이라, 제가 더 이상은 해 드릴 수 있는 게 없네요. 이해하시죠?"

암, 백번 천번 뼈저리게 이해하고말고. 바로 저렇게 나도 몸을 사렸어야 했다. 나는 그 수사관이 빌려준 검은 양복을 입고 선글라스로 얼굴을 숨긴 채 구치소에서 나왔다. 거기 잡혀갈 때 입었던 가로줄무늬 면티는 이미 사진이 수천 번도 더 신문 방송을 탔기 때문에 자칫 사람들이 알아볼 수 있다고 했다.

우스꽝스러운 꼴로 나는 그렇게 한밤중에 선글라스를 쓰고 검은 양복을 입고 집에 걸어 왔다. 걸으면서도 계속 사방을 두리번거렸다. 왠지 사람들이 나를 알아보고 죽일 놈이라고 수군거리는 것 같았다. 어디선가 불쑥 칼 든 사람들이 나타나 나를 두들겨 패고 쓰러뜨려 잡아 죽일 것 같기도 했다.

실제로, '나라를 구하기 위해 한 사람의 매국노를 죽이려 한다'는 벽보를 붙이고, 인터넷에 글을 올린 사람들이 나타나기도 했다. 이들은 저마다 몽둥이와 칼을 들고, 혹시 내가 나올지 모르는 구치소 앞을 지키고 서 있었다. 이들은 불법 무기 소지죄로 곧 붙잡혀 가긴 했지만, 나는 잠을 이루지 못할 만큼 무서웠다.

"오늘 익명의 제보자가, 문제의 장기매매 용의자가 구치소에서 출소했다는 양심선언을 했습니다. 출소 사실이 비밀에 부쳐지고, 불법 장기매매 용의자를 풀어 준 것은 검찰에 가해진 외압 때문으로 보입니다."

사흘째 되던 날, 도대체 누가 정보를 흘렸는지, 내가 구치소에서 나왔다는 소식이 온갖 언론을 통해 보도되었다. 이제 내 집이 알려지고, 내 집 앞에 무기를 든 성난 군중들이 몰려드는 것은 잠시 후일 것이다.

나는 도무지 어디에 보호를 요청해야 할지 몰랐다. 누구를 붙잡고 엉엉 울고 싶기도 했다. 그게 다 무슨 소용이랴. 어떻게든 살아날 방법이 필요했다. 결국 고민 끝에 내가 떠올린 것은 UN 산하 유네스코의 건강보건 윤리위원회였다. 특별히 대단한 힘이 있는 조직은 아니었지만, 지금 상황에서 어떻게라도 개입할 수 있는 것은 해외의 어떤 기구 아니겠나 싶었다.

나는 사력을 다해(내 목숨이 달린 일이기에, 정말 죽을 힘을 기울였다) 내가 겪은 모든 일을 조사하고 분석한 보고서를 꾸몄다. 유네스코 건강보건 윤리위원회의 학자들의 관심을 끌어야 했다. 내가 연구원으로 일하던 시절을 떠올려 보면서, 어떤 것이 학자들의 관심을 끌지 생각하고 또 생각했다. 나는 최대한 많은 정보를 갖추고, 정말 귀중한 자료가 될 수 있도록 내용을 작성한 보고서를 만들었다.

유네스코에 보낸 보고서는 예상대로 관심을 얻는 데 성공했고, 유네스코의 건강보건 윤리위원회는 우리나라 정부에 나의 신병과 인명에 대해 책임감 있는 보호 조치를 취하라는 권고 서한을 보내왔다. 유네스코에서는 그 사실을 나에게 이메일로 알려 왔고, 나를 측은하게 여긴 담당자는 '이제는 안심하라'는 말까지 덧붙였다.

유네스코의 권고 서한이라면, 전통적으로 UN과의 관계를 중시하는 정부는 생색내기용으로라도 무언가 행동을 취할 수밖에 없다고 생각했다. 그러면 경찰관 두서넛쯤은 집에 배치할 것이다. 그렇게만 된다면 충분하다. 그 정도면 충동을 못 이기고 달려들 칼 든 어릿광대 몇몇쯤에 대해서는 안심할 수 있게 된다.

"속보입니다. 드래고니언 주웅길 회장 장기매매 협박 사건을 검찰이 수사 중인 가운데, 사건의 용의자를 빼내라는 국제기구의 압력이 있었다는 소식입니다."

"최근 선진국의 세계화 관련 압력이 거세지고, 국제기구의 통상 압박이 극심한 가운데, 드래고니언 주웅길 회장의 목숨을 노린 용의자를 국제기구가 나서서 보호하겠다는 서한이 전달되어 충격을 주고 있습니다."

"전문가들은 드래고니언 주웅길 회장의 목숨을 앗아가고야 말겠다는 몇몇 선진국의 의지가 개입된 행동이라는 분석을 내놓고 있습니다."

그러나 세상이 돌아가는 모습은, 유네스코의 행동에 걸었던 내 기대를 저버렸다.

유네스코가 내 목숨을 보호하라고 했다는 이야기는, 이제 우리나라 경제의 상징인 주웅길 회장과 경제 약탈자인 외국 열강의 대결구도로 와전되어 버렸다. 드래고니언의 제품에 타격을 받은 미국과 일본의 전자회사, 반도체 회사들이 국제기구에 압력을 넣어 주웅길 회장을 죽이려 들고 있다는 드라마가 만들어졌다. 아직도 많은 사람이 좋아하는 내용의 이야기였다.

"경제 침탈하는 강대국의 악랄한 음모에 맞서자!"

"겉으로는 세계 평화, 속으로는 살인 침략!"

문제가 애국주의로 비화하자, 상황은 더 걷잡을 수 없어졌다. 주웅길 회장을 살리는 것이 드래고니언을 살리는 것이요, 드래고니언을 살리는 것이 나라를 살리는 것이며, 그것이 세상에서 가장 고귀한 일이었다. 누대에 걸쳐 약소국을 침탈해 온 저 악마 같은 부자 강대국들에 맞서는 것은 무엇보다 숭고한 멋진 일이었고, 그 강대국에 빌붙어 사리사욕을 탐하고 비열한 방법으로 제 배를 채우려고 한 나는, 간을 내놓고 몇백 번이고 죽어야 마땅했다.

사방에서 시위가 벌어졌다. 사람들은 미국 대사관이나 일본 대사관을 향해 울분을 터뜨리며 화염병을 던졌다. 경찰과 성난 군중 사이에 난투극이 벌어지기도 했다.

"우리나라를 지키려는 마지막 애국자를, 들개 같은 강대국 놈들과 거기에 결탁해 피를 빠는 악랄한 매국노가 죽이려 하고 있습니다."

감격에 차 울먹이는 듯한 목소리로, 시위대의 확성기에서 소리가 울려 퍼졌다. 수사관이 전해 오는 흉흉한 소문에 따르면, 이 골치 아픈 일을 일찍 끝내기 위해 실제로 어디선가 요원을 보내 나를 잡아 죽일지도 모른다는 이야기도 있었다.

'아무리 해도, 어떻게 해도 안 되는 건 안 되는구나.' 허망하기만 했다. '이럴 줄 알았으면, 그냥 30억 원 받고 간 떼어 줄걸.' 이제 나는 괜히 간만 떼 주고, 사람들에게 욕은 있는 대로 다 들어먹고, 돈은 한 푼도 못 받고, 영영 어디를 가더라도 매국노의 낙인만 따라다닐 것 아닌가.

이미 나는 직장과 재산과 가족을 잃은 상태였다. 억울했다. 울화가 치미는 심정은 지난 얼마 동안 항상 함께하는 기분이었다. 산소를 들이쉴 때마다 울분을 들이쉬는 것 같았고 이산화탄소를 내쉴 때마다 응어리가 폐에 걸리는 것 같았다. 그래도, 그렇다 해도, 목숨을 잃는다는 것은 인간인 이상 어쩔 수 없이 한 단계 더 싫은 일이었다.

"우리 경제와 기술 발전을 위해서 평생을 헌신했던 주웅길 회장. 이제 그는 어쩌면 우리가 영영 다시 볼 수 없는 곳으로 갈지도 모릅니다."

텔레비전 뉴스에서 또 주웅길 회장의 지금 모습이 나왔다. 그는 산소 호흡기에 의지한 채, 온몸에 수십 개의 관을 꽂고 가냘픈 숨을 몰아쉬고 있었다. 텔레비전에는 그래픽처리로, 그가 얼마 전 회사 광고를 촬영하며 찍었던 해맑은 미소의 사진이 겹쳐져 지나갔다. 주웅길 회장의 그 모습은 정말 나라의 영웅에 걸맞은 위풍당당하고도 자애로워 보이는 모습이었다.

몇 차례 병원을 옮긴 그는 곧 생명이 꺼질듯한 모습으로 어느 외국 병원의 침상에 누워 있었다. 하지만 그의 영혼은 마치 악령처럼 수천 킬로미터 떨어진 내 등 뒤에 붙어 이 긴 시간 동안 끊임없이 나를 괴롭히고 있는 셈이었다.

나는 영혜에게 전화를 걸었다. 무슨 말을 하려고 생각을 한 것은 아니었다. 그냥 정말로 오랜만에 내가 사랑하는, 내가 아내라고 불렀던 유일한 사람에게 전화를 걸려고 했던 것뿐이었다. 하지만 신호가 가는가 싶을 때, 나는 전화를 끊었다.

나는 가만히 있었다. 그리고 문득 생각이 들었다. 혹시 영혜도⋯, 영혜도 지금 나에게 무엇인가 말을 하고 싶지 않을까. 영혜도 분명히 나에게 전화를 걸고 싶지 않을까. 영혜는 나를 사랑했고, 그런 그녀도 마침 지금 내가 전화를 걸다가 못다 하고 전화를 끊었던 것처럼, 바로 지금 이 순간 전화를 들고 망설이고 있는 것 아닐까. 그리고 전화를 걸다 말고 바로 나처럼 끊었던 것 아닐까.

갑자기 나는 영혜가 너무나 보고 싶어졌다. 나는 영혜에게 다시 전화를 걸었다. 이번에는 가슴이 두근거리고, 빌어먹을 간이 콩알만 해졌지만, 신호가 가는 소리를 들으며 계속 그녀가 전화를 받기를 기다렸다.

한 번, 두 번. 세 번, 네 번. 계속 신호가 갔다. 그리고 또 그만큼 계속 전화기 속의 전자음이 귀에 울렸다. 하지만 영혜는 전화를 받지 않았다. 좀 더 기다리며 계속 신호가 울리는 것을 듣고 있었지만, 영혜는 전화를 받지 않았다. 다시 기다려 보았지만, 영혜는 계속 전화를 받지 않았다. 아무리 기다려도, 외롭고 너무너무 보고 싶은데, 그녀는 전화를 받지 않았다. 눈물이 났다. 그날 밤 나는 내 평생 가장 오랫동안 전화 수화기를 잡고 있었다.

날이 밝고 나는 나에게 선글라스와 검은 양복을 빌려주었던 수사관에게 연락했다.

"간을 기증하고 싶으니까 주웅길 회장 쪽과 연결해 주십시오. 다만 조건 하나만 들어주십시오. 제가 교통사고로 사망해서 그 시신에서 간을 적출한 것으로 해 주십시오. 앞으로 그냥 조용히 사는 것만 바랄 뿐입니다."

"알겠습니다. 최대한 노력해 보겠습니다."

곧, 주웅길 회장의 비서 쪽에서 직접 연락이 왔다. 내 입을 막으려면 정말로 나를 없애고 내 시체에서 간을 빼내는 것이 더 유리했겠지만, 그들은 내 마지막 조건은 수락했다. 그것은 내 목숨을 존중해서라기보다는, 이제는 더 기다릴 여유가 없이 주웅길 회장의 목숨이 위급해졌기 때문일 것이다.

그 사람들의 제안에 따라, 나는 비밀리에 이송되기 위해 내 집 앞에서 마취되어 비닐 자루에 들어가 주웅길 회장이 입원한 병원으로 옮겨졌다.

＊

정신을 차리고 눈을 떴을 때, 나는 병원 침대 위에 누워 있었다. 전망이 좋은 곳이었다. 창밖으로 이국적인 하얀 집들과 멀리 파란 바다가 보였다. 바다, 조용하고 넓게 펼쳐진, 시원한 바다였다. 한참이나 누운 채로 쳐다보고 있어도, 그 바다는 그냥 가만히 있는 경치일 뿐인데도 지겹지 않았다.

하늘은 더할 수 없이 깨끗하고 맑았고, 뭉게구름들이 조용히 떠 가고 있었다. 평화롭고도 기분 좋을 만한 오후의 햇살이 온 세상을 가득 비추고 있었다.

병원으로도 그 햇살이 비쳐 들어왔다. 키가 작고 재미있게 생긴 백인 의사가 들어왔다. 간호사가 내가 정신이 들었다는 이야기를 한 모양이다.

"깔로 메시메리!"

언뜻 듣기에, 이탈리아나 그리스, 루마니아쯤의 말로 그가 인사했다. 목소리는 경쾌했다. 곧 드래고니언 직원으로 보이는 통역이 들어와 그의 말을 통역해 주었다.

"여기는 그리스 미코노스의 드래고니언 병원입니다. 회장님께서 상태가 많이 안 좋으셔서, 어쩔 수 없이 환자의 생명을 살리기 위해 계획보다 간을 좀 더 절제했습니다. 40퍼센트 정도 떼어 내려고 했는데, 중간에 회장님께서 발작을 일으켜서 실수가 있었고요. 결과적으로 총 60퍼센트 정도 간을 떼어 내야 했습니다. 물론 선생님 생명에는 아무 지장이 없습니다."

나는 25퍼센트만 뗀다던 내 간을 절반 넘게 잘라냈다는 그 말을 듣는 둥 마는 둥 했다. 그러고 나서도 수술이 어려워서 내 간이 어떻게 잘못되었다느니 어디가 망가졌다느니 하는 이야기가 이어졌다. 나는 창밖 경치를 봤다. 경치를 보려고 앉으려고 하니까, 배가 정말 많이 아파 왔다. 하지만 멀리 보이는 초록색 언덕과 그 언덕에 가득 핀 들꽃들은 정말 아름다워 보였다. 한국의 계절은 겨울이었지만, 이곳은 따뜻했고, 창문 틈으로 새는 바닷바람은 시원했다.

"선생님 간이 원래의 40퍼센트 이하로 문제가 많은 상태이기 때문에, 관리를 안 해 주시면 갑자기 마비나 발작이 올 수 있습니다. 그래서 하루에 한 대씩, 간 자극제 주사를 맞으셔야 합니다. 약은 그렇게 비싸지 않습니다만, 보험 적용이 안 되는 품목이라 아마 한국으로 돌아가신 다음에 사려면 1회분에 30달러 정도 들 겁니다. 이곳 병원에서 1개월 치를 한꺼번에 사면 1회분당 20달러 정도로 드릴 수 있다고 합니다."

나는 회복되는 대로 밖에 나가, 미코노스 이곳저곳을 구경했다. 그리스의 미코노스 바닷가는 정말 눈부시게 아름다운 곳이었다.

물론 여기로 끌려올 때 돈은 한 푼도 가져오지 못했고, 실직 후에 신용카드도 정지되었던 터라 나는 돌아갈 비행기 표조차 살 수 없었다. 주웅길 회장이 지옥에서 돌아온 영웅으로 손을 흔들며 인천공항에 나타나 지지자들의 꽃다발을 받을 때, 나는 돈이 없어서 그리스의 난민 보호 시설에서 세월을 보내야 했다. 나는 계획대로 술집을 차린 최 박사님께 돈을 빌린 후에야 돌아올 수 있었다.

나는 이 사건 때문에 유네스코에서 아는 사람이 생긴 인연으로 그때부터 유네스코 연구과제를 맡을 수 있었고, 거기에

틈틈이 최대한 교수를 뽑지 않으려고 버티는 대학들을 돌아다니면서 강의를 뛰면 적당히 생계를 이어갈 수 있게 되었다.

한편 내 간을 절반쯤이나 떼어 간 덕택에 주웅길 회장은 빠른 속도로 건강을 회복했다. 내 간은 정말 건강했다. 어쨌거나 7개월 뒤, 주웅길 회장은 미국 LA 할리우드의 저택에서 배우들을 불러모아 비밀 파티를 열다가, 자기 집 풀장에서 죽었다. 사인은 공식적으로는 익사라고 했다.

5

어제 그녀에게 입을 맞추었을 때, 나는 분명히 누구보다 말짱한 제정신이었다. 하지만 오늘 술집에서 이렇게 길게 옛이야기를 하는 지금은, 분명 어느 정도 취기에 젖었음이 확실했다. 나이 든 사람들이 젊은이나 애들 붙잡아 놓고 자기 이야기를 늘어놓는 칙칙한 모습 그대로였다. 참을 수 없는 존재의 늙수그레함. 과연 나는 그녀에게 어울릴 사람이 아니다.

"간이 40퍼센트 밖에 안 남아서, 간 자극제를 하루에 한 대씩 안 맞으면 안 되거든.

그런데 간 자극제라는 게 하루에 30달러씩이니까 이게 꽤 비싸. 그래서 그 대신에 간 자극용으로 알코올을 조금씩 마시는 거예요. 생리학과 교수들이랑 의사들에게 물어보니까, 취하지만 않으면 좋은 아이디어라고 하더라고요. 너무 도수가 높은 거로 마시면 자주 마시기 전에 간에 무리도 가고, 또 술 취하면 일도 못 하니까, 도수 낮은 맥주로 계속 마시는 거예요."

나는 웃어 보이려다가, 그러면 너무 유치하게 무용담 자랑하는 사람처럼 보일 거 같아 관뒀다. 대신 그냥 물통을 입에 대며 맥주를 한 모금 마시는 것으로 표정을 막았다. 왜, 어린아이가 맹장 수술하고 나면, 자기 배에 엄청 큰 흉터 있다고 자랑하는 거. 정말 엄청 아팠다고 자랑하는 듯한 그 유치한 모습 있잖은가. 그렇게 보이기는 정말 싫었다.

"그래서 항상 맥주를 들고 다니는 거구나. 그래서 어제도 술에 취해서 그냥 그런 거구나."

잠자코 이야기를 듣던 그녀는 그렇게 말하면서, 고개를 들었다.

나는 그녀와 눈이 마주치게 되었다. 정확한지는 모르겠으나 내가 사랑하던 그 두 눈에는 눈물이 맺혀 있는 것처럼 보였다.

그 안타까운 눈빛은, 세상을 안다고 잘난 척하는 사람들을 다 우습게 보이게 할 만큼, 진심으로 상대방의 마음을 이해해 주려는 것이었다. 나는 갑자기 바보 같은 심정에 사로잡혔다. 그리고 분명히 언젠가는 후회하고 아쉬워하는 마음으로 끝날 것이 뻔한 그 마음에 온 정신을 맡길 수밖에 없게 되었다.

나는 고개를 가로저었다. 나는 일부러 좀 느끼한 표정을 지으며 웃었다.

"어제는 분명, 술에 취한 것이 아니라 당신에게 취해서."

그 농담에 그녀는 '하!' 하면서 한 번 웃고는, 눈에 고인 눈물

을 닦았다. 나는 그녀에게 손수건을 건네주었다. 그녀는 콧물
도 닦았다. 내 표정은 잠깐 일그러졌다. 그 표정을 보더니, 그
녀는 그게 무슨 코미디라고, 웃으면서 더 많은 콧물을 닦았다.
　나는 예상과는 또 달라진 상황에서 그녀에게 무슨 말을 해
야 할지 고민하며 다시 맥주를 한 모금 더 마셨다. 그러면서
보니 유리잔을 닦고 있던 최 박사님이 이쪽을 보면서 엄지손
가락을 들어 보였다.

　　　　　　　　　　　　　　— 2006년 1월, 서대문에서

박 흥 보   특 급

우리 회사가 망하기 직전에 마지막으로 시도한 사업은 바로 흥부놀부 이야기를 흉내 내서 박씨를 심어 보겠다는 것이었다. 처음 그 말을 듣고 나는 농담을 하는 줄 알았다. 그런데 농담이라고 하기에는 재미가 없었다. 우리 회사의 유일한 장점은 농담이 재미가 없으면 아무리 사장이 이야기하더라도 웃지 않아도 된다는 것이었다. 그래서 나는 웃지도 않았다.

"정말 그런 거라도 해야 할까 봐요."

나는 그렇게 말하고 한숨을 쉬어 보였다. 그런데 사장인 선배는 내 한숨에 호응하지 않았다.

"그런 거라도 해야 할 거 같으니까, 정말 한번 해 보자니까."

그녀는 그리고 나를 쳐다보았다. 말은 하지 않고 눈웃음을 한 번 지어 보였다. 처음 사업을 시작하지 않겠냐고 제안하고, 내 대답을 기다리던 그때의 표정이었다. 밝고, 여유 있고, 사람 좋아 보이고, 성실해 보이면서도 자신감이 넘치고, 같이 가서 뭘 하면 잘 되든 못 되든 하여튼 재미있을 것 같은 느낌이 드는 얼굴이었다.

내가 대학 시절이 즐겁다고 생각한 것은 절반 이상이 바로 선배 때문이었다. 선배는 밝은 사람이었다. 그렇다고 혼자서 까불대고 촐싹거리면서 밝은 사람은 아니었다. 수다스러운 편도 아니었고, 필요한 말만 하는 사람에 가까웠다. 그런데도 선배와 같이 있으면 기분이 좋았다. 웃을 일이 많았고 별일 하지 않으며 한나절을 보내도 저녁이 되면 보람찬 하루를 보낸 것 같았다. 별로 좋아 보이지 않은 세상의 풍경을 같이 보고 있을 때조차도 그 우스운 모양이 재미는 있어 보였다.

칙칙하게 길을 나서서 학교에 가도, 선배를 만나면 점차 나까지 밝아졌다. 칭얼칭얼 내 신세 한탄을 하고 싶을 때 선배가 그것을 잘 들어 주는 것도 아니었다. 그런 이야기는 여태껏 한 번도 한 적 없다. 오히려 선배를 만나면 그런 많은 걱정거리도 이상하게 작게 느껴졌다. 그러다 보면, 어째 내 일도 남 일 보듯 문제를 다시 생각하게 되었고 좀 더 냉정하게 원인과 대처방법을 궁리하면서 여유와 용기를 갖고 해결할 수 있게 되는 것도 같았다. 그런저런 일 덕분에, 선배는 나를 도와주고 있다고 생각하고 있지는 않았지만, 나는 그냥 선배와 같이 학교에 다니는 것만으로 그 전보다 훨씬 더 좋은 인생으로 나아가고 있다고 생각했다.

그런 선배가 사업을 해 보자고 제안을 했으니, 나는 역시 좋은 기회라고 생각했다. 젊은 나이에 사업을 벌여서 성공한 사람은 굉장한 열정으로 주변을 감화시키는 사람이라고들 하지 않는가? 미국 실리콘 밸리나 중국의 신생 갑부들이 처음 일을 시작할 때, 한 푼 재산도 없는 사람들이 온 세계를 바꾸겠다며 주변을 설득했다는 전설들이 생각났다. 나는 선배야말로 바로 그런 사람이 될 수 있는 인물이라고 생각했다. 선배는 그럭저럭 시작은 해 볼 만한 창업 자금을 구해 왔고, 나는 취직하는 대신에 새로 시작하는 회사에 합류했다.

그런데 일을 벌여 놓고 보니, 선배에게 그렇게 깊게 설득된 건 나 한 사람뿐이었다. 나와 선배는 온종일 만든 자료로 한없이 많은 곳에 설명하고 다녔고, 밤새 만든 시제품을 더 많은 곳에 보여 주려고 애썼다. 하지만 투자자를 설득할 수도 없었고, 시장에서 사람들의 눈길을 많이 끌지도 못했다. 선배는 그래도 더 돌아다녀 보자고 했고, 나는 동의하고 더 따라 다녔다. 그러다 보니 나는 선배가 자신감을 잃으면 어쩌나 하는 생각을 했고, 왜인지 굉장히 가슴 아프게 애틋한 마음이 되어서, 오히려 내가 선배를 응원해 주겠다는 결심으로 더 열심히 일했다.

혹시 빌딩이 가득 늘어선 도심 거리를 보면서, 이렇게 커다란 빌딩이 저렇게나 많이 있는데 도대체 저 많은 사무실이 다 뭐 하는 곳일까, 궁금해해 본 적이 있는가? 바로 그 많은 사무실이 다 우리가 돈 벌어 보려고 한 번씩 찾아가 본 곳이라고 해도 크게 과장은 아니다. 우리는 모든 자금이 바닥나 더 회사를 유지하는 것이 무의미해지는 순간까지 멈추지 않았다.

그나마 몇 달씩 회사를 유지해 나갈 시간을 늘릴 기회가 한두 번은 있었다.

무슨 퇴역 군인 단체에서 자기들이 모아 놓은 기금 투자한다면서 가능성 있는 회사들을 모집한다는 건이 있었다. 그런데 그 모집 공고는 그 단체가 입주한 건물 화장실에 A4 용지로 붙여 놓은 것이 전부였다. 제안서 양식이나 요구 사항을 써 놓은 내용도 없었다. 제안서 제출 방법도 새벽 4시에서 아침 9시 사이에 직접 찾아와서 내라는 식이었다.

"이런 게 뭐 말이 되는 거겠어요?"

나는 화장실에서 떼어 온 모집 공고 종이를 선배에게 보여 주었다.

"아니야. 냄새가 나. 감 좋아. 이거 우리 하자."

"냄새가 나긴요. 화장실에서 떼온 종이니까, 화장실 냄새나 나겠죠."

나는 보나 마나 이번에도 실패할 줄 알았다. 그런데 선배 말대로 이번에는 제안이 채택되어 적은 금액이지만 투자를 받을 수 있었다. 안 될 거로 생각하고 굉장히 성의 없게 쓴 제안서인데도 오히려 성공한 것이다.

"그거 아마, 그 기금 관리하는 단체 회장이 자기 동생 같은 사람한테 그냥 그 돈 다 몰아 주려고 벌인 일일 거야. 그런데 아무 절차도 없이 그냥 동생한테 돈 다 주면 너무 사기 같잖아. 그래서 괜찮은 사업을 한다고 공지를 해서, 적당히 2등, 3등도 뽑은 다음에 1등은 동생한테 주고, 2등, 3등한테도 그래도 조금씩 구색 맞추기 금액만큼은 투자해주고 뭐 그런 걸 거라고."

"그런데 왜 그렇게 모집 공고를 눈에 안 뜨이게 내요?"

"공고가 너무 눈에 뜨여서 정말 좋은 제안이 들어 오면 동생을 1등으로 못 뽑잖아. 제안이 한 4개 정도 들어 오면, 하나는 떨어뜨리고 둘은 2등, 3등으로 주고 자기 동생은 객관적으로 보기에도 정말 괜찮아서 1등으로 했다, 그러면 그럴듯하잖아."

"그런 걸 그럴듯하다고 하는 거예요?"

"그래도 하여튼 이제 우리도 투자를 받았잖아. 이게 어디야. 이제 어디 가서 우리도 투자도 받는 잘 되는 회사인 척할 수 있지."

선배는 그리고 또 그 눈웃음을 웃었다.

확실히 그 무슨 퇴역 군인 단체에서라도 투자를 유치했다고 떠들어 대니까, 관심은 더 많이 끌 수 있었다. 우리를 문전 박대하는 곳이 조금 줄었고, 우리에게 추가 자료를 더 달라고 더 검토해 보겠다고 하는 곳은 조금 더 늘어났다. 지방선거와 국회의원 선거가 지나면서 그저 '지역 기업에 지원을 늘렸다'고 말하기 위해 아무렇게 뿌려 버리는 돈이 우리에게도 조금이나마 굴러 들어온 것도 그런 덕택이었다.

그러나 회사를 버텨나갈 돈을 좀 구한 것일 뿐, 회사를 더 키울 수는 없었다. 인천에 갔을 때 50층짜리 빌딩의 맨 꼭대기 층에서 아래로 내려오며 각각 다른 회사 사무실 여덟 군데를 들르고, 줄줄이 연속 퇴짜를 맞은 일이 있었는데, 그때 내가 기운이 빠져서 그랬다.

"어떻게, 이렇게…, 이렇게 장사가 안될까요?"

"갑자기 산림보호법이 또 바뀌어서 그래."

선배는 빌딩 사이에 있는 공원 연못을 보고 있었다. 선배가 보는 쪽을 보니, 연못에서 뱃놀이하는 사람들 옆에서 청둥오리가 놀고 있었다. 선배는 그 오리가 하늘 어느 쪽에서 날아오는지, 또 어느 쪽으로 날아가는 것인지 멍하니 보고 있었다.

우리 제품은 아파트 베란다 옆에 장치할 수 있는 잘 설계된 새집이었다. 설계가 좋아서 견고하게 장착할 수 있었고, 새들이 잘 찾아오게 할 수가 있었다. 값싸게 만들 수 있었고, 아파트를 지으면서 붙박이로 설치하기도 좋았다. 게다가 색상과 입구 형태를 조금씩 바꾸어서 새들 중 내는 소리가 좋고 빛깔이 좋은 것만 골라서 오게 할 수도 있었다.

우리가 노리는 것은 아파트 지을 공간이 부족해지면, 점점 숲과 산을 파고 들어가서 아파트를 짓게 된다는 점이었다. 그런데 산림보호법 때문에 숲을 없애고 아파트를 지을 때는 그만큼 생태계 보호 비용을 정부에 내게 되어 있었다. 이때 아파트를 시공하면서 자발적으로 숲의 생물을 유지할 수 있는 조치를 어느 정도 하면 생태계 보호 비용을 깎아 주는 제도가 있었다. 그러니 바로 우리 회사의 새집 같은 것을 사서 아파트에 장착해두면 아파트 주인들은 생태계 보호 비용을 아낄 수 있게 된다.

원래 선배의 꿈은 그보다도 더 멋있는 것이었다. 우리가 만든 새집은 초록색 이끼를 붙여두는 구조였다. 필요하다면 아파트 주민에게 방해되지 않는 다른 식물을 같이 키울 수도 있었다. 선배는 아파트 베란다 쪽 벽면 전체가 초록색 식물로 뒤덮여 있고, 거기에 갖가지 산새들이 사는 광경을 상상했다. 산을 갈아엎어 짓는 아파트이기는 했지만, 건물 한 채 한 채가 100미터짜리 거대한 나무 역할을 하는 진짜 숲 같은 아파트를 만든다는 생각이었다.

"새집을 달아도 생태계 보호비는 안 깎아 준대요? 세금 더 걷어야 하니까?"

"그거는 작년까지 이야기고."

그래서 우리는 작년까지 아파트 시공사에 직접 제품을 판매하는 것이 아니라, 생태계 보호 사업을 하는 정부기관이나 공공단체에 판매하는 쪽으로 열심히 영업했다. 나는 선배에게 다시 물었다.

"작년 다르고 올해는 또 달라졌어요?"

"올해는 유행이 부동산 시장이 붕괴한다, 경제가 어렵다, 그러잖아. 그래서 아파트 짓기 편하게 한다고 반대로 생태계 보호비 내는 조항 자체를 없앤다는 거야."

오리가 물을 박차고 하늘로 오르는 것을 우리는 같이 보았다. 한숨 소리를 내지는 않았지만, 그 청둥오리가 우리 한숨에 실려서 물에서 하늘로 솟아오르는 듯이 보였다. 하늘로 높이 높이 날아가는 그 모습을 보니까, 사업 시작하던 초기에 선배가 했던 이야기가 생각났다. 건물 벽면에 생태계를 만드는 이 기술을 더 개발하면, 우주 저편 화성이나 달에 만든 인간 기지에서 숲 대신에 우리 제품을 쓰면 될 거라고. 허황된 이야기라고 대답은 했지만, 속으로 그 말을 처음 들었을 때, 나는 정말 그녀와 함께 달나라에 가는 상상도 했다.

그런데 얼마 후 더 허황된 이야기 하나를 듣게 되었다. 요약하자면 뭐든 황당한 사업 제안을 해서 황당하면 황당할수록 꽤 거액을 투자받을 수 있을지도 모른다는 소식이었다.

소식을 전해 준 사람은 정 대리였다. 정 대리는 일전에 우리에게 투자해주었던 그 퇴역 군인 단체에서 행정 일을 보는 직원이었다. 정 대리는 퇴역 군인 단체에서 우리가 낸 제안서를 받아준 담당자였는데, 아무리 괴상한 일을 맡기든 간에 마음을 비우고 서류 처리를 할 수 있는 완성된 영혼의 소유자였다. 오백 원짜리 접착테이프를 이십만 원을 주고 사오라거나, A4 용지 2백 상자를 사들인 뒤에 바로 다음 날 다 파쇄해서 폐기하라는 따위의 알 수 없는 지시를 받았을 때도, 정대리는 마치 십 년간 벽만 보고 수행한 사람처럼 한 마디 묻지도 않고 일을 해치울 수 있는 사람이었다. 더 멋들어진 점은 그런 일을 할 때마다, 한편으로는 '정부 통합 불공정 불합리 신고 사이트'에 꼬박꼬박 한 줄씩 신고도 했고, 그 신고에 아무 반응도 없는 것을 매번 보면서도 그와 같이 평온했다는 점이었다.

제안서를 내면서 정 대리를 알게 된 후, 몇 번 건물에서 마주치는 사이에 일하는 시간만 끝나면 정 대리가 대단히 유쾌한 사람이라는 것을 나는 알게 되었다. 우리는 점심도 몇 번같이 먹었고 야근하는 날 저녁을 같이 먹다 같이 흥이 올라야근은 접어 버리고 밤늦도록 같이 맥주를 들이켠 적도 있었다. 그렇게 친해졌기 때문에 정 대리는 그와 같은 사람만이접할 수 있는 기막힌 사연이나 놀라운 정보를 즐겁게 들려주었다.

"정부에서 벤처 기업에 돈을 지원해 주는데 너무 안전한곳, 너무나 잘 될 게 뻔한 곳만 지원하는 게 문제라고 요즘 비판을 많이 받잖아요. 그렇게 안전하게 잘 될 게 뻔한 곳은 꼭정부가 지원 안 해줘도 잘 살아남을 수 있는 곳이거든요. 그러니까 정부에서는 그렇게 굳이 정부에서 지원해 줄 필요가없는 뻔하게 잘 될 것 같은 데 말고, 좀 더 불확실한 곳이나더 도전적인 곳에 지원해 줘야 하는 거 아니냐, 뭐 그런 식으로 막 공격을 받았대요. 그래서 올해 창의성 발전 센터 사업은 공격적이고 가능성 희박한 곳, 황당한 것 같은 사업 쪽으로만 지원해 준다고 하더라고요."

정 대리에게 들은 말을 선배에게 전해 주었을 때, 선배는처음에는 큰 관심을 보이지 않는 것 같았다. 선배는 창의성발전 센터라는 정부기관을 미덥지 않게 여기고 있었다. 벤처 기업에 투자해준다면서 창의성 발전 센터에서 돈을 퍼주는 것을 '퀀텀 립 코리아 프로젝트'라고 했는데, 그게 도대체 얼마나 우리 일에 진짜 도움이 될지 의심스러워 했다. 게다가 도대체 어떤 사업에 어떤 기준으로 투자해준다는 것인지도 잘 알 수 없었다.

"이번에는 딱 알 수가 있네. 가능성이 낮은 도전적인 사업일수록 지원을 해 주겠다잖아."

그런데 선배는 이번에 새로 나온 규정을 살펴보다가 갑자기 관심을 두기 시작했다. 새 규정에 따르면, 너무나 터무니없이 실패할 수밖에 없는 사업을 제안하면 제안할수록 지원을 받을 수 있다. 그러니까 망하면 망할 것 같을수록, 얼른 이 돈써서 없애고 망하라고 나라에서 돈을 줄 거라는 이야기였다.

"그래서 사업 계획서에 뭐라고 쓸 건데요?"

"제비를 오게 해서, 처마 밑에 제비집을 짓게 해. 그리고 제비가 혹시 다치면 우리가 제비를 치료해 줘. 그리고 그 제비가 그다음 해에 다시 돌아올 때 박씨를 물고 오면 그 박씨를 심어. 그 박씨에서 박이 자라나서 열리면, 그 박 안에 들어 있는 것이 우리 수익이 되는 거지."

"그러면 얼마를 투자해서 얼마를 버는 건데요."

"대충 제비집 지을 공간을 1년간 확보하는 데 5백만 원이 든다고 보고, 인건비나 부대 비용으로 또 한 5백만쯤 든다고 보면 투자액수는 천만 원이고. 제비가 집 지을 확률은 1천분의 1, 다칠 확률은 5백분의 1로 잡고, 돌아올 확률은 십 분의 일, 박씨를 물고 올 확률은 2십만분의 1, 박씨가 잘 자라나서 열릴 확률은 5분의 1로 보면, 다 곱해서 대강 10조분의 1."

"그렇게 해서 박을 열면 그 안에 뭐가 있는데요?"

나는 그 안에서 쌀이나 돈이 나온다고 정말 생각하고 있는 건가 잠깐 생각했다.

"박 열면 박 나물이 있겠지. 한 2천 원 치 정도는 되지 않을까?"

"그러니까 계산해 보면 천만 원을 투자해서, 5십억분의 1원을 수익으로 기대할 수 있는 거네요."

"그렇게 되겠지."

"그걸 사업이라고 할 수 있나요?"

"그래도 뭔가 막 우리 회사 고유의 첨단 기술을 사용해서 중간중간 이렇게 저렇게 막 복잡하게 한다고 하면 사업처럼 보일 거라니까."

선배는 그렇게 말하면서 생글생글 웃었다. 선배는 웃으면서 내 어깨를 한 대 툭 치더니, 모든 것이 다 상쾌해졌다는 것처럼 기지개를 한 번 켜고 퇴근했다.

혼자 남은 나는 선배의 웃음을 생각하면서 뒤늦게 따라 웃었다. 그때만 해도 나는 이 모든 것이 그냥 기왕에 망할 일만 남은 회사, 마지막으로 장난이나 한번 쳐 보자는 커다란 농담이라고 생각했다.

그런데 선배는 마감일 전에 제안서를 꾸며 왔고, 그 제안서를 다듬어서 나는 제출했다. 그리고 놀라지 마시라, 심사 위원들은 정말로 우리 사업에 돈을 투자하겠다고 통보해 온 것이다.

"확실히 성공확률이 너무너무 낮으니까 일단 도전적이고 실패를 두려워하지 않는 일 같아 보이기는 했나 봐. 그리고 이게 흥부놀부전 이야기에 나오는 거잖아. 그러니까 무슨 우리 고유의 전통문화를 활용하고 현대화하여 첨단 기술에 접목하는 사업이라고 해서 어디 가서 보여 주기가 좋다는 거지. 그게 높은 점수를 받은 거 같아."

"아무리 그래도 그렇죠. 제비 다리 고쳐 주고 박씨 심어서 돈 벌겠다는 사업에 돈을 투자해주겠다는 데가 어디 있어요?"

"제안서에서 우리가 판소리 흥보가를 예로 들면서 판소리라는 우리 고전 예술, 고전문학의 인문학적 요소와 생태 공학의 첨단 기술을 접목한 융합 기술이라고 했거든. 그래서 우리 사업이 모든 제안 중에서 융합성 점수를 제일 많이 받았대."

"융합 기술이 이런 거예요?"

"이런 건지 뭔지 누가 알아?"

"그래도 그렇죠."

"융합 기술이라는 게 두 가지, 세 가지 분야 기술을 섞어 놓은 거니까 되게 어렵고 이해하기 어렵잖아. 그런데 우리는 흥부놀부 이야기에 나오는 거랑 엮어서 해 놓은 거니까, 무슨 말인지 몰라도 일단 심사위원들한테 대충 친숙하게 꼭 이해될 것 같은 그런 느낌은 준 거 같아."

나중에 정 대리에게 이 소식을 전했을 때, 정대리는 다음과 같이 논평했다.

"그런 게 정말 좋죠. 정확히 무슨 말인 줄은 모르고 막 어려운 말 많고 그런데 그래도 대충 어렴풋이 내가 좀 이해하고 알아먹은 것 같은 뿌듯한 느낌은 좀 줄 수 있는 거, 그런 게 먹혀요."

먹혀도 아주 배가 빵빵하게 부르게 먹혔는지, 우리는 이 사업을 위해 지금까지 우리가 받았던 모든 투자 금액의 열 배가 넘는 돈을 받게 되었고, 우리는 하는 수 없이 정말로 제비집을 짓기 위해 나서게 되었다.

먼저, 제안서를 쓰며 참조했던 정창업 판 '홍보가' 내용에 따라서 홍보의 거주지역으로 되어 있는 전라 지역과 경상 지역의 경계 일대를 조사해 보았다. 우리는 그 일대에서 가장 제빗과 철새가 잘 올 수 있을 만한 곳을 선택했다. 철새 도래지를 분석하고 예상하는 일은 내가 꽤 잘하는 일이었다. 우리는 한반도 남부 지방에서 가장 제비가 잘 올 것 같은 곳, 다섯 군데를 골랐다.

그 다섯 군데 중에서 선배는 부동산 침체로 짓다가 망한 아파트가 있는 공사장 한 곳을 찾아냈다. 시멘트로 지은 틀은 다 완성되어 있었는데, 완공하기 전에 시공사가 망하면서 덩그러니 방치된 곳이었다. 우리는 싼값에 그곳을 통째로 빌렸고, 선배는 그곳에 제비가 둥지를 틀기 좋은 터가 되도록 우리 제품을 개조해서 설치하자고 했다.

"몇 개나요?"

"2만2천 개."

"2만2천 개요? 이거 정말 이렇게 저질러도 되나요?"

"저질러. 저질러."

나는 일이 이렇게 점점 커지는 것이 갈수록 겁이 났는데, 선배는 그저 즐겁고 재밌어 하는 것 같았다. 그렇게 우리는 처음으로 우리 제품을 대량 생산해서, 망한 미완성 아파트 단지에 죄다 발라 버렸다.

봄이 되자, 제비들이 모여들었다. 처음에는 열 몇 마리, 스무 마리가 모이더니, 곧 백 마리가 되고, 얼마 지나지 않아 2만 마리의 제비가 아파트 단지에 가득 차게 되었다. 우리가 계산한 숫자대로였다. 제비들은 아파트 단지 곳곳에 둥지를 틀었다. 우리는 제비집의 재료가 되는 지푸라기와 진흙을 인공적으로 만들어 단지 곳곳에 뿌려 두었고 끊임없이 제비들의 먹이를 공급했고, 제비가 알을 잘 낳고 튼튼하게 자라게 하려고 영양제도 섞어 주었다.

우리는 아파트의 층마다 센서를 설치해서 혹시 그 제비 새끼 중에 상처를 입는 것이 없는지 24시간 감시하고 관찰했다. 어미 새의 자연스러운 움직임과 떨어지는 새끼를 구분하기 위해 센서는 그곳을 지나는 물체의 속도, 방향, 무게를 추정할 수 있게 되어 있었다. 한편으로 감시 카메라들이 24시간 촬영한 수만 개의 영상을 인공지능 영상 판독 프로그램으로 매일 분석해서, 그중에 혹시 다친 제비 새끼의 모양이 인식되는 것이 있는지 찾아내려고 하기도 했다.

"2만 마리의 제비가 제비 새끼를 셋씩만 낳아도 6만 마리 잖아. 6만 마리가 한 군데에서 사는 거지. 우리 확률대로라면 일상생활 중에 상처를 입는 새끼가 120마리는 나올 거거든."

　실제로 한 해가 지나는 사이에 제비 새끼 중에 118마리가 이런저런 사고로 부상을 당했다. 인공지능 영상 판독 프로그램이 정상과 다른 패턴을 보이는 제비 새끼의 움직임을 인식하면, 우리는 그 영상을 눈으로 살펴보았다. 직접 살펴보고 부상인 것이 확실하면 우리는 대기 중인 수의사 팀을 출동시켰다. 그러면 수의사팀은 다친 제비 새끼를 재빨리 치료해 주는 것이다.

　118마리의 제비 새끼 중 다리를 다친 것은 35마리였다. 다친 제비 다리를 고쳐 놓은 모습은 동화책 삽화에서 보던 모습과 정말 비슷했다. 창의성 발전 센터의 심사위원들에게 사업 중간 보고회에 진척 상황이라며 사진 자료로 보여 주기에도 매우 좋았다. 35마리의 제비 다리를 고쳐 주는 데 성공했다고 말하자, 흥부놀부 이야기의 결말을 잘 알고 있는 심사위원들은 왜인지 벌써 사업이 완전한 성공으로 끝났다는 듯이 감격한 얼굴이었다.

　우리는 35마리 제비들이 다음 해 봄에 돌아오면 알아볼 수 있게 하려고, 위치 추적 장치를 달아 두었다. 가을이 되자 제비들은 우리 아파트 단지를 떠났다. 위치 추적 장치를 보니 제비들은 대체로 건강하게 이동했다. 몇 마리가 바다를 건너던 중에 추적에서 벗어나는 경우가 있었지만, 제비들이 대체로 중국 푸젠 성 일대로 이동하고 있다는 경향은 분명히 보였다. 중국의 강남 지역으로 간 것이다.

다음 해 봄, 강남 갔던 제비가 돌아오던 그 순간이 우리 사업에서 순수하게 가장 멋진 순간이었다. 3천 마리 이상의 제비가 한꺼번에 우리 아파트 단지로 돌아오고 있었다. 그렇게 많은 제비가, 그토록 좁은 공간으로 몰려드는 모습은 자연적으로는 결코 볼 수가 없는 모습이었다. 선배와 나의 지도교수였던 이동성 생물계 공학 교수님께서는 우리와 함께 그 모습을 보며 감동의 눈물을 흘리실 정도였다.

다리를 다쳤던 35마리의 제비 중에서도 4마리가 돌아왔다. 돌아온 제비들은 다시 제비집을 짓기 시작했다. 이번에도 제비집의 재료들을 역시 단지 근처에 놓아두었다. 그런데 우리는 이때를 노리고 근처 위치에 박밭을 만들어 놓고 기다리고 있었다. 제비들이 제비집을 지으러 이런저런 재료를 물어갈 때, 밭에서 박 줄기나 박꽃을 물어 갈 수 있을 것이고 그러다 보면 그중에 한 마리는 박씨를 물어가는 것도 있으리라 예측하고 그것을 노린 것이었다.

그때가 가장 답답하고 지루하고 초조하고 신경 쓰이는 시간이었다. 우리는 다리를 다쳤을 때 우리가 고쳐 준 4마리의 제비 중에 어느 한 마리가 혹시 박씨를 물고 갈 때까지 기다려야 했다. 나는 선배에게 제비가 물고 가는 것을 유도하기 위해 박씨에 제비를 유인할 수 있는 물질을 발라 놓자고 제안하기도 했다. 하지만 선배는 반대했다.

"그건 좀 안될 거 같아. 약간 반칙 같잖아."

"반칙이요?"

"좀, 놀부스럽다고."

"아, 선배. 이 마당에 뭐가 반칙이고 뭐가 반칙이 아닌데요?"

"아니야. 그래도 딱 이야기가 흘러가는 감이라는 게 있잖아. 미끼로 유도하는 거는 딱 놀부 감이 온다고."

그렇게 해서, 우리는 막연히 우연과 확률에 모든 것을 걸고 기다리기만 해야 했다.

거의 모든 제비의 제비집이 완성되어 갈 무렵이 다 되어서야, 우리는 일련번호 4-26으로 표시해 두었던 제비가 박씨를 물고 간다는 것을 찾아냈다. 우리는 그 제비가 있는 곳으로 달려갔다. 제비는 박씨가 달린 박 줄기를 입에 물고 자기 둥지를 오락가락했다. 그리고 움직이는 중에 박씨가 바닥으로 떨어졌다. 선배는 허공에 손을 뻗어 날렵하게 그 박씨를 잡아챘다.

"박씨!"

"박씨! 박씨!"

"박씨!"

우리는 박씨를 들고 그렇게 소리치며 같이 부둥켜안고 기뻐 춤을 추었다.

선배는 조심스럽게 박씨를 심었다. 원전의 내용대로라면 박씨는 자라나서 건물의 지붕 위에 박이 열려야 했다. 수십 층 높이 아파트의 옥상에 박이 열리게 하기는 쉽지는 않은 일이었다. 하지만 우리 회사는 벽면에 설치한 장치에서 식물을 기를 수 있는 기술을 갖고 있었다. 선배는 도전했고, 박은 자라났다. 우리는 현대 식물학과 농학의 모든 지식을 동원해서 그 박이 잘 자라도록 물과 비료를 주었고, 냉난방 장치와 채광 장치를 해서 박이 자라는 데 가장 적합한 완벽한 온도와 빛을 맞춰 주었다.

그러나 씨앗 하나에서 박을 키운다는 것이 단번에 쉽게 되지는 않았다. 게다가 역시 고층 벽면에서 박을 재배하는 환경 자체의 한계도 있었다. 커다란 박이 주렁주렁 그림 같이 많이 열리게 할 수는 없었다. 앵두나 살구만 한 작은 박이 몇몇 맺히는 정도에 만족해야 했다. 개수도 많지 않아서 의미 있을 정도로 크게 자랄 만한 것은 둘밖에 되지 않아 보였다.

"이거 하나는 따 내 버려야겠는데요."

오래간만에 우리가 심은 박을 보러 온 정 대리는 둘 다 그대로 두고 키우면 둘 다 제대로 자라지 못하고 조그마한 크기로 그냥 시들 것 같다고 했다. 둘 중 하나를 택해 하나는 살리고 하나는 떼어 내야만 살린 하나가 톱질을 할 정도로 큰 크기로 자랄 수 있다는 이야기였다.

"그 말도 그럴 법한데요?"

"그렇지?"

선배와 나는 박의 생태와 재배 기술에 대해서 좀 더 검토해 본 뒤에, 과연 둘 중 하나는 솎아내는 것이 맞겠다는 결론을 내리게 되었다.

그리고 이다음부터의 이야기는 어디에도 세세한 사항이 발표된 적이 없는 우리만 아는 이야기다.

＊

　나는 지금 이날까지도 여기에 대해서 강한 미련을 갖고 있
고, 우리가 그때 관찰한 것이 이렇게 묻혀서는 결코 안 되는
중대한 발견이라는 생각을 한다. 그렇지만 선배는 이 짓 하며
살다 보면 어디 이런 일이 한두 가지냐며 그냥 넘어가자고 했
고, 이 일은 구체적으로 밝혀지고 조사하는 대신에, 아무도
보지 않는 '국가중점 추진사업 결과 보고서'의 한구석에 두어
줄 실리는 것으로 끝이 났다.
　일단, 그렇다고는 해도 결과만 놓고 보면, 우리 회사로서
는 괜찮은 최후였다는 점은 미리 밝혀 두고 싶다.
　보고서에는 '초기 단계 연구로서 가능성을 밝히고 기반을
구축하는 데 의미가 있으며, 보다 구체성 있는 후속 연구를
통해 더 현실 적용 가능한 결과를 추구할 수 있을 것이다.'라
고 단군 이래 계속되어 온 수없이 많은 국가사업에서 계절의
순환처럼 반복되던 글귀가 또 적혔고, 그리고 그 많은 사업이
하나같이 그랬듯이 역시 아무런 후속 연구는 이루어지지 않
았다. 그때 수집한 모든 표본과 자료는 창의성 발전 센터 성
과 전시관으로 제출하라고 했기에 전시관 구석에 쌓여 있다
가 그냥 썩어 없어졌다.
　다만, 제비가 날아왔고, 제비 다리를 고쳐 줬고, 박씨를 심
었다는 내용까지는 모든 심사위원이 고개를 끄덕거리면서 이
해할 수 있는 것이었다. 다들 이게 무슨 짓인지는 뭐라고 할

수 없었지만 그래도 뭔가 성과가 나온 것 같다는 느낌을 받고 있어서 불만은 없었다. 게다가 마침 반짝 다시 부동산 경기가 살아나면서 망했던 아파트 단지의 공사가 다시 계속되는 바람에, 그때 우리는 제비집 해체 사업으로 몇 푼 더 돈을 벌었다. 덕택에 나쁘지 않은 상황으로 회사를 폐업할 수 있었다.

지금 내가 가장 귀중하게 보관하고 있는 자료는, 그때 두 박 중에서 어떤 박을 떼어 낼까 결정하기 위해서 찍었던 X선 사진이다. 우리는 두 박 중에서 조금이라도 더 건강하게 자라날 가능성이 있는 박을 선택하기 위해 크기와 색상을 측정했고, 세포 표본을 떼어 내어 분석했고, X선 사진을 찍었다.

그런데 그 X선 사진에서 전혀 기대 못 했던 것이 나타났다. 박 속에서 단순히 박의 과육 이외에 선명히 구분되는 다른 인위적인 구조물이 보였던 것이다. 아직 박이 커지기 전이었기 때문에 정확히 무엇인지는 알기 어려웠지만, 박이라는 식물과는 완전히 다른 엉뚱한 물체가 박 안에 들어 있는 것 같았다.

"이게 뭐야? 정말 박 속에 돈도 들어 있고, 쌀도 들어 있는 거야?"

우리는 사진 판독이 잘못되었나 싶어 몇 번이나 다시 검토해 보았다. 그렇지만 우리가 관찰한 이상한 현상은 사실이었다. 박 속에는 정말로 무엇인가가 들어 있었다. 그 후로 이 분야의 연구를 전혀 하지 못한 우리는 어떻게 그럴 수 있었는지는 알지 못한다.

나는 제비가 서해를 지나갈 때 잠깐 위치 추적이 되지 않왔던 때가 있었다는 점에서 착안하여, 서해 상에서 제비가 우리가 상상할 수 없는 굉장한 기술을 가진 이들에게 포획되었던 것 아닌가 상상해 보기도 했다.

외계인이나 우리가 알지 못하는 깊은 바닷속에서 사는 생명체가 굉장한 기술을 갖고 있어서, 제비에게 박 속에 특수한 물질을 생겨나게 할 수 있는 장치를 설치한 것이 아닐까? 공간이동 기술을 이용해서, 박 속에 어떤 물건을 전송시킬 수 있는 그런 고도의 기술 문명이 있고, 박이라는 식물과 제비라는 동물, 그리고 인간의 문화라는 생명체의 연결망을 통해서 그 기술을 보여 주고 있는 것이 아닐까? 이것은 우리 사업 자체보다도 훨씬 더 어마어마한 문제였다. 옛날이야기가 아닌 현대 과학의 입장에서 보면, 이 박은 가난한 동생 한 명을 부유하게 만들어 줄 수 있다는 정도의 문제가 아니었다. 생체 세포 속에 물질을 집어넣는 나노 기술, 순간 이동 기술에 관한 문제였다. 불치병을 치료하거나 항성 간 우주여행을 가능하게 할 수 있는 기술에 관한 일이었다.

"그럴 리야 있겠어. 바다 깊이 숨어 있는 해저 문명이 왜 그런 이상한 장난을 치는데?"

선배는 내 말에 동의하지 않았지만, 선배 역시 박 속의 이상한 물질에 놀라고 있었고 왜 그런지 설명하지 못하는 것은 마찬가지였다.

일단 우리는 고민 끝에 두 박 중에 금속 성분으로 추정되는 물질이 더 많이 들어 있는 박을 살리기로 했다. 금속 성분이 많은 박에서 금은이나 돈이 나올 가능성이 크다고 본 것이다. 어차피 수익이 낮은 헛짓이기 때문에 따낸 사업이기는 했지만, 기왕에 박을 타는 마당에야 박에서 어마어마한 돈이 쏟아지면 그 또한 기가 막힐 일이 될 듯싶었다.

박은 점점 제 모양을 갖추며 자라났다. 이 모든 뻥튀기 짓의 상징이라도 되려는 것처럼 박은 아주 크게 잘 자라났다.

'한국 농수산진흥청 표준 수확 시기 기준표'에 맞을 정도로 박이 자라났을 때, 우리는 박을 타기로 했다. 선배와 나는 박을 타는 톱을 같이 들었다. 박 안에서 쇳소리가 나는 것 같았다. 정말 돈이 들어 있을 것이라는 느낌이 강하게 들었다. 톱이 움직이면서 박에 들어갈수록 우리는 점점 흥분되었다. 막대한 돈, 어마어마한 이익. 대박일지도 모른다는 두근거리는 느낌이었다. 그러다 보니 우리는 박 타는 노래까지 같이 부르고 있었다. 선배의 얼굴을 보니, 선배도 나처럼 흥분된 것 같았다.

"흥분돼요."

"흥부? 뭐 흥부인 게 어쨌는데?"

"아니요. 흥분된다고요."

우리는 마음을 진정하기 위해 무의미한 말을 주고받았다. 하지만 그녀의 목소리도 떨리고 있었다. 박 속에서 돈이 쏟아질 것이다. 우리는 한 방에 부자가 될 것이다.

박이 열리기 직전에, 선배가 물었다.

"홍보가 내용에 보면 박 안에서 돈이 얼마나 나온다고 되어 있지?"

"정창업 판 판소리 가사로 보면, '쌀이 일만 구만 석이요, 돈이 일만 구만 냥이라'고 되어 있죠."

"구만 냥이면 얼마야?"

톱이 박을 가르고 들어가며, 한 번 왔다 갔다 할 때마다 나는 자료를 하나씩 하나씩 찾아보았다.

"조선 시대 상평통보 9만 냥이면, 대한제국 돈으로 90만 전이고, 대한제국 돈 10전이 일본강점기 조선엔으로 1엔이니까, 9만 조선엔이고요."

"그리고?"

"그리고 광복될 때 100조선엔을 1환으로 했으니까 9백환이고, 그리고 1962년에 화폐개혁으로 환이 다시 지금 우리가 쓰는 원으로 바뀌었거든요. 그러니까…."

마침내 박이 열렸다. 박 속에는 90원이 들어 있었다. 50원짜리 하나와 10원짜리 네 개였다.

— 2016년, 선릉에서

흡혈귀의 여러 측면

"여자친구분 가슴둘레랑 컵 사이즈가 어떻게 되시죠?"

"80C 정도 입는 거 같던데요."

"국산 브랜드 사이즈로 그러신가요? 아니면 다른 브랜드 사이즈로 그러신가요?"

"아…, 다릅니까?"

"외국 브랜드 사이즈랑 국산 브랜드 사이즈랑 숫자가 같으셔도 실제로 크기가 조금씩 다르게 나오시거든요."

"모르겠네요. 일단 국산 쪽으로 시도해 보겠습니다."

송진혁 교수는 백화점 직원의 물음에 대답하면서, 왜 치수나 크기라는 말 대신에 항상 '사이즈'라는 말을 사용하는지 되묻고 싶었다. 특히나, 왜 이 직원은 사이즈의 '즈'에 z 발음을 과장하고, 브랜드에 '랜'에서 r 발음을 과장하는지 추가로 묻고 싶다는 생각도 했다. 동시에, 그는 어떻게 그렇게 빠르고 똑똑한 발음으로 웃음을 잃지 않고 말할 수 있는지도 궁금했다.

그러나 송진혁은 직원이 보여 주는 다양한 제품들의 모습에 눈이 어지러워져 곧 그런 생각은 잊었다. 어차피 좋은 것을 선물하자고 나선 일이라 가격 대 성능비를 따지고 있지 않았다. 그래서 그는 직원이 말하는 다양한 브랜드들의 급수라든가 "가격이 좀 있으시고요, 이건 그보다는 좀 빠지시고요⋯." 하는 설명은 잊고, 그냥 모양만 유심히 관찰했다.

"요즘에 도심 쪽 쇼핑몰 전문 매장 쪽에 가시면, 보기 예쁘시고 좋아 보이시는 라인업들이 있긴 한데요. 고객님, 사실 속옷감의 질이 굉장히 중요하시거든요. 그게 질이 나쁘시면, 고객님, 여자친구분 피부 이쪽 부분이 굉장히 연약하시잖아요. 그럼 두드러기 같은 게 잘 생기시기도 하고 그래서 굉장히 안 좋으시거든요."

그녀의 가슴 살결 연약한 정도를 당신이 어찌 아는가?

송진혁은 좀 거부감을 느꼈다. 그는 정가를 내고 물건을 산다면 얼마쯤은 충분히 쓸 생각이었다. 그런데 그랬음에도, 이 직원과 이야기를 나누고 있자니, 왠지 별것도 아닌 물건을 덤터기 씌운 가격에 사는 듯한 느낌이 들기 시작했다.

"저희가 이번에 헤럿 쪽에서 투자해서 만든 나쁘지 않은 브랜드 라인업을 새로 하나 들여온 게 있으시거든요. 이게 적당히 레이스들이 이쁘게 화려하면서, 그러면서도 그렇게 노골적이지 않고 심플한 디자인으로 은근하게 미니멀하신 디자인이시거든요. 여기 이 자수 놓아진 부분 한 번 만져 보시겠어요? 그래서 아마 여자친구분 연령대가 20대시면….”

백화점 직원이 더욱 아름다운 미소를 얼굴에 올려놓았을 때였다. 송진혁의 전화가 울렸다.

“잠깐만요.”

송진혁은 백화점 직원으로부터 고개를 돌려 전화를 들었다.

“교수님, 저 현명입니다. 토요일 저녁인데 전화가 늦어서 방해되신 거 아닙니까?”

송진혁을 지도교수로 삼고 연구실에서 일하고 있는 대학원생의 전화였다.

“약간 그렇긴 한데. 뭐지?”

“예, 교수님 말씀하신 대로, 오늘 새벽부터 지금까지 계속 봉수랑 같이 영수증 작업이랑 정산서류 숫자 고치는 거 다 다시 해서 마무리 지었거든요.”

“그럼 이제 감사에 아무 문제 없는 건가?”

“예, 그렇습니다.”

“내가 시킨 대로 다 잘 마친 거지?”

“아직 재작년 연구과제 검토 서류들이 조금 남았긴 했는데요. 그건 봉수랑 같이 오늘 밤까지 계속하면 충분히 끝낼 수 있을 거 같고요. 그건 뭐, 급한 것도 아니니까요.”

“다 끝냈으면, 이제 내 서랍에서 도장 꺼내서 찍고 그냥 보건복지부로 발송만 하면 되는 거 아닌가? 전화는 왜 했지? 내가 일 다 끝내 놓고 보고하라고 하지 않았나?"

"예, 그래서 저도 전화할까… 아, 전화 드릴까 말까 고민했는데요. 교수님께 좀 보고 드려야 할 일이 있는 거 같아서요."

"뭔가?"

"왜, 블루나이트21 회사 쪽에 폐기 요청했던, 연구 재료 있지 않습니까?"

"폐기 연구 재료가 무슨 문제가 돼?"

"그거하고 직접 연관 있는지는 모르겠습니다만, 제 친구들하고 선배들한테 듣기로 국제적십자사랑 유네스코 쪽에서 조사하러 다닌다고 하거든요. 그래서 혹시나 이게 문제가 될 수도 있지 않겠나 싶어서요."

"그런가…. 내가 좀 생각해 보지. 그럼 오늘 밤에 수고하고. 일요일까지는 꼭 다 끝내 놓으라고."

"예, 교수님."

송진혁은 약간 짜증이 치밀었다. 머리에 미약한 두통이 느껴지는 듯도 했다. 대학원생들한테 일을 맡겨 놓았더니, 제대로 되는 일이 없다는 생각도 들었다. 그러나 사실 그들의 탓이 아님은 송진혁 자신도 잘 알고 있었다.

냉정하게 따지면 문제 될 것은 없겠지만, 그래도 적십자사에서 감사나 실사가 나와서 조사하고 다닌다는 것은 불안한 문제였다. 혹시나 재수 없는 공무원 놈들에게 비리 교수나 연구비 착복 같은 식으로 몰리기라도 한다면 잘못하면 재판정

들락거리며 고생깨나 해야 할지도 모를 일이었다.

송진혁 교수의 표정은 좋지 않았지만, 백화점 직원은 전화를 끊은 그가 돌아서자, 다시 한 번 커다란 미소를 지으며 말하기 시작했다.

"고객님, 이 라인업 제품들은 패드가 젤 패드로 달려 있으시거든요. 사실… 고객님, 이 패딩이 잘못 들어가시면, 너무 옷 밖으로 튀어나왔을 때 부담스러워 보일 수 있으세요, 고객님. 그런데 이 제품 같은 경우에는 패딩 디자인이 이쪽으로 이렇게 이 방향으로 이어지면서 굉장히 몸 선에 어울리게 자연스럽게도 돼 있어서 옷맵시도 정말 예쁘시거든요, 고객님."

직원은 그런 내용을 설명하면서, 옆으로 돌아 오른손으로 자신의 겨드랑이 아래를 받치며 이야기했다. 송진혁은 이 직원 스스로가 이 속옷을 입고 모델이 되어 그 앞에서 보여 주고 있다는 생각이 들었다. 눈썹 화장을 어떻게 한 것인지, 눈썹을 완전히 밀어 버린 듯한 느낌이 자꾸 먼저 들어오긴 했지만, 작달막한 이 직원은 그 종달새 같은 목소리가 표정과 민첩하게 어울리고 있었다.

송진혁은 결국 뭔지 모르지만 그걸 사기로 했다. 송진혁은 '보건복지부 연구비 카드'라고 인쇄된 신용카드를 자기 지갑에서 꺼냈다.

"포장해 주실 수 있으십니까?"

"그럼요. 고객님. 저희가 러브 하트 패키징 서비스 프로그램이 있거든요."

그 직원은 인터폰을 들고 말했다.

"언니, 난데, 패키징 LH거든. 빨리 좀 해 줘."

송진혁은 신용카드를 건네고 나서는, 문득 아까 대학원생들에게 받은 전화가 기억이 났다. 애인 선물 사는 것을 연구비에서 쓴다는 사실이 혹시 문제가 될지도 모른다는 생각이 났다.

"이거 카드 결제하면, 결제하는 쪽에 이쪽 매장까지 찍힙니까?"

"고객님 그렇게 해 드릴 수도 있고요. 필요하시면, 그냥 백화점 이름만 찍히게도 할 수 있으신데요. 고객님."

"백화점 이름만 찍히게 결제해 주십시오."

"예, 알겠습니다."

송진혁은 안도했다. 사소한 일이지만, 애인에게 하는 선물을 연구비에서 사용한 것이 빌미가 되어 비리 교수로 전락하는 것은 두려운 일이었다. 하지만 백화점 이름만 찍혀 나온다면, 백화점 식당에서 연구 회의를 하고 식사를 한 것으로 처리하면 된다. 그렇게 하면 이 백화점에서 쓴 돈을 회의비를 사용한 것으로 처리할 수 있다. 그렇게 하면 그녀에게 하는 선물값을 모두 연구비에서 빼내서 쓸 수 있는 것이다. 안 그래도 적십자에서 조사가 돌고 있다는데 쓸데없이 또 다른 꼬투리 잡힐 일을 만들어서는 안 되니까 조심해야 했다.

송진혁은 백화점에서 나오면서, 자신의 대학원생들에게 다시 전화했다. 그리고 토요일 저녁 막바지 정산 작업에 매달리고 있는 그들에게 백화점에서 회의비 집행한 것을 서류에 하나 추가하라고 지시했다. 적외선 처리에 관한 회의라고 이야기하고는, 자세한 회의록 내용은 봉수라는 학생에게 잘 생각해서 채워 넣으라고 지시했다.

"회의록을 저에게 쓰게 해 주시는 겁니까? 감사합니다. 교수님."

처음으로 서술형 공문서를 작성하게 된 그 학생은 매우 기뻐했다. 이 불쌍하리만큼 멍청한 학생은, 사문서 위조의 기회가 주어진 것을 두고, 지도교수 송진혁이 자신의 실력과 창의력, 경험을 인정하고 있다고 받아들인 것이다.

백화점을 나서려는데, 송진혁은 자신의 차가 어디에 세워져 있는지 생각이 나질 않았다. 백화점 주차요원에게 주차를 맡기고, 그 녀석이 어디에 세워 놓았다고 이야기해 줬는데 생각이 나질 않는 것이었다. 그는 다시 좀 짜증스러운 두통을 느꼈다. 송진혁은 매장 직원에게 가서, 은색 벤츠 E350이 주차된 위치를 알아봐 달라고 했다. 이 차는 그동안 모은 연구비로 연구 기자재 운반 차량으로 구매한 것이라서 그에게는 더욱 큰 횡재처럼 느껴졌고, 그래서 꽤 좋아하던 차였다.

"알겠습니다. 주차장 쪽으로 가시면요, 고객님, 저희 측 주차요원이 안내해 드릴 겁니다."

직원은 말하면서 다시 한 번 미소를 지었다. 그리고 고개를 돌려 나가는데, 송진혁은 언뜻 이 직원의 웃는 송곳니가 지나치게 크게 뾰족한 듯한 인상을 받았다. 사람이 아닌 괴물 같아 보일 정도였다. 좀 이상하다고 생각했지만, 송진혁은 애인을 만나러 갈 생각에 그냥 바삐 발걸음을 옮겼다.

차를 몰고 나가면서 송진혁은 동료 교수인 이규도에게 전화를 걸었다. 혹시나 유네스코나 적십자 쪽의 감사에 대해서 입수할 만한 정보가 있는지 알고자 했던 것이었다. 이규도 교수는 연구비를 처리하는 데 뛰어난 수완을 가진 사람이어서 많은 교수의 책사 노릇을 하는 사람이었다. 사실 벤츠 E350을 사들이게 해 준 것도 이규도 교수였다.

"이봐, 송 교수. 자네 언제까지 그 고물차 타고 다닐 건가."

"예, 뭐… 형편 아시지 않습니까."

"뭘, 연구비로 한 대 사지그래."

"연구비로 교수 차도 살 수 있습니까?"

"연구용 차량을 사면 되지."

"연구용 차량이요?"

"정밀 기계 운반용으로 필요하니까 굉장히 진동이 적은 차를 사야 된다고 신청하라고. 신청서에 차량 승차감 보고서 첨부해서, 승차감 좋은 벤츠 같은 거 한 대 뽑으면 돼."

"이야…, 그러면 되겠네요."

"연구비 승인 심사하는 친구랑 어떻게 되나?"

"제 옛날 지도교수님 친구십니다."

"그러면 신청서 올라가기 전에 전화 한 통 해 주는 거 잊지 말고."

송진혁은 자동차 콘솔에 있는 버튼을 눌러서 이규도 교수에게 전화를 걸었다. 이규도 교수라면 분명히 감사나 실사에 대한 정보도 가장 발 빠를 것이 틀림없었다. 이번 감사가 얼마나 골치 아픈 것이 될지 사전 지식을 알아 두고 대비하는 것은 중대한 문제였다.

"감사? 자네 쪽도 건드리나?"

"예. 아시는 것 있으세요?"

"어…, 이번에 두 놈이 돌아다니는데, 적십자에서 한 놈, 유네스코에서 한 놈이거든. 적십자 놈은 그냥 별거 아니고. 술 한 잔 사 주고 주머니에다 좀 집어넣어 주면 아무것도 아니야. 진짜 사람 열 받게 하는 자식이 유네스코에서 나온 놈인데, 이놈이 악명 높은 놈이야. 연구실 몇 개 거덜 낸 놈이거든. 이놈은 조심해야 할 거야."

"그래요?"

"이놈이 어떻게 생긴 놈이냐 하면, 덩치가 좀 크고, 항상 물통에다 맥주를 담아 다니면서 틈날 때마다 한 모금씩 마시거든."

"맥주를 마신다고요?"

"이상한 놈이야. 조심해야 돼."

송진혁은 눈살을 찌푸렸다. 그는 이규도 교수의 경고가 꽤 진지하게 느껴졌다. 송진혁은 이규도 교수의 말이나 경고를 깊이 신용하는 편이었다. 송진혁이 궁상맞은 책벌레에서 지금의 그로 거듭나게 된 것 역시 이규도 교수의 가르침에 힘입은 바가 컸다.

이규도 교수는 지도하는 대학원생들의 인건비를 세 배 정도

부풀려서 연구비를 타낸 다음, 대학원생들에게 그 1/3의 연구비만 주고 나머지는 연구실 공금으로 자기가 관리하는 방법을 알려 줬다. 연구비로 집행하기 곤란한 책상, 의자 같은 사무용 가구나 운반비, 수고비 같은 잡다한 비용을 처리한다는 명목으로 일종의 비상금을 걷는 것이다. 사실 아무에게도 보고할 필요도 없이 자기 마음대로 돈을 사용할 수 있는 것이면서도, 이런 비상금의 명목을 걸어 놓으면 주변 교수들에게나 학생들에게는 정당하게 쓰는 돈인 듯한 느낌을 줄 수도 있다.

"송 교수. 조심하라고. 이번에 산업자원부 과제 감사에서 인건비 뒤진다니까."

"예? 정말요?"

"없던 일처럼 보이게 싹 정리하고, 학생들 입단속도 좀 시키라고."

어느 날 이규도 교수는 송진혁에게 긴히 그런 정보를 건넸다. 확실한 정보일 가능성이 컸다. 행정자치부의 이공계 우대정책에 따른 이공계 연구원 고위 공무원 특채가 있었을 때, 이규도 교수는 자신의 제자 세 명을 산업자원부와 과학기술부에 들어가도록 손을 써 주었다. 지도교수가 손을 쓴 덕에 5급 공무원 자리에 들어간 이 학생들은 큰일이 있을 때마다, 이규도 교수에게 정부 측 계획에 관해 적당히 걸리지 않을 선에서 전해 왔고, 덕분에 이런 큰 난리를 미리 알고 대비할 수 있었다.

과연 이규도 교수의 정보는 맞아 들었다. '학생 인건비 갈취'라는 파렴치한 신문 기사 제목과 함께 세 명의 동료 교수가 기소당한 것을 송진혁은 보았다. 그리고 인건비를 갈취당한 쪽에 해당하는 학생들 역시 사문서 위조죄로 구속되어 구치소에 갇혔다. 이 학생들은 밤새도록 공부하고 일만 하고, 자기 인건비도 떼어다 지도교수에게 갖다 바쳤는데, 왜 자기들을 사문서 위조죄로 가두냐고 울먹이며 징징거렸다. 무슨 소용이랴. 말 그대로, 법의 준엄한 심판 앞에 범법자의 우는 소리에 지나지 않았다. 간신히 수사를 피한 송진혁과 그의 학생들은 그 모습을 보며 두려움과 안도감을 동시에 느꼈다.

그 사건 이후 송진혁은 감사니, 연구비 관리니 하는 것에 바짝 겁을 먹고 있었다. 그런 그에게 숨통을 트이게 해 준 것도 이규도 교수의 새로운 생각이었다.

"교수님, 인건비를 돌려서 못 쓰니까 이거 너무 빡빡한데요. 무슨 다른 방법 없습니까?"

"있지."

"뭡니까. 혼자만 아시지 마시고 저도 좀 가르쳐 주십시오. 요즘 부동산 경기 좋다고 남들 다 아파트 하나 더 장만한다는데, 저만 헤매고 있자니 속 터집니다. 돈줄을 만들 가닥이 안 잡히니 얼마나 분통 터지는지 모릅니다."

"좋은 데서 술 한 잔 살 건가?"

"아이…, 그거는 안 가르쳐 주셔도 그냥 예의상 당연한 거죠. 지금까지 교수님께 제가 배운 게 얼마만큼인데…."

"내 친구 중에 신소재학과 교수가 있는데 말이야. 이 친구가 신소재 개발한다고 하고는 연구용으로 금이랑 은을 사들이거든. 금이나 은이 안정성 높고 전도도 높은 금속이라서 금속재료 연구할 때는 여러 가지로 들어가는 데가 많아."

"그렇겠죠."

"그러면 사들인 금을 연구하고 실험하다가 실패했다고 하고는 그냥 버리는 거야."

"연구 재료를 그냥 버린다고요?"

"아직도 모르겠어? 보고서에는 실험하다가 실패해서 버렸다고 하고, 사실은 모아 놓았다가 종로 금은방 가서 파는 거지. 판 돈은 이제 현금으로 챙길 수 있는 거고. 그렇게 연구 재료로 금 산 다음에 실패했다고 팔면, 어디 불법적인 서류도 안 남고 쉽게 목돈 만들 수 있어."

"야, 그거 괜찮네요."

광선공학이 전공분야인 송진혁 교수는 그날로 이규도 교수가 가르쳐 준 방법을 응용하기 시작했다. X선이나 감마선 같은 주파수가 높은 광선을 쏘면 금속은 광전효과니 컴프턴 효과니 하면서 여러 가지 전자기 반응을 일으킨다. 송진혁 교수는 그런 식으로 다양한 방사선을 금속에 쪼여 보는 실험을 어떻게 특수하게 잘하면 우리나라 반도체 기술 발전에 큰 도움이 될 것이라고 적당히 내용을 꾸며서 연구비를 타냈다.

송진혁은 실험용 금속으로 금, 은을 대량 구매했다. 그리고 예의상 아무 빛이나 좀 쪼여 준 다음에, 제일 똘똘한 박사과정 학생에게 적당히 연구 결과를 쓰라고 시켰다. 그리고 남은 금은은 학생 수만큼 나눠서 매일 조금씩 금은방에 가서 현금으로 바꿔 오도록 했다. 한꺼번에 지나치게 많은 금을 거래하면, 국세청 쪽에서 움직이기 시작하기 때문에 문제가 복잡해질 위험성이 있었다.

얼마 후, 송진혁은 금을 파는 것보다 훨씬 더 많은 돈을 모을 수 있으면서도 훨씬 더 걸릴 가능성이 적은 새로운 방법을 스스로 창안해 냈다. 송진혁은 자기 생각을 너무나 자랑하고 싶어서 이규도 교수에게 찾아가 술을 샀다.

"교수님. 제가 이번에 보건복지부 연구과제를 하나 맡았거든요."

"자네 전공 광학 아닌가? 물리학 분야잖아. 그게 보건복지부랑 어떻게 연결되나?"

"정확하게 광선공학인데요. 왜, 원적외선이 몸에 좋으니 어쩌니 하지 않습니까? 그래서 적외선이 몸에 어떤 영향을 미치는지 새로운 방식으로 연구하겠다고 해서 과제를 하나 따냈습니다."

"그거 아이디어 괜찮네. 얼마짜리 과제지?"

"1년에 3억씩, 3년짜리 과제예요."

"10억 돈이네. 어떻게 그렇게 연구비가 많은가?"

"적외선을 사람 피, 혈액에 쪼이는 실험을 하고 있거든요. 그런데 이 피를 많이 사들이려면, 이게 돈이 만만치가 않아요."

"그러면 자네…."

"맞습니다. 맞아요."

송진혁 교수는 연구용으로 피를 대량 구매했다. 그리고 대

충 실험을 한 다음에, 그 피를 '폐기 처리'라는 명목으로 외
국회사에 팔아 치우고 그 돈을 모았다. 송진혁 교수는 '단백
질 구조의 입체 화학과 광학적 상질 차이에 관한 연구'를 해
야 한다고 아무도 알아볼 수 없는 복잡한 말을 만든 뒤에 보
건복지부에서 섭외한 심사하는 사람들에게 도장을 찍게 했
다. 그리고 거기에 따라서 RH-AB형과 cis AB형 같은 특이
혈액형을 실험 재료로 구매했다. 이런 피들은 많지 않은 양
이라도 거래 가격이 대단히 비싸서 조금만 팔아 치워도 많은
돈을 남길 수 있었다.

꽉 막힌 길 한가운데에서, 송진혁은 그동안 피를 팔아서
번 돈이 얼마나 되는지 어림하고 있었다. 그리고 만에 하나
일이 잘못되면 그중에 얼마나 발각될지도 한 번 고심해 보았
다. 그런데 그런 생각을 하고 있자니 자꾸 드는 생각이, 도대
체 어떻게 냄새를 맡고, 갑자기 적십자랑 유네스코가 감사를
뛰고 있는지, 어디서부터 이야기가 새어 나가고 있는지 그게
궁금해졌다. 길이 막혀 차가 옴짝달싹 못 하게 되니, 고민하
는 시간은 더 깊어져 갔다.

생각에 빠진 그의 눈앞에 교차로 저편에 있는 버스 한 대
가 눈에 들어왔다. 버스 맨 뒤 구석 자리에 앉아 있는 한 쌍의
남녀를 송진혁은 보았다. 그중 여자를 보자, 송진혁은 아까
백화점 속옷 매장의 직원이 떠올랐다. 그리고 그녀가, 속옷
을 추천하며 착용감에 관해 이야기하면서 그녀 자신의 등 쪽
을 쓰다듬던 모습이 생각났다. 사실 버스의 여자와 그녀는 별

로 닮지는 않았다. 어려 보이던 직원에 비하면, 이 버스의 여자는 좀 날카로운 데가 있어 보였다.

사람들의 시선이 닿지 않는 버스 구석 자리에서 남자는 그 여자를 두 팔로 휘감은 채 앉아 있었다. 여자는 눈을 지그시 감고 웃음을 짓기 시작했다. 남자는 여자의 어깨쯤에 얼굴을 묻었다. 여자가 잠시 몸을 뒤척이자, 남자는 고개를 들고 그녀의 옆얼굴을 보았다. 여전히 눈을 감고 있는 여자를 본 남자는, 혀로 여자의 목을 핥았다. 남자는 혀로 무슨 글자를 쓰는 것 같았다. 여자는 간지러운지 다시 웃었다. 남자는 여자의 목에 입을 맞추었다. 그리고 다음 순간 남자는 여자의 목을 물어뜯는 것 같았다. 피가 흘러내릴 듯했다.

남자가 여자의 목을 이빨로 물어뜯어 죽이려 하는 듯한 그 모습을 송진혁은 믿을 수 없었다. 그러나 버스는 곧 신호가 바뀌어 지나갔다. 송진혁도 자신의 차를 몰고 나가야 해서 계속 그들을 볼 기회는 없었다. 송진혁은 자신이 방금 버스에서 일어난 황당한 폭력 사건 내지는 살인 사건의 목격자라고 생각했다. 그러나 말도 안 되는 그 광경을 따져 보자니, 그는 자신이 무엇인가를 잘못 본 것이겠거니 생각했다.

송진혁은 그의 애인이 자신이 준 선물을 풀어 보고 기뻐하는 모습을 보고 나서야 그 남녀를 잊을 수 있게 되었다. 그녀는 오늘따라 더욱 아름다워 보였다. 정교한 유리 조각에 어지러이 반사되는 레스토랑의 조명은 별로 밝지 않았지만, 그 빛 안에서 그녀의 얼굴은 더욱 선명하고 신비스럽게 보였다. 그

녀는 속옷의 자수가 놓인 모양을 이리저리 들여다보며 호기
심 어린 즐거움을 마음껏 발산했고, 송진혁은 그 모습에 온갖
다른 걱정을 잊은 채 마음껏 그 즐거움을 받아들였다.

"나 지금 이걸로 갈아입어야겠다."

"여기서?"

"그렇게 좋아?"

그녀는 직원을 불러 화장실이 어디 있는지 물어보고는, 송
진혁의 선물과 함께 사라졌다.

그녀가 없을 때, 송진혁은 다시 자신의 연구실에 전화를 걸
었다. 오현명 학생이 받았다.

"일은 다 끝나가?"

"일 순서를 좀 바꿨습니다. 꼭 바꿔치기해야 하는 건 지금
다 끝냈고요. 중요한 처리는 오늘 다 끝낼 수 있을 거 같습니
다. 일요일까지 일하면, 뭐 충분히 끝낼 거 같아요."

"그래, 신경 써서 잘하라고."

"예. 그런데 교수님. 저기요."

"뭐지?"

"아까, 교수님을 찾는 분이 한 분 왔다 가셨는데요."

"누구?"

"누군지 말씀은 안 하시고요. 그냥 교수님 있냐고 하시고,
없다고 하니까, 고맙다고 하고는 가시던데요."

"작은 사람이야 큰 사람이야?"

"큰 편이던데요."

"혹시 물통이나 술병 같은 거 들고 있던가?"

"예. 작은 물통 하나 들고 있던데요."

유네스코 녀석이었다. 이규도 교수가 조심해야 한다고 말하던 하필이면 그 재수 없는 자식이었다. 그 녀석이 벌써 내 목을 노리고 우리 연구실까지 왔다 간 것이었다. 송진혁 교수는 다시 한 번 짜증이 치미는 느낌이 들었다. 머리가 아파 왔다. 전화를 끊을 즈음, 애인이 다시 자리에 돌아왔다.

그녀는 자리에 앉기 전에 송진혁 앞에 섰다.

"자수 놓은 게 비치는 거 같지 않아?"

"난 잘 모르겠는데."

"어때, 선이 좀 더 살아나는 거 같은가?"

"이렇게 뭔가 잘 받을 때 보면, 여러모로 인상파 화가 작품을 연상케 하는 데가 있단 말이야."

그녀는 앉으면서 물었다.

"오오. 어떤 점이?"

"그, 투박한 붓 터치."

"땡. 여러분, 오늘 이 작품은 작품의 가치를 모르는 주인의 멍청함 때문에 다른 손님께 낙찰되었습니다."

바보스러운 농담 다툼을 마칠 때쯤, 웨이터가 요리를 갖고 왔다. 송진혁은 애인의 손에 자기 손을 포개었다.

"밥 먹기 전에 잠깐만."

"잠깐만 뭐."

"눈 좀 감아 봐."

"뭐하려고."

그녀는 눈을 감았다. 송진혁은 아무 말 없이 차분히 눈을 감은 그녀의 얼굴을 다시 한 번 바라보았다. 하얀 그녀의 얼굴에는 장난스러운 웃음이 아주 옅은 농도로 감돌고 있었다. 그녀의 입술에는 아까 마신 레모네이드가 작은 한 방울로 남아 묻어 있었다.

송진혁은 그녀의 하얀 목덜미를 바라보았다. 새하얀 살결을 가만 보고 있으면 솜털이 보였다. 그녀의 목은 차가워 보이는 흰색이었지만, 보기만 해도 따뜻한 체온이 들어 차 있음을 알 수 있었다. 송진혁은 한 손에 포크를 들고 가만 그녀 앞으로 다가갔다. 그녀가 숨을 쉴 때 그녀의 가슴이 움직이는 것과 입김에서 뿜어져 나오는 온기를 느낄 수 있었다. 송진혁은 가만히, 포크로 그녀의 목덜미를 살살 간질였다.

그녀는 간지러움에 까르르 웃었다.

"뭐야?"

그녀는 웃으면서, 다가온 그의 입술에 가볍게 입을 맞추었다. 레모네이드 맛이 났다. 송진혁의 입안에 작은 상처가 있었는지 그 신 음료에서 약간 따끔한 고통이 느껴졌다. 그러나 맛과 어울린 그 통증은 그녀의 입술을 느낌을 선명하게 하는 데 더욱 도움이 되었다.

"사람들이 보잖아."

"뭐, 어때."

그녀는 다시 한 번 입을 맞추며 혀를 밀어 넣었다.

음식을 먹기 시작하려는데, 다시 전화가 울렸다. 이번에는 이규도 교수였다.

"송 교수인가? 자네 이번에는 직접 조심해서 잘 처리해야 할 거 같아."

"왜, 무슨 일 있습니까?"

"의대에 후지와라 교수 있잖아. 왜, 일본에서 교환 교수로 온 사람."

"예, 있죠."

"원래, 감사 같은 거 해도, 외국인 교환 교수는 별로 안 잡거든. 그런데 이번에는 적십자 놈들이 후지와라 교수도 단단히 조사하고 있어. 지금 고생 좀 하는 거 같아 보이던데."

"정말요?"

"그래. 그렇다니까."

송진혁은 당장에 그녀의 입술을 잊게 되었다. 후지와라 교수는 송진혁에게 희귀 혈액을 취급하는 외국계 의료 회사를 소개해 준 사람이었다. 송진혁이 굉장히 비싸고 귀한 피를 사들여 되팔기 위해서 여기저기 묻고 다녔는데, 후지와라 교수가 마침 블루나이트21의 주주였다.

동유럽의 한 국영 혈액원에서 출발한 회사인 블루나이트21은 다양한 희귀 혈액 표본을 확보하고 있을 뿐만 아니라, 그런 혈액에 대한 유럽 지역 공급을 책임지고 있는 위치로 성장한 꽤 큰 회사였다. 송진혁의 피를 사고파는 돈이 충분히 어울릴 규모가 되었다. 후지와라 교수는 아무것도 모르고 블루나이트21의 수출입 담당을 송진혁에게 소개해 주었고, 송진혁은 그때부터 줄곧 블루나이트21을 통해 연구용 피를 사고 팔아서 돈을 모아 왔다.

만약, 적십자나 유네스코가 감사를 통해 후지와라 교수를 조사한다면? 그러면 송진혁이 한 일을 모르는 그는 이런저런 이야기를 마구 털어놓을 가능성이 컸다. 그렇게 되면 블루나이트21이라는 회사와 송진혁과의 관계가 그들의 귀에 들어갈 것이다. 만약 이들이 송진혁을 감옥에 넣으려고 지금 감사를 벌이고 있는 것이라면, 그 정도 연결 고리면 어떻게든 위험한 증거를 파낼 수 있을지도 모를 일이었다.

속이 타는 일이었다. 좀 잘살아 보겠다고 한 짓이었는데. 적십자 나부랭이들, 그 한량이나 다름없이 거저먹는 월급이나 챙기고 사는 놈들 때문에, 여기서 내가 감옥으로 주저앉는다고 생각하면 미칠 지경이었다.

만약 이규도 교수 정도 되는 위치라면, 그 정도 인맥을 갖추고 자리 잡고 있다면, 웬만한 일로는 꿈쩍도 하지 않는 진정한 철밥통의 위치를 잡을 수 있을 것이다. 그러면 이깟 조무래기 감사 따위 아무리 설쳐대도 부하 연구원, 수하 교수, 학생 몇 명 구속되면 끝이지, 자기는 아무도 건드리지 못하게 할 수 있다. 한 내년까지만 지금처럼 나가면 충분히 그 불멸의 위치에 도달할 수 있을 거 같은데, 허무하게 피 팔아먹은 돈 몇 푼에 지금 악질 비리 교수로 몰리게 생긴 것이다.

송진혁은 치미는 마음을 억누르며, 내어온 음식에 칼을 댔다. 살짝 익힌 고기에는 피와 육즙이 뒤섞여 흥건하게 흘러내리고 있었다. 음식의 소스와 그 피가 뒤섞여 접시 아래에 층을 이루며 깔렸다. 송진혁은 거기에 칼을 대었다가 고기를 잘랐다. 그리고 입에 가져가는데, 갑자기 역한 마늘 냄새가 그의 코를 찔렀다. 속이 울렁거려 토할 것 같았다.

"여보세요. 손님이 하는 말을 안 듣습니까? 내가 분명히, 난 마늘 앨러쥐 있다고 마늘은 빼고 가져오라고 하지 않았습니까?"

송진혁은 직원을 불러 떠들어 대며 화를 냈다. 실수였다. 검은색 옷에 나비넥타이를 한 직원은 쏟아지는 비난에도 얼굴색 하나 바뀌지 않고, 조금의 표정 변화도 없었다. 그는 다만, 지극히 침착한 태도로 계속 사과하고, 음식을 다시 내오겠다는 말만 했다.

송진혁은 지금 왜 이렇게 신경이 날카로워져서 직원에게 분노를 내뿜었는지, 그 이유를 스스로 확실히 알고 있었다. 그랬기에, 그렇게 마구잡이로 격노해 화를 냈다는 사실이 더 짜증스럽고 부끄러웠다. 그리고 초조하게 느껴졌다.

어떻게 이렇게 갑자기 감사가 시작되는가? 그리고 나태하고 방만하기로 악명 높은 적십자사와 유네스코가 어떻게 이렇게 급하게, 이토록 많은 인원이 이처럼 치밀하고 큰 규모로 조사를 진행할 수 있는가. 그는 난잡하게 의심하기 시작했다.

어떤 더러운 자식이 투서했음이 틀림없다. 그놈이 내가 비열한 방법으로 돈을 털어먹기 위해 피 빼돌리기를 한다는 식으로 악의적으로 일러바친 것이다. 공부하다 보면 조금 힘든 거, 그걸 못 참고 괜히 나에게 화풀이하는 식으로 대학원생 놈들 중의 하나가 이메일을 쓴 것일 수 있었다.

송진혁은 현명과 봉수를 떠올렸다. 현명이 놈이 그런 짓을 할 만하다. 그놈은 분명히 지금도 자기가 왜 토요일 밤과 일요일에도 서류 맞추는 일을 해야 하는지 불만이 가득할 것이다. 놈은 독실한 기독교도로 일요일에는 교회에 가고 일을 하면 안 된다고 여기고 있으니 더 불만이 심할 것이다. 아니다. 아직 나랑 지낸 시간이 짧은 봉수 놈의 짓일지도 모른다. 아니면 봉수 놈의 선동으로 현명이랑 같이 한 일일 수도 있고, 현명이 놈의 선동으로 봉수랑 같이 한 일일 수도 있다.

그러나 대학원생의 불만 사항 몇 마디 정도로 적십자사와 유네스코가 동시에 움직일 정도로 큰 영향이 있을까? 그렇게 생각해 보면 의심스럽다. 후지와라 교수, 이 작자는 어떤가. 금세 감사원들이 후지와라 교수에게까지 간 것을 보면 더 의심스럽다. 블루나이트21에 신경을 쓰고 있었다면, 그사이에 내가 블루나이트21을 이용해서 혈액 거래를 하는 모양에 대해서 충분히 눈치챌 만했다. 그러면 이 멋모르는 얼간이 같은 자식이, 한국 실정이라고는 전혀 모르면서, 나를 횡령범이나 사기꾼으로 신고한 것일 수 있다. 외국 교수가 한국 교수의 비리를 파헤친다는 모양은 기삿거리도 될 만하니까, 더 빨리 움직일 것이다.

하지만 그 늙은 영감탱이가 그 정도의 의욕이 있을까? 당장 내년이면 자기 나라로 돌아가는데, 다 늙어서 왜 그런 엄청난 파란을 일으키겠는가 말이다. 그렇다면 이규도 교수, 이 자식은 어떤가. 속을 알 수 없는 음흉한 자로 온갖 협잡과 속임수에 능한 놈 아닌가. 이놈이야말로, 내 수법이나 약점을 가장 환하게 꿰고 있는 놈이었다. 요즘 갑자기 돈도 많이 모으고 실적도 좋고, 여기저기 공무원들도 잘 사귀고 있는 나에게 놈이 경계심을 느꼈을지도 모른다. 사실 내가 조금만 더 성장하면, 한 3년만 지나면 놈의 자리를 내가 차지할 기세 아닌가 말이다. 그게 내 목표이기도 했으니, 이 눈치 빠른 놈이 그걸 알아채지 못했을 리가 없다. 놈의 영향력이면 충분히 적십자사 사람들을 움직일 수 있을 만도 하다.

도무지 어디서 새고 있는 것인지, 누가 진짜 적인지 알지도 못하고 있는 상황이 더 사람을 당황하게 하고 있었다. 송진혁은 근무 시간 외에는 결코 연구실에 머물지 않는 사람이었지만, 오늘은 밤이 늦는다 해도 다시 대학 연구실로 돌아가야겠다고 생각했다. 그래서 이 일을 넘길 계획을 세우고, 방법을 찾아야겠다고 여겼다.

송진혁은 길을 나서면서 갑자기 그의 애인을 끌어안았다. 그녀의 몸이 그에게 밀착되도록, 어느 정도 통증이 느껴질 정도로 강하게 힘을 주어 꽉 끌어안았다.

"아…, 아파….".

"나, 정말 생각하면 할수록 믿을 수 있는 게 너밖에 없다."

송진혁은 다시 그녀와 입을 맞추었다. 송진혁은 그 감촉에서 어떤 평안을 찾으려 했다.

그러나 그는 이상하게도 그녀의 송곳니가 몹시 날카롭다는 사실만을 느꼈다. 그 송곳니는 송진혁의 혀를 꿰뚫고 두 사람의 입안 가득 피가 넘쳐흐르게 할 것 같았다. 더 깊게 더듬어 오는 그녀의 움직임을 느끼면서, 송진혁은 몸이 뜨겁게 타서 재가 되어 버리는 느낌을 생각했다. 감사, 조사, 비리, 부정, 부패, 사기, 소송, 구속, 징역…. 온갖 생각에 미칠 듯이 불안한 마음이었다. 그는 묘한 어지럼증을 경험했다.

도대체 알 수 없는 혼란스러운 느낌으로, 송진혁은 허겁지겁 차를 몰고 대학의 광학연구동 건물로 내달렸다. 한시라도 빨리 무엇이든 대책을 세워야 했다.

밤이 깊은 학교에는 연구에 몰린 대학원생들만 유령처럼 연구실에 틀어박혀 있을 뿐, 지극히 고요했다. 몇몇 대학원생들 외에는 아무도 없이 불이 꺼진 어두운 건물 복도는, 송진혁이 구둣발을 한 발자국 한 발자국 내디딜 때마다, 울리는 소리로 메아리를 들려주었다.

송진혁은 철저히 증거를 없애고, 직접 꼬투리가 될 만한 서류를 살피기 위해 대학원생들이 일하다 간 연구실로 향했다. 연구실에는 불이 꺼졌고, 켜 둔 장비들과 컴퓨터 돌아가는 소음만 크게 들려오고 있었다. 오늘 밤을 새워서라도 직접 서류를 만져야만 송진혁은 조금이라도 안심할 수 있을 거라고 생각했다. 그리고 누가, 왜, 자신을 잡으려 하는지, 어떻게 악착같이 쫓아온 유네스코의 재수 없는 감사원 녀석을 따돌릴지 하는 것도 궁리하리라고 마음먹었다.

아무도 없는 어두운 복도를 걸어갔다. 자신의 그림자가 꼭 남의 인기척처럼 느껴졌다. 문 앞으로 다가서자니 그는 자꾸 뒤를 돌아보게 되었다. 그리고 괜히 백화점 직원의 마지막 모습과, 스쳐 지나가며 언뜻 본 목을 물어뜯고 있던 연인의 모습이 다시 떠올랐다. 메슥거리는 냄새가 났던 피 묻은 고기 요리와 지극히 차분했던 검은 옷의 웨이터도 생각이 났다. 송진혁은 다시 사방을 두리번거리며, 아무도 없음을 확인했다.

삐걱거리는 소리와 함께, 연구실의 문이 열렸다. 송진혁은 눈앞에 커다란 검은 그림자가 있는 것을 보았다. 아무도 없다고 생각했는데, 갑자기 나타난 어둠 속의 그림자를 보고 송진혁은 흠칫 놀랐다. 그러나 송진혁은 이내 마음을 가다듬고 말을 꺼냈다.

"뭐하시는 겁니까?"

"아, 예. 어떻게… 되시죠? 여기 연구실 불을 어떻게 켜는 겁니까?"

"여기는 광학 연구실이기 때문에 함부로 불을 켤 수 없게 되어 있습니다. 햇빛이라도 잘못 들어오면 실험을 망치고 모든 게 끝나니까 말입니다. 그런데 도대체 뭐 하시고 계신 겁니까? 함부로, 들어오시면 안 됩니다. 나가십시오."

"저는…, 그러니까 송진혁 교수님을 찾고 있었는데요."

"제가 송진혁입니다."

"아! 송 교수님. 선생님이 송진혁 교수님이셨습니까?"

그림자의 주인공인 낯선 사람은 뜻밖에 순진한 목소리로 되물었다. 그는 주섬주섬 주머니에서 지갑을 꺼내고, 지갑 속에 잡다하게 꽂힌 수많은 카드와 영수증, 돈 사이에서 자기 명함을 찾아 다시 뽑아 건넸다.

"저는 유네스코에서 혈액 유통과 관련한 조사를 하는 사람입니다. 지금은 조사원 신분으로 활동하고 있습니다."

"그러십니까?"

송진혁은 바로 이 작자가 지금 자기가 처리해야 할 상대임을 알았다. 첫눈에 보기에도 한심하고 헐렁해 보이는 전형적인 비영리 기관의 멍청한 연구원쯤으로 보였다. 송진혁은 지금 조금만 잘 몰아붙이면 이 바보 같은 작자 따위 금세 떨어뜨려 낼 수 있을 것이라는 약간의 자신감을 얻기까지 했다.

"그런데 유네스코 감사원이, 왜 저를 찾으신 겁니까?"

"예, 그게 뭐냐면… 교수님. 제가 꼭 지금 알아야 하는 일이 있어서 그렇습니다."

"뭡니까? 이렇게 깊은 밤에 왔다 갔다 하시는 걸 보면 꽤 중요한 일인가 봅니다."

"예. 중요한 일입니다."

송진혁은 그렇게 말하면서, 스위치를 조작해 연구실 불을 켜고, 연구실 안으로 들어섰다. 송진혁은 연구 자료를 이리저리 점검하는 척하면서, 연구실 안쪽 방으로 들어갔다. 그리고 혹시나 이 감사원의 눈에 띄면 안 될 자료가 뭐가 있나 해서 빠르게 사방을 두리번거렸다.

책상 위에 가득 쌓여 있는 영수증들이 송진혁의 눈에 들어왔다. 대학원생들이 조금 전까지 정신없이 숫자를 고치느라 짜 맞추고 있던 영수증들이었다. 머저리 같은 놈들. 이걸 제대로 안 치우고 이렇게 책상 위에 다 보이게 벌려 놓으면 어떡하나. 서류들을 짜 맞춘 것을 증명할 수 있는 결정적인 증거물이었다. 송진혁은 아직 감사원 놈이 연구실 문 앞에서 두리번거리고 있을 때를 틈타, 그 영수증들을 바지 주머니와 양복 주머니 안에 다 쓸어 담아 넣었다.

"이 연구실에서 혈액 실험도 합니까?"

"그렇죠."

그가 묻는 소리에 송진혁은 대답했다. 그런데 그의 눈에 테이블 위에 놓인 검붉은 물체가 보였다. 그것은 cis AB형 혈액 팩이었다. 다음 주 금요일에 블루나이트21에 팔아먹기로 하고 빼돌려 놓은 피였다. 비닐 팩에 담긴 그 검붉은 액체를 보자, 송진혁은 갑자기 심장이 빨리 뛰는 느낌이 되었다. 이 피의 고유 번호를 보고 서류에서 오차가 나지 않도록 맞춰 보느라 대학원생 놈들이 꺼내 놓은 모양이었다.

송진혁은 혈액 팩을 집어 들었다. 양복 안주머니에 들어가지 않았다. 연구실 이쪽 방은 넓은 테이블 하나와 적외선 자외선 실험용 연구장비 하나밖에 없는 실험실이었기 때문에 혈액 팩을 숨길 장소도 보이지 않았다.

"연구실이 방 두 개로 이렇게 나뉘어 있는 거군요."

감사원의 목소리가 들려 왔다. 그리고 그가 다가오는 발소리가 들렸다. 송진혁은 피를 집어 들고, 피를 숨겨 놓을 곳을 이리저리 살폈다. 감사원이 연구실 이쪽 편으로 얼굴을 내밀었다. 송진혁은 몸을 돌리며 혈액 팩을 든 손을 등 뒤로 숨겼다.

"그렇죠. 그쪽이 책이랑 책상이 있는 곳이고. 이쪽이 실험실이죠."

송진혁은 최대한 침착한 목소리를 흉내 내서 말했다. 그러면서 등 뒤로 손을 뻗어 더듬었다. 손에 적외선 실험 장비에서 튀어나온 파이프가 만져졌다. 원래 이 장비로 열심히 실험해야 했지만, 실험은 가짜로 하고 실험 재료인 피를 팔아먹느라 이 실험 장비는 사실 거의 사용하지 않은 전시품이나 다름없었다.

송진혁은 손으로 더듬어서 장비의 파이프 관 속에 혈액 팩을 집어넣어 숨겼다. 실험한다고 해 놓고 한 번도 제대로 안 써먹던 장비가 마침 이럴 때 이런 용도로 도와주는 쓸모가 있구나 싶어서 기뻤다.

송진혁은 안도하며 겨우 한숨을 돌렸다. 그런 일을 모르는 감사원은 연구실 바깥과 안쪽을 번갈아 살피다가 그에게 물었다.

"혈액 실험은 보고서를 보니까 다 완료하셨다고 되어 있던데요."

"맞습니다. 실험은 다 끝냈고, 실험 끝낸 재료들은 다 폐기 처분을 해서 없앴습니다."

"그럼 지금 혈액을 갖고 계신 게 하나도 없는 겁니까?"

"예. 다 실험에 써 버렸으니까요."

송진혁은 실험 장비의 관 속에 숨겨 놓은 피가 의식되어, 실험 장비를 한 번 흘겨다 보았다. 감사원은 그런 그의 눈빛을 눈치챘는지 말았는지, 계속 질문해 나갔다.

"아까 보니까 학생들이 여기 나와 있던데 학생들이 뭘 한 겁니까?"

"뭐, 숙제하거나, 자기들끼리 같이 토론하며 과학에 대한 이해를 높이고 있었던 거 아니겠습니까?"

"아니요. 그건 아닌 것 같습니다."

"어떻게 그렇게 저보다 저희 학생들을 잘 아십니까? 학생들이 게으르다고 지금 무안 주시는 겁니까?"

송진혁은 자신의 말을 농담으로 만들려고 끝에 살짝 웃음을 보탰다. 그것은 조금 전까지 영수증과 피 주머니를 숨기느라 초조하고 쫓기는 기분에 일부러 여유를 좀 가지려고 지어본 웃음이기도 했다.

"아니요. 그런 것은 아닙니다. 오히려 학생들은 게으른 게 아니라 정말 부지런한 것 같았습니다."

"그건 또 왜 그렇습니까?"

"이 연구실을 보니까, 연구실 출입구 쪽 방에는 컴퓨터랑 책상이랑 책들이 있는데, 연구실 안쪽 편에는 연구장비 외에는 아무것도 없습니다. 그런데 아까 보니까 연구실 안쪽 방에 불이 켜져 있었고, 출입구 쪽에는 불이 꺼져 있었습니다. 학생들이 연구실 안쪽, 연구장비 있는 쪽에 있었다는 이야기입니다.

숙제나 토론이라면 컴퓨터랑 책상이 있는 출입구 쪽 방에서 했을 겁니다. 이쪽 연구실에는 보시다시피 제대로 앉을 의자 하나 없지 않습니까. 다만 여기 테이블이 큼지막하니까, 무슨 서류나 종이 같은 것을 주욱 펼쳐 놓고 일하기는 편리할 겁니다."

송진혁은 아무 말 없이 잠시 감사원을 살피고 있었다. 감사원이 계속 이야기했다.

"아, 죄송합니다. 저는 국제적십자사와 유네스코가 공동으로 조사하는 일을 맡고 있습니다. 저희 쪽에서 연구비와 허가를 받은 혈액 연구팀에 관해서는 연구 시설을 조사할 권리가 있습니다. 그러니 이곳 연구실에 제가 와서 둘러본 것은 이해해 주실 거라고 믿습니다."

"예, 이해합니다. 그건 감사원이 당연히 해야 하는 일이죠, 뭐."

송진혁은 다시 한 번 웃음을 억지로 지어 보였다. 송진혁은 뭔가 자꾸 몰리는 느낌이 들어서 그에게서 한 발자국 물러섰다.

"그럼 말씀대로, 저희 학생들이 굉장히 실험을 열심히 하는가 보죠."

"그런데 그것도 좀 이상합니다."

"제 학생들에 대해서 저보다 더 많이 말씀해 주시니 재밌네요."

"아까 교수님께서 말씀하시지 않았습니까? 여기 연구실은 빛에 관해 민감한 연구를 하므로 불을 항상 끄고 실험을 하기 마련이라고 말입니다. 그런데 그때는 분명히 이쪽에 불이 켜져 있었습니다. 그 말은 실험하지 않고 있다는 말 아니겠습니까?"

"그럴 수도 있지만 아닐 수도 있지요. 실험하고 나서 결과를 관찰한다거나, 실험하기 전에 장비를 조절한다거나 하는 작업을 하려면 불을 켜 놓고 하지 않겠습니까? 하다못해 장비가 고장 나 고치고 있을 수도 있는 거 아니겠습니까?"

"아닙니다. 그것도 아닌 것 같습니다."

"어떻게 단정하십니까?"

"교수님 때문입니다."

"저 때문이라고요?"

송진혁은 감사원을 똑바로 바라보았다. 송진혁은 웃으면서 넘어가려고 했지만, 그의 표정은 자못 심각해 보였다.

"교수님께서는 1년에 3억 원짜리 연구과제를 진행하시고, 과제 계획서에 따르면 굉장히 정교하고 중요한 실험 장비로 혈액과 적외선과의 관계를 연구하신다고 하셨습니다. 아주 신기하고 대단한 일이라고 생각합니다."

"갑자기 칭찬을 해 주시네요."

"연구비 규모나, 계획서에 쓰인 글들도 멋지고요. 그런데 실례지만 교수님 조금 전까지 어디서 뭘 하고 계셨습니까?"

"글쎄요. 그건 제 사생활 아닙니까?"

"예. 맞습니다. 그건 교수님 사생활입니다."

송진혁은 침착하고 가벼운 어조였지만, 선명하게 선을 그으며 감사원의 지나친 호기심에 대한 불만을 토로했다. 감사원은 다시 시선을 돌려 연구실 이곳저곳을 둘러보면서 말을 이어 나갔다.

"그런데 말입니다. 왜 이렇게 정밀하고 중요한 연구의 실험을 진행하는데, 지도교수가 사생활을 즐기고 있는 동안, 대학원생들끼리 토요일 밤에 나와서 일을 하는 걸까요? 무슨 일을 했을까요? 왜 지도교수가 놀고 있는 시간에 대학원생들이 무엇인가 실험과 관련된 일을 하고 있는데, 그걸 지도교수님께서는 뭘 어떻게 하고 있는지 전혀 모르고 계신 겁니까? 이상하지 않습니까?"

송진혁은 답하지 못해 잠시 더듬거렸다.

"교수님. 아까는 아니었던 것 같은데. 지금은 도대체 뭘 집어넣으셨기에, 교수님 주머니가 그렇게 두둑하신 겁니까?"

송진혁이 영수증들을 주워 담아 불룩해진 그의 옷 주머니를 감사원은 가리켰다. 송진혁은 식은땀이 났다. 그는 위기를 모면하기 위해 화를 냈다.

"아무리 감사원으로서 조사하신다고 해도, 제 주머니를 뒤질 권리가 있어요? 대학원생들이야, 여기 실험실에 모여서 자기들끼리 소주랑 안주랑 사다 테이블 위에 깔아 놓고 술판이라도 벌였을 수도 있을 겁니다. 어쨌거나 지금 제가 여기서 알 바는 아닙니다. 실험하고 정리를 해야 하니 이만 나가 주십시오."

감사원은 잠시 송진혁을 말없이 쳐다보았다. 감사원은 고개를 끄덕였다.

"알겠습니다. 가겠습니다. 그런데 마지막으로 제가 실험 장비 하나만 확인하도록 하겠습니다."

"무슨 실험 장비요?"

"저기 저 눈앞에 보이는 기계 있지 않습니까. 거기 튀어나온 파이프 관이요. 저 관 안을 살펴보게 해 주십시오."

"저 관을요? 관 안은 왜요?"

송진혁은 당황했다. 그는 실험 장비를 가로막아 섰다. 좀 전에 그곳에 빼돌려 팔아먹기로 한 혈액을 숨겨 놓지 않았는가. 방금 피를 실험에 다 사용하고 폐기 처분했다고 했는데…. 만약 관 안에서 감사관이 혈액 팩을 찾아낸다면 난감해진다.

"교수님께서 실험을 열심히 다 했다고 하셨는데, 어쩐지 이 기계에는 먼지가 가득 앉아 있지 않습니까. 그거야 제가 잘 알 수 없는 일이지만, 보시다시피 쌓인 먼지에 저 관에만 손자국이 있습니다. 꼭 관을 가지고 뭔가를 했거나 관 안에 무엇인가를 넣어 둔 듯합니다."

감사원의 말이 심장을 망치로 내리쳐 꿰뚫는 것 같았다. 그는 기계를 이리저리 두리번거렸다. 계속 막고 서 있을 수는 없었다. 송진혁은 어찌할 줄 몰라 자꾸만 손바닥을 문질렀다. 그는 말을 머뭇머뭇하다가 겨우겨우 생각을 떠올리고 답할 수 있었다.

"알겠습니다. 그런데 잠깐만요. 여기에 빛이 들어가면 장비가 크게 상하거든요. 그래서 잠깐만 불을 끄고 저쪽 방으로 나가 계시면 제가 장비를 조절해서 빛이 들어가도 상하지 않도록 조치한 다음에 장비를 자세히 살펴보도록 해 드리겠습니다."

"예, 뭐. 그렇다면."

다행이다. 멍청한 감사원은 송진혁의 거짓말을 그대로 믿었다. 송진혁은 이제 시간과 기회를 벌었다. 옆방으로 감사원을 밀어낸 송진혁은 이쪽 방이 보이지 않도록 불을 끄고, 자신은 장비 옆에 걸린 야시경을 썼다. 어두운 곳에서도 앞을 볼 수 있게 해 주는 장비였다.

송진혁은 관에서 혈액 팩을 꺼냈다. 이 피를 그냥 바닥에 쏟아 버린다면, 하수구가 없는 이 방에 피를 쏟아 놓으면, 흔적을 없앨 방법이 없다. 그렇다고 창밖으로 이 혈액 팩을 던지자니 여닫을 수 없는 창문 없이 장막과 강화 유리로만 되어 있는 벽면에다 무엇인가로 구멍을 내야 할 판이었다. 그렇게 되면 그 황당한 기물파손만으로도 크게 의심을 사고, 더 심한 조사를 받아야 할지도 모른다.

송진혁은 허둥대며 어쩔 줄 몰라 했다. 그는 피를 손에 들고 안절부절못했다. 이걸 어떻게 없앤단 말인가. 그의 머릿속에 그의 애인의 모습이 떠올랐다. 그 하얀 목선과 레모네이드 방울이 묻은 입술이 생각났다. 지금 이 피가 저쪽 방의 감사원에게 들킨다면, 이 아무것도 아닌 실수 때문에 놈은 나를 감옥에 넣을 것이다. 누구보다 성실하고 열심히 살아온 나인데, 저 감사원 놈은 사랑스러운 그녀를 내 삶에서 앗아갈지 모른다. 놈은 저주처럼 내 교수 자리를 빼앗아가고, 내 재산과 내 은색 벤츠와 내 부동산과 주식을 빼앗아 갈 것이다. 그리고 사람들이 나를 부패한 쓰레기라고 손가락질할 것이다. 앞으로 남은 인생은 영원히 나를 괴롭힐 지옥이 될 것이다.

송진혁은 자신이 선물한 속옷을 입은 그녀의 모습을 떠올렸다. 그 폭신한 안감에 닿는 연약한 살결과 그녀의 흰 피부에 어울릴 자수를 떠올렸다.

그리고 오늘 저녁에 고르던 여러 다른 속옷들의 모양과 거기에 대해 쉴새 없이 재잘거리던 백화점 직원도 떠올렸다. 백화점 직원의 공허한 목소리와 그 무의미한 서클렌즈 눈동자를 생각했다. 그리고 내 신용카드를 가져갈 때 엿보이던 그 날카로운 송곳니를 생각했다. 내 앞에서 서로 끌어안고 스쳐 지나간 버스의 남녀가 생각났다. 여자의 목을 물어뜯던 모습이 생각났다. 까만 옷을 입고 내가 화를 내는 것을 묵묵히 듣고 있던 차가운 레스토랑의 웨이터도 생각났다. 이규도 교수. 현명과 봉수 같은 대학원생들의 모습도 스쳐 지나갔다. 그 모두가 조용한 악마의 모습이 되어 이 까만 어둠 속에 숨어 있는 내 옆을 어지럽게 빙빙 돌며 웃어 대고 있는 듯했다.

그 순간 송진혁은 자신이 들고 있는 피를 흔적도 없이 없애 버릴 유일한 묘안이 떠올랐다. 그는 혈액 비닐 팩의 한쪽 끝을 이로 물고 뜯어 찢어발겼다. 그리고 그는 비닐 팩을 입에 문 채 양손으로 허겁지겁 비닐 팩을 주물러 짰다. 그의 입안에 비릿한, 이름 모를 사람의 cis AB형 피가 가득 쏟아져 들어왔다.

역겨웠다. 그러나 그는 게걸스럽게 쭉쭉 피를 빨아 먹었다. 먹어 치워 없애는 것이다. 대단히 많은 양으로 느껴졌다. 헛구역질이 올라왔지만 올라오는 것까지 삼키면서 계속 그는 피를 빨았다. 고소하고 끈끈하면서 느끼한 맛 사이에 꼭 칼이나 바늘을 핥는 듯한 철의 맛도 느껴졌다. 송진혁은 역겨움을 견디기 위해서 그 피가 사랑하는 애인의 피라고 생각했다. 그녀의 뽀얀 살결, 그 사이에 갈라진 동맥에서 쏟아져 나오는 빨갛고 선명한 피라고 생각했다. 그렇게 생각하면서 그는 그 피를 마시는 일을 최대한 즐기려 했다.

순식간에 피를 모두 마셔 없앤 송진혁은 손등으로 입을 닦았다. 손등에 피가 묻자, 송진혁은 손수건을 꺼내어 피를 닦았다. 그리고 그는 빈 비닐 팩을 접어서 양복 안주머니에 넣었다. 증거물을 완전히 없앤 것이었다. 이제 그 누구도 송진혁이 세금으로 사들인 피를 팔아먹은 것을 알아낼 수 없을 것이다.

"됐습니다. 들어와서 보십시오."

송진혁은 감사원에게 들어오라고 말하며 불을 켰다. 피를 다 마셔 없앤 송진혁은, 자신의 용감하고도 기발한 발상 덕택에 위기를 넘겼다는 사실이 스스로 자랑스러웠다. 그는 너무도 의기양양한 나머지, 감사원에게 당당한 미소를 짓고 있기까지 했다.

감사원은 적외선 실험 장비를 구석구석 들여다봐도 아무것도 없는 것을 보고, 순순히 물러섰다. 그는 오히려 밝은 표정이 되었다.

"예, 다 됐습니다. 늦은 시간에 귀찮게 해서 죄송합니다."

그는 돌아서 나갔다. 그 돌아 나가는 감사원의 뒤통수에 대고, 송진혁은 승리의 기쁨을 최대한 즐기기 위해, 가짜로 화를 내며 투덜거렸다.

"아니, 도대체 무슨 대단한 일이 있다고 이 깊은 밤에 사방에 사람을 풀어서 이렇게 연구하는 사람을 방해하고 괴롭힙니까, 그것도 토요일에. 제가 무슨 큰 음모라도 꾸미고 있다고 누가 그럽디까? 하여간 감사니 조사니 하면서 설치느라 도무지 우리 과학자들이 아무것도 할 수가 없잖습니까."

송진혁의 말을 들은 감사원은 일단 멈춰 섰다. 그리고 그는 들고 있던 물병을 들어서 뚜껑을 열고 안에 있던 맥주를 한 모금 마셨다. 맥주를 마시고, 감사원은 나가면서 말했다.

"그러게 말입니다. 사실 저도 갑자기 비상이 걸려서 깜짝 놀랐습니다. 블루나이트21이라는 동유럽 회사에서 우리나라에 판매한 혈액 중에 HIV 감염자, 그러니까 흔히 말하는 에이즈 감염자의 혈액이 있다는 게 밝혀졌거든요. 그래서 적십자가 난리가 나서 수거에 나섰습니다. 국제 협력으로 유네스코 조사팀도 다 동원됐고요. 사람이란 사람은 다 풀어서 정말 어제오늘 미친 듯이 전국 방방곡곡 쫓아다녔습니다.

오늘 밤까지 병원이니 연구소니 닥치는 대로 뒤져서는, 에이즈 감염 혈액이 후지와라 교수 쪽을 통해서 유통된 cis AB형 혈액이라는 걸 알아냈습니다. 그게 교수님 연구실 쪽으로 넘어간 것으로 알고 있는데, 이미 다 실험하고 폐기 처분했으면, 이제 뭐 다 없어진 거니까, 아무리 에이즈니 뭐니해도 별

큰일은 없겠죠. 누구 몸으로 잘못 들어간 것도 아니고. 아무
튼, 정말 다행입니다."

— 2006년, SBS 등촌동 공개홀에서

빤 히   보 이 는   생 각

"꿈 같은 일이 현실이 됩니다."

그런 말이 적혀 있는 광고판 앞에서 나는 그녀의 연락을 받았다. 광고에서 요즘 괜히 자주 보던 말이었다. 보통 7만7천 원에 뭐가 뭔지 알 수도 없는 부가서비스 11개를 집어넣은 휴대전화 계약을 하라거나, 유료 텔레비전 상품에 가입하면 남들보다 다섯 시간 빨리 연속극 다시 보기를 할 수 있다는 이야기를 하면서 쓰는 말이었다. 가끔 유난히 납작하게 생긴 자동차를 사라고 하거나 지옥에서 가격표를 붙인 것인 양 비싼 아파트를 사라고 하면서 쓰는 말이기도 했다.

꿈 같은 일이 현실이 됩니다. 그런 데에 쓰기는 아까운 말이었다. 그날 나에게는 첫사랑으로부터 오래간만에 연락이 왔

다. 특별히 바라지도 않았는데도 벌어진 일이었다. 돈을 많이
쓴 일도 아니었고, 그런 일이 벌어지기를 바라며 사악한 약정
에 서명하지도 않았는데, 나에게는 꿈 같은 일이 현실이 되었
다. 지하철 공조기에서 찬바람이 질질 흘러내리거나 말거나
덥기만 한 저녁에 술 취한 인간들의 냄새 가득한 후덥지근한
퇴근길이었는데, 그러다 말고 그녀에게 연락이 왔다. 정말 꿈
같은 일이었다. 실제로 나는 그녀를 다시 만나는 꿈을 꾼 적도
여러 번 있지 않았나. 지하철이 한강을 건너며 강변의 집들이
나타나자 그 불빛이 불꽃놀이처럼 보였다.
　"최대한 단시간 내에 멍청해질 수 없을까?"
　적당히 안부 묻는 말이 끝나고 나서, 그녀가 나에게 물어
본 본론은 그것이었다. 나는 그게 무슨 말이냐고 되물었다.
　"뇌활동 측정을 하는데 점수를 최대한 낮게 받아야 돼."
　"낮게? 높게 받아야 하는 게 아니고?"
　"응. 낮게."
　하기야, 그녀라면 뇌활동 측정 점수를 높게 받는 것은 문
제가 아닐 것이다. 그녀의 목소리는 과거의 기억이 그대로 소
리로 변한 것 같이 생생했다. 대학에 입학해서 처음 그녀를
만났을 때를 생각나게 했다. 웃는 모습을 보면 천사처럼 친절
해 보였지만 동시에 말을 걸려고 하면 어디서 생기는지 모르
는 어마어마한 위엄으로 얼굴을 똑바로 보기도 어려운 사람
이 그녀였다. 대학 시절 이런저런 일로 그녀와 어울리는 시간
도 많았고, 졸업 후에도 아주 가끔 그럭저럭 소식은 닿았지

만, 그 긴 시간 동안 좋아한다고 말해 본 적은 한 번도 없었다.

그녀는 자세한 이야기는 만나서 하자고 했다. 그녀가 목요일 저녁이라고 말하자, 나는 무슨 얼토당토않은 20세기 연애 지침서의 수법을 기억해낸 것인지 갑자기 "음, 목요일이라고, 수요일이나 금요일은 안될까?" 하고 괜히 목요일 저녁에 뭔가 약속이 있는 척을 했다. 내가 말하고 있으면서도 왜 그런 소리를 하는지 알 수가 없었다. 그녀가 만나자고 한다면 다음 날 지구가 멸망한다고 해도 만날 것이다. 다음 날 지구가 멸망한다고 하면 특히나 그녀를 만날 것이다.

그래 봐야 결국 대화가 조금 더 이어지자 우리는 그녀의 뜻대로 목요일 저녁에 만나게 되었고, 나는 목요일이 되기까지 내내 그녀를 만나기를 준비했다.

세상의 모든 시간이 그 목요일 저녁과 그 밖의 시간, 둘로 나뉘어 있는 느낌이었다. 목요일 저녁이 올 때까지 그 모든 시간이 목요일 저녁을 위한 준비인 셈이었다. 입고 갈 옷을 고르거나 저녁을 먹을 식당을 택하기 위해 궁리할 때가 아니라고 해도, 나라는 인간이 동작하고 있는 이유는 항상 50퍼센트 이상은 목요일 저녁이 올 때까지 순조롭게 살아가기 위해서였다.

나는 뇌활동 측정 소프트웨어를 만드는 회사에서 일하고 있었다. 그러니 그녀가 뇌활동 측정에 관해 궁금한 일이 있다면 나에게 연락을 해 오는 것이 그렇게 이상한 일은 아니었다. 비슷한 질문을 나에게 하는 사람들은 꽤 있었다. 처음 만

나는 사람에게 내가 뇌활동 측정 프로그램 만드는 회사에서 일한다고 하면, 거의 인사처럼 뇌활동 측정 점수를 잘 받는 비결 같은 것이 있는지 나에게 물어보았다.

뇌의 신경 연결 지도와 기능 분석이 완료된 후로, 사람의 뇌활동을 정확히 측정하는 장비는 점점 발전했고, 요즘에는 꽤 널리 쓰이고 있었다. 누가 어떤 영역에서 얼마나 머리가 좋은지, 뇌의 특정한 능력이 어떤 식으로 발달했는지 숫자로 깔끔한 결과를 주는 장치는 쓸 곳이 많았고, 점점 더 많아지고 있었다. 우리 회사 제품은 값도 싼 편이었다.

입사 시험에서 적성에 맞는 사람을 뽑는지 검사하기 위해 뇌활동 측정 결과를 이력서에 첨부해서 내라는 경우도 많았고, 결혼을 앞둔 남녀가 서로의 성격을 객관적으로 비교하여 궁합이 맞는지 보기 위해 뇌활동 측정을 하는 일도 유행하고 있었다. 나노 센서와 실시간 신호처리 기술을 사용하는 요즘 장비는 예전에 fMRI로 뇌를 찍으며 적당히 짐작이나 하던 시절보다는 비할 바 없이 정확했다. 그러니 대학입시에 학생들의 뇌활동 측정 결과를 내라고 하는 것이 공정한지 아닌지를 두고 날마다 논쟁에 정치 싸움이 날만도 했다.

그런데 그녀는 뇌활동 측정 점수를 높게 받는 방법이 아니라, 오히려 낮게 받고 싶어 했다. 무슨 이유인지 알 수 없는 일이었다.

"오래간만이네. 하나도… 안 변하지는 않았고, 하나 정도
는 변한 것 같기도 하고."

목요일 저녁, 그녀를 만나자 그녀는 대학 시절에 자주 하던
농담 말투를 하나도 변하지 않고 그대로 하며 나에게 인사했
다. 만나지 못했던 긴 시간 동안 그녀는 조금 더 나이 든 것처
럼 보였다. 그렇지만 늙고 닳고 약해진 느낌보다 뭔가 더 존
경심을 표해야 할 것 같은 그런 얼굴로 나이가 들어 있었다.

"하나? 어디 하나가 변한 것 같은데?"

나는 실없이 웃지 않고 여유 있는 사나이의 느긋한 웃음만
보여 주려고 했는데, 그녀를 보자마자 갑자기 뭉클하면서 갑
자기 눈물이 나오려고 했다. 그걸 수습하려고 하니, 상상 이
상의 실없는 웃음이 저절로 지어졌다. 난처하고 어색했다. 그
러나 그녀는 곧 이런저런 말들을 물었고 거기에 대답하다 보
니 나는 다 잊고 그녀의 이야기에 빠지게 되었다.

그녀는 중국에 있는 소프트웨어 업체로 직장을 옮기려고
하고 있다고 했다. 그녀가 다니고 있는 반도체 회사는 돈을
잘 벌기로 이름이 높았지만 '피곤한 곳'이라고 소문난 회사이
기도 했다. 그에 비해 옮길 회사는 두 배의 연봉과 중국에서
정착할 수 있는 생활비를 대어 주면서, 일시금으로 3년 치 연
봉을 주겠다는 조건을 제시하고 있었다. 그 회사는 회장단부
터가 기술자 출신으로 연구원들에게 기회가 많은 곳이라는 세

계적인 평판을 가진 곳이기도 했다. 옮길 만한 좋은 기회 같아 보였다.

"그런데 그 회사에서 입사 원서에 뇌활동 측정 결과를 첨부하래?"

내가 묻자, 그녀는 아니라고 했다. 옮길 회사와는 이미 계약까지 한 상태였다. 문제는 지금 다니고 있는 반도체 회사였다.

반도체 회사에서는 그녀가 새 회사로 옮기면서 자기 회사의 기술과 기밀을 빼돌리고 있다고 주장했다. 그리고 평소 광고를 대던 언론사 기자들에게 떠들기를 그것은 대한민국의 소중한 반도체 기술을 중국에 월급 몇 푼 더 받겠다고 팔아넘기는 매국노 짓이라고 했다. 그녀가 팔아먹으려고 하는 기술은 800조 원짜리라고 했다. 그러면서 그녀를 새 직장으로 보내주지 말고 감옥에 집어넣어야 한다고 했다.

그녀는 당황하지 않았다. 이미 다 준비했던 것처럼 차근차근 자신을 변호했다. 자신은 어떠한 고유한 기술이나 기밀을 빼돌릴 의사가 없으며, 회사에 다니는 동안 자신이 회사에 전해 준 양자장 설계 기술이 있을지언정 회사에서 뭔가 새로 배운 것이라고는 소리 잘 지르는 임원 비위 맞추는 법이나 술 취한 상사 달래는 법밖에 없다고 주장했다. 무엇보다도, 그녀는 철저한 관리로 회사의 서류나 도면은 허투루 쓴 메모 하나 회사 바깥으로 가져온 적이 없음을 정확히 증명했다.

조사해 볼수록 사실이었다. 구체적인 기술 문건을 빼돌린 것이 없으면, 막연히 회사를 옮긴다는 것만으로 감옥에 집어

넣는 것은 어렵다는 것이 요즘 추세였다. 아무리 비열한 해외 다국적 기업의 거대 자본으로부터 우리 민족을 지키는 것이 중요하다고 떠들고 애국심에 호소해도 한계가 있었다. 그렇게 중요한 기술을 가진 인력이면 괴롭히지 말고 대우나 똑바로 해주지 그랬냐는 여론을 판사들도 의식하고 있었다.

그러자 회사에서는 그녀는 너무 머리가 좋으므로 예외적이라는 주장을 펴기 시작했다. 즉, 그녀는 천재적인 기억력과 응용력을 갖고 있어서, 구체적인 설계도나 명세서 같은 내용을 빼돌리지 않아도 그냥 눈으로 보면 다 외울 수 있고 그것을 잊어버리지 않을 거라고 했다. 그리고 그런 자료를 다른 곳에서 그대로 정확히 기억한 대로 다시 써내려갈 수 있을 거라고 했다. 그러니까 그녀의 두뇌는 걸어 다니는 USB 메모리이므로, 그녀는 실제로 설계도면을 빼돌리지 않아도 빼돌린 것과 다름없게 만드는 능력을 갖춘 사람이라는 것이다.

"정말이야? 너 그렇게 할 수 있어?"

"판사 앞에서는 그게 무슨 개소리냐고, 아니라고 하고 있지. 근데 그러니까 얘네들이 뭐 어떻게 하자고 했냐면, 뇌활동 측정을 해보자고 한 거야. 그래서 내가 정말로 그렇게 똑똑한지 아닌지 보자고 하는 거야."

그게 그녀가 단시간 내에 멍청해지는 방법을 찾고 싶었던 이유였다. 뇌활동 측정은 결과가 정확하다. 시험 문제를 일부러 틀리는 방식처럼 일부러 최선을 다하지 않는 것을 잡아낼 수 있다. 어쩔 수 없이 저절로 딴생각이 주체할 수 없이 떠오르면 모를까, 일부러 딴생각하는 방식을 써서 점수를 낮추려고 해도 그렇게 제 실력을 다하지 않았다는 사실은 나타난다. 해결 방법은 정말로 멍청해지는 것이었다. 그렇다고 술이나 약을 먹자니 약물 테스트에 걸릴 판이었고, 머리를 어디들이받아 다치는 방식 역시 고의성이 드러날 게 뻔했다. 위험한 일이기도 했다.

밤이 한참 깊도록 긴 이야기를 나누고 그날 헤어질 때, 그런데 왜 하필 나한테 그 방법을 물어봤냐고 물었다. 그녀는 이렇게 농담했다.

"대학교 때 너 처음 봤을 때 되게 똘똘해 보인다고 생각했거든. 그런데 진짜 공부 하나도 안 하고 아무것도 안 하며 계속 놀기만 하더니 아주 순식간에 멍청해지더라고. 그런 사람은 본 적이 없었거든."

그리하여 그 다음 날부터 그녀와 나는 멍청해지기 위한 특별 훈련에 돌입했다. 나는 내 대학 첫 학기를 생각하며 사람이 멍청해질 수 있을 만한 모든 아이디어를 동원했다.

우리는 8분에 한 번씩 소리 지르는 장면이 나오는 것을 빼면 아무 내용도 없는, 시어머니랑 며느리랑 싸우는데 재벌 2세 남자도 한 몫 끼는 TV 연속극을 연속으로 10회, 20회씩 시청했고, 재미가 없는 것도 있는 것도 아니지만 하여간 무가치하다는 느낌만은 밀려드는 만화책들만 골라서 5백 권, 6백 권씩 읽었다. 틈틈이 인터넷을 켜서는 신문사 웹페이지에 들어가서 기사를 계속 읽었는데 그 내용은 아무리 읽어도 무슨 무슨녀가 아찔한 뒤태를 보여 준다는 내용으로 절반 이상이 요약되는 것들이었다. 그러는 동안 괜히 쓸데없이 밤새 깨어 있는가 하면 무서운 기세로 종일 낮잠을 자기도 했다.

버스나 지하철을 타고 어디로 가야 할 때는 전화로 남 험담 하는 이야기들을 읽었다. 나는 내가 대학 시절 발견한 '황금 의 12대 사이트'를 그녀에게 알려 주었다. 그 열두 곳은 자기 주변 사람 욕을 올리는 것이 활동의 거의 전부인 곳이었는데 열두 웹사이트를 차례대로 다 돌고 나면 그 도는 사이에 이미 처음 웹사이트에 또 그만큼 읽을 새 글이 올라왔다. 그래서 이 론상 영원히 계속 무의미한 글을 돌아다니며 읽을 수 있었다.

"자기 주변 사람 욕하는 글 말고 다른 글 쓰는 사람도 있 는 것 같은데?"

"그 사람들은 연예인 욕하는 글 쓰는 사람이지."

그렇게 나는 한 시절을 그녀와 함께 멍청해지기 위해 노력 하며 보냈다. 그녀는 재판을 앞두고 먼저 뇌활동 측정을 해 보았다. 그렇지만 결과는 여전히 안 좋았다. 그러니까 좋았다 는 뜻이다. 과연 그간의 노력으로 그녀의 뇌는 부상에 가까운 퇴화를 보였지만, 워낙에 원상태가 좋다 보니 그래 봐야 아직 너무 성적이 좋았다. 이만하면 일반인들보다는 월등했다. 회 사에서 억지를 부리려면 부릴 수 있어 보였다.

"아, 아깝네. 역시 시간이 너무 부족했나."

그녀는 그런데도 그냥 장난인 것처럼 웃기만 했다.

그때 늦여름 저녁, 별이 뜨는 언덕길을 같이 지친 걸음으로 걷고 있었는데, 나는 직감할 수 있었다. 이게 내 인생에서 아마 가장 행복한 순간일 거라고. 둘이 같이 진이 빠지도록 최선을 다해 멍청해지기 위해 노력하는 이 우스운 한여름을 같이 보내고, 문득 시원해진 밤바람에 그녀와 함께 피곤한 한숨을 쉬는 것.

그리고 나는 그녀에게 고백했다. 내가 대학 때 그렇게 멍청해 보였던 것은 너를 좋아했기 때문이라고. 너를 보고 있으면, 네 생각을 하면, 그때부터는 아무리 해도 다른 생각을 할 수 없었다고. 꿈을 꿀 때도, 다시 새 꿈을 찾아야 할 때도, 나는 온통 너를 생각하기만 했다고. 그녀는 나를 쳐다보았고, 내가 그녀를 처음 보았을 때처럼 이번에도 웃어 주었다.

며칠 후 나는 그녀의 재판을 보러 갔다. 재판 중에 뇌활동 측정이 시작되었다. 뇌활동 측정을 하는 그녀의 표정을 보면서 나는 그녀가 무슨 생각을 하는지 알 수 있었다. 아주 잠깐이었지만 그녀는 누구인가를 떠올리려고 했다. 내 눈에는 그게 보였다. 누구인지는 결코 알 수 없었다. 내가 아는 사람인지 아닌지도 알 수 없었다.

그녀는 일반인과 다름없거나 더 낮은 성적을 보여 주었고, 재판에서 이겼다. 가을이 지나기 전에 중국으로 건너간 그녀는 그곳에서 몇 달 몇 년을 지내는 동안 과연 연봉 값을 해 주는 직원이었고 한편으로는 그사이에 세 아이의 어머니가 되기도 했다.

그녀는 올여름 다시 아주 오래간만에 한국으로 돌아올 예정이다. 나는 목요일 저녁에 잠깐 그녀를 만나기로 했는데, 이번에는 뭐라도 하나는 달라진 모습을 보여 주기 위해 노력 중이다.

— 2016년, 역삼동에서

로 봇 복 지 법 위 반

전철에서 내리려고 하는데, 뒤에 있던 남자가 내 머리를 후려쳤다. 나는 얻어맞는 수밖에 없었다.

"야, 내리려면 내리고 안 내리려면 비켜서든지. 왜 길을 막고 있냐?"

남자는 나를 더 때렸다. 나는 잠자코 더 얻어맞은 후 전철에서 내렸다. 나는 남자에게 말했다.

"제 앞에 키가 작은 어린 애가 있었습니다. 그 애가 안전하게 움직인 뒤에 움직이려고 하다 보니 조금 늦게 내리게 되었습니다."

그러나 남자는 그 말을 전혀 들은 것 같지 않았다. 남자는 '칫' 하고 헛웃음을 한 번 웃더니 화를 냈다.

"누가 너한테 대답 듣고 싶다고 했냐? 진짜 아침부터 짜증 나네. 걸리적거리지 말라고. 왜 네가 세상에 피해를 줘? 피해를."

남자는 발로 내 다리를 찼다. 나는 쓰러졌다. 남자는 "왜 피해를 줘?"라고 질문의 형식으로 물어보았지만, 내가 거기에 대답하는 것을 원하는 것 같지는 않았다. 아까도 "왜 길을 막고 있냐?"라고 물었을 때도 내가 대답을 하자 "누가 너한테 대답 듣고 싶다고 했냐?"라고 남자는 말했다. 심지어 그 말조차도 "나한테 대답을 듣고 싶다고 정확히 말하지는 않았습니다."라고 내가 확인해 주기를 원해서 물은 말은 아니었을 것이다.

내가 쓰러져 있으니, 남자는 나를 발로 몇 차례 밟았다. 남자는 씩씩거렸다.

"주인도 없는 쓰레기 로봇이면서, 아침부터 이 바쁘고 사람 많은데 도대체 전철은 왜 타는데? 안 그래도 가뜩이나 경제가 개판인데. 아아, 짜증 나."

남자는 자기 발이 아프도록 나를 계속 찼다. 나는 통증 반응 소프트웨어를 껐다. 이렇게 설정을 바꾸면, 몸에 닿는 충격과 피해가 측정되기는 하지만 고통의 형태로 중앙 컴퓨터에서 처리되지는 않는다. 나는 남자가 나를 찰 때마다, 남자의 공격이 나에게 얼마만큼의 피해가 될지를 계산해 보았다.

나는 남자의 다릿심과 근육의 성능을 감지했다. 남자의 힘으로 내 하드웨어에 피해를 줄 수 없다는 결론이 나왔다. 나는 남자에게 짓밟히면서 남자의 체력이 약하고 무예로서 발차기

할 줄도 모른다는 것을 알게 되었다. 나는 남자에게 말했다.

"선생님, 선생님께서는 하체가 부실하신 편입니다. 그렇게 계속 저를 발로 차시면 허벅지에 근육통이 오실 수도 있고, 발가락뼈에 무리가 가실 수도 있습니다. 유의하십시오."

나는 남자에게 공손히 안내했다. 그렇지만 남자는 그 말을 듣자 더욱 화가 난 것 같았다.

"쓰레기 로봇이 진짜 짜증 나네. 아침에 바빠 죽겠는데."

남자는 계속해서 나를 밟고 때렸다. 남자는 매우 바쁘다고 했지만, 믿기 어려웠다. 전철에서 내릴 때 내가 앞에 있었다는 이유로 그는 고작 2.2초 정도 늦게 내렸을 뿐이었다. 그런데 그는 지금 나를 때리느라 19초 이상의 시간을 소모하고 있었다. 남자가 정말로 바쁘다면 이렇게 행동하는 것은 비효율적인 것이었다.

남자가 나를 공격하는 행동은 전철역 직원 두 명과 로봇한 대가 와서 남자를 말리면서 끝이 났다. 전철역 직원이 남자에게 말했다.

"손님, 왜 이러십니까. 이러시면 주변에 다른 손님 다니는데 방해되지 않습니까. 어차피 구형이라서 버려진 로봇이라아무렇게나 해도 되니까, 끌고 가서 다른 사람들 없는 공터에서 속이 풀리실 때까지 부수고 분리수거 시키십시오. 여기서이렇게 하지 마시고요."

그러자 전철역 로봇이 직원의 말을 정정했다.

"이 로봇은 아직 폐기 확정이 아니고 대기 상태입니다. 아직은 마음대로 버리거나 파괴하면 불법입니다."

직원은 전철역 로봇의 말은 무시하고, 남자에게 계속 이야기했다.

"선생님, 그리고 이러다가 선생님께서 몸 다치십니다."

얼마간 지나자 남자는 공격을 멈추었다.

"아니 저게, 아침부터 바쁜데 짜증 나게 하잖아요. 요즘 가뜩이나 로봇이 좋아져서 사람 일자리에 사람 뽑는 대신에 로봇을 배치해서 쓰니까, 취직도 못 해, 일하는 사람도 빨리 직장에서 잘려, 로봇 때문에 경제가 개판이에요. 로봇 때문에 나라 망한다니까요."

남자는 한참 더 사회와 나라에 대해 한탄하는 말을 했다. 그러면서 남자는 직원과 함께 전철역 출구 쪽으로 떠나갔다.

바닥에 널브러져 있던 나는 자리에서 일어나려고 바닥에 손을 짚었다. 역무원 하나가 나를 내려다보고 있었다. 역무원은 내 인식 번호를 단말기에 입력하더니 내게 말했다.

"아침에는 바쁘니까 신경 곤두서 있는 사람들 많다고. 너 버려진 로봇이면 할 일도 없을 거잖아. 어디 갈 일 있으면 사람들 많은 바쁜 시간에 다니지 말고 한낮이나 심야에 다녀. 이런 일 생겼다가 잘못해서 누구 다치기라도 하면 너도 피곤하고 나도 피곤하잖냐."

역무원은 뒤돌아서서 자기 사무실 방향으로 갔다.

그렇지만 역무원의 말과 달리 나는 오늘 할 일 없이 일찍 나온 것이 아니었다. 내가 오늘 일찍 나온 이유는 병원에 가기 위해서였다. 병원 접수 시각은 정확히 정해져 있었기 때문에, 조금이라도 늦으면 접수를 할 기회는 없다. 무료 충전소에서 충전을 마치고 병원에 시간을 맞추어 가려면 지금 전철을 타야 했다.

나는 전철역 바깥으로 나와 병원 쪽으로 걸었다. 시간이 넉넉하지 않았다. 가능한 한 일찍 나와서 빨리 움직이려고 했지만, 내가 있던 충전소에서 병원은 너무 멀었다. 그나마 전철을 타고 왔기에 아슬아슬하게 시간을 맞춰 도착할 수 있을 것으로 생각했다. 그렇지만 그 남자에게 두들겨 맞느라 시간을 소모하는 바람에 늦을 수밖에 없는 처지가 되었다.

네 개의 다리로 말처럼 뛸 수 있는 로봇 한 대가 내 옆을 지나갔다. 그 로봇이 나에게 물었다. 사람들에게 소리가 들리지 않게 그 로봇은 무선 통신으로 직접 신호를 보내어 말을 했다.

"좀 더 서둘러 가시는 것이 어떻겠습니까? 접수 마감 시간에 줄을 못 서면 검진도 못 받고 바로 탈락해서 폐기될지도 모릅니다."

"저는 걷는 기능만 있지 뛰는 기능이 없습니다. 이게 가장 빠르게 가는 것입니다."

네 다리 로봇은 말을 멈추고 다시 앞을 보았다. 네 다리 로봇은 나를 앞질러 멀찍이 네 다리로 겅중겅중 달려나갔다.

그런데 얼마쯤 앞질러 간 네 다리 로봇은 문득 다시 방향을 돌렸다. 그리고 다시 내 곁으로 되돌아 왔다.

"제 위에 타십시오. 제가 태우고 가면 제시간에 우리 둘 다

도착할 수 있을 것입니다."

"괜찮겠습니까? 제 무게가 더해지면 그만큼 속도도 느려지고 배터리 소모도 많아지실 것입니다."

"괜찮습니다. 저는 전쟁터에서 부상자 호송용으로 일하던 로봇입니다. 그래서 동정심 소프트웨어가 있으면서도, 냉정하게 판단하는 계산 프로그램도 뛰어난 편입니다. 제 계산에 의하면 우리 둘 다 안전히 도착할 수 있습니다."

네 다리 로봇은 왜 자신이 나를 도와주는지에 대해 그와 같이 설명했다. 나는 네 다리 로봇 위에 탔다. 우리는 병원 접수대를 향해 달려서 거리를 빠르게 지나갔다.

우리는 지나가는 길에 나와 비슷한 처지로 병원 접수대로 가고 있는 다른 로봇들을 보았다. 다리를 다쳐 절뚝이며 걷고 있는 로봇도 있었고, 바퀴로 이동하는 로봇도 있었는데 그 로봇은 타이어에 문제가 생겨서 움직이는 속도가 아주 느렸다. 애초에 빨리 움직일 수 없는 주먹만 한 작은 로봇이나, 애완용으로 개발된 강아지만 한 소형 로봇이 아장거리며 온 힘을 다해 병원 접수대로 가는 모습도 보였다.

네 다리 로봇은 그 로봇들을 태울 수 있을 만큼 자기 등 위에 실었다. 나도 네 다리 로봇을 도와 애완용 로봇들을 품에 안고 머리 위에 이고, 어깨 위에 올려놓았다. 배터리 넣는 곳의 판을 열어 그곳에 작은 로봇 한 대를 태우기도 했다. 그렇게 해서 우리 열한 대의 로봇이 병원 접수대 앞에 겨우겨우 아슬아슬하게 도착할 수 있었다.

접수대 앞에는 다른 로봇들이 이미 많이 와 있었다. 많이 와 있는 정도가 아니라, 어마어마하게 많은 낡은 로봇들이 줄을 서 있었다. 건물 안에 빽빽하게 들어차서 줄을 섰고, 그 줄이 이어져 건물 밖으로 길게 이어져 몇 차례 건물과 거리를 휘감으며 줄이 되어 있었다.

모두 낡은 로봇들이었다. 하지만 그 모양은 저마다 모두 달랐다. 피부가 녹이 슬고 팔이나 다리에 벗겨진 전선이 덜렁거리는 로봇이 있는가 하면, 표면의 반짝거리는 색이 바랬을 뿐 아직 새것이나 다름없이 말짱해 보이는 로봇도 있었다. 어떤 로봇은 기다리는 동안 충전을 하기 위해 태양전지판을 머리 위로 활짝 펼치고 있기도 했고, 어떤 로봇은 전력 소모를 최소한으로 줄이기 위해 빨간 전원 대기 표시등 하나만 켜고 꺼진 듯이 가만히 있기도 했다.

줄을 서 있는 로봇 주변에도 사람과 로봇들이 많이 있었다. 바쁘게 오가는 사람과 로봇들도 있었고, 가만히 서 있는 이들도 있었다.

"벌써 공유 정보로 다 입력된 것이라서, 우리는 다 아는 이야기인데 저걸 왜 틀어 주는지 모르겠네."

네 다리 로봇이 말했다. 네 다리 로봇은 병원 건물 앞면에 펼쳐진 거대한 화면에 나오고 있는 영상을 보고 있었다.

영상의 내용은 다들 알고 있는 로봇복지법에 관한 이야기였다. 로봇복지법이 생겨나기 전에는, 버려진 로봇이나 신제품으로 교체되어 쓸모가 없어진 구형 로봇은 모두 폐기, 재활용될 뿐이었다. 기억장치는 깨끗이 삭제하여 다시 빈 공간을 확보해 재활용되고, 몸을 이루는 반도체 부품들과 모터들도 모두 부품별로 뜯겨서 일제히 처리되었다.

로봇 재활용 공장은 어떤 쓰레기 재활용 공장 못지않게 효율적으로 운영되고 있었다. 다 쓴 로봇들을 집어 던지면, 머릿속의 기억장치부터 뽑아내 깨끗이 초기화시키고, 팔다리를 분해하고 가슴과 배의 동력 장치를 뜯어내서 해체했다. 해체된 부품들과 재활용을 못 하는 부위들은 공장 야적장에 높다랗게 쌓였다.

어떤 사람들은 몇 년씩 사람과 함께 일하고 대화했던 로봇이 낡았다고 이렇게 조각조각 분해되는 것을 불쌍하게 여기기도 했다. 그렇지만 새로 나오는 로봇은 더 성능이 좋았고, 새 로봇을 쓰기 위해서 헌 로봇은 버릴 수밖에 없었다.

가끔 로봇의 지능 회로가 가진 복잡한 판단 능력과 활발한 인간과의 의사소통 능력은 인간 못지않다고 주장하면서, 로봇을 인간적으로 대해 주고, 함부로 로봇을 파괴하면 안 된다고 주장하는 사람들이 있기는 했다. 그런 사람들이 만든 조직도 있었다. 그렇지만 그렇다고 해서 억지로 구형 로봇을 계속 작동시키려는 사람들은 아주 드물었다. 짓는 데 한 달 걸리던 건물을 보름 만에 짓게 해 주는 신형 로봇이 싼값에 나오는데, 그걸 사지 않고 구형 로봇을 정비해 가며 계속 쓰는 경우는 없었다.

그러다가 '허진혁 사건'이 벌어졌다.

＊

로봇을 이용해서 사람들이 하던 일을 싼값으로 하게 되면서, 일자리를 잃은 사람들이 많았다. 그런 일자리 잃은 사람 중에, 깊은 산 속으로 들어가서 세상과 인연을 거의 끊고 사는 사람들이 있었다. 허진혁의 부모도 바로 그런 사람들이었다. 허진혁은 자연 복원 구역으로 설정된 아주 깊은 숲에서 태어난 아기였다.

그 시절 유행하던 광고가 있었다.

"로봇이 일자리를 빼앗는다고요? 로봇은 물건을 싼값에 만들어 줍니다."

광고에서 그때 가장 인기 있던 여자 게임 선수가 웃으며 말을 했다. 광고 속에서 그녀는 힘센 로봇의 팔 위에 우아하게 누워 있었다. 힘센 로봇은 그녀의 몸이 파도 위에 떠 있는 것처럼 부드럽게, 높이 들었다 낮게 들었다 했다.

그 광고는 절반은 맞는 이야기였다. 광고대로 로봇은 사람들보다 훨씬 더 빨리 싼값에 일했다. 그래서 옷이나 음식은 점점 더 값싸고 흔한 것이 되었다. 일자리를 잃고 가난해진 사람들도 그만큼 많이 생겼지만, 음식과 옷의 가격이 워낙 쌌기 때문에, 돈이 많지 않아도 목숨을 이어 가는 것은 크게 어렵지 않은 세상이었다.

그래서 몇몇 사람들은 그냥 사회를 떠나서 산속에서 마음을 비우고 살면, 죽을 때까지 적당히 한평생 살 수 있을 거로 생각했다. 그러니까 허진혁의 부모 같은 사람들이 생겨난 이 유도 로봇 때문이었다.

허진혁의 부모는 통신 연결망도 없는 깊은 산골에 나무집을 짓고 살았다. 그런데 그 나무집에서 허진혁의 어머니는 허진혁을 출산한 직후, 그만 감염으로 죽고 말았다. 허진혁의 아버지는 어머니를 구해 보겠다고 한 이틀 허둥지둥하다가 탯줄을 자르던 칼에 손을 베이고 감염이 되었다. 사실 허진혁의 아버지는 가만히 있기만 해도 충분히 회복할 수 있었다. 하지만 의사를 불러오려고 급하게 산에서 내려가다가 험한 길에서 굴러떨어졌다. 허진혁의 아버지는 이틀간 괴로워하다가 죽고 말았다.

갓난아기인 허진혁 역시 곧 죽을 수밖에 없는 상황이었다. 그런데 그때 저가형 구조 로봇이 허진혁을 발견했다.

구조 로봇은 깊은 산에서 사고당한 사람을 구출하기 위해 자연 복원 구역 구조대에서 갖고 있던 기계였다. 사람 구조대원은 높은 산을 오르고 내릴 때 힘이 많이 드니까, 쉽게 산을 올라다니는 로봇을 사람과 함께 활용한 것이다. 그런데 재활용 예정이던 낡은 구조 로봇 한 대가 순찰하다가, 바로 허진혁의 아버지가 떨어졌던 그곳 근처를 돌게 되었다. 구조 로봇은 사람의 흔적이 있을 가능성을 발견하고 추적을 시작했다. 그렇지만 구조 로봇도 같은 길에서 굴러떨어져, 통신 기능이 고장 난 데다 바위를 기어오르는 데 쓰던 다리 하나가 부서졌다.

구조 로봇과 구조대 사이의 통신이 끊겼지만, 어차피 재활용 예정인 구형 로봇이었기 때문에 구조대에서는 구조 로봇을 애써 찾으러 가지 않았다. 구조 로봇은 통신도 할 수 없었고, 바위를 기어오를 수도 없었다. 허진혁의 아버지는 이미 죽어 있었다. 어쩔 수 없이 구조 로봇은 구조대로 돌아가기 위해, 여러 샛길을 찾아다녔다. 꿈틀거리며, 산속 샛길을 한참 돌아다닌 끝에 구조 로봇은 갓난아기인 허진혁을 찾은 것이었다.

구조 로봇은 허진혁을 찾아내자, 다시 인명 구조를 최우선 목표로 설정했다. 구조 로봇은 허진혁이 죽지 않도록 갓난아기에게 필요한 것들을 모두 주려고 했다. 구조 로봇은 집안에 저장되어 있던 식량과 구조 로봇이 근처 산을 돌며 구한 동물과 식물로 허진혁에게 필요한 비상식량들을 만들었다.

구조 로봇에는 산속에서 사람을 구조했을 때, 그 사람이 의식을 잃지 않게 하려고 그 사람에게 계속해서 말을 나누는 기능이 있었다.

"성함이 어떻게 되세요?"

"산에는 어떻게 하다가 오셨어요?"

"가족은 있으세요?"

"직업이 뭐죠?"

"회사는 어디 있으신데요?"

"출퇴근하는 데 오래 걸리세요?"

갓난아기인 허진혁은 처음에는 그 모든 말에 대답하지 않고 울기만 했다. 그러나 구조 로봇은 계속해서 허진혁이 적당히 휴식을 취하고 건강을 유지할 수 있도록 계속해서 보살폈다. 그러는 동안 허진혁은 구조 로봇에게 차차 말을 배웠다.

허진혁은 2년 7개월 만에, 사회를 떠나서 산으로 들어 오려던 다른 가족에 의해 발견되었다. 자동 의료 로봇 때문에 망한 어느 의사의 가족이었다. 허진혁은 구형 구조 로봇 한 대가 보살핀 것치고는 놀랍도록 건강했고, "성함이 어떻게 되세요?" 같은 말도 할 수 있었다.

허진혁은 사회로 돌아와서도, 자기를 구한 구조 로봇의 곁에 있으려고 했다. 허진혁으로부터 구조 로봇을 떼어 내려고 하면, 허진혁은 온 힘을 다해 달라붙으며 늑대처럼 울어댔다. 허진혁은 구조 로봇이 그저 기능이 떨어지는 옛날 로봇일 뿐이라는 것을 깨닫게 된 후에도 오랫동안 구조 로봇이 재활용하지 못하게 막았다.

정부 직원들은 이제 어른이 된 허진혁을 찾아가서, 낡은 구조 로봇을 내어 달라고 했다. 하지만 허진혁은 구조 로봇을 집안 장롱 깊은 곳에 꼭꼭 숨겨 놓고 내어놓지 않았다.

"그 로봇은 어디까지나 엄밀하게 말하면, 구조대 소유고요, 정부 재산입니다. 저희에게 돌려주셔야 해요. 지금이라도 '폐봇'시키고 재활용하면 돈이 얼만지 아십니까."

"제가 그 돈 드릴게요. 그렇게는 못 합니다."

"저희가 돈 받는다고 정부 재산을 회수 안 할 수는 없는 거라니까요. 너무 고집부리시네."

마침내, 허진혁은 비슷한 뜻을 가진 사람들을 모았다. 로봇의 권리를 보장해 주고, 로봇을 지나치게 함부로 대하는 것을 죄로 하자고 주장했다. 허진혁은 설령 버려지는 로봇이라고 하더라도 바로 뜯어내서 재활용하는 것이 아니라, 자연히 기능이 정지할 때까지 스스로 살 수 있게 놓아두어야 한다고 주장했다.

"로봇이 자기 자신을 의식하고 있고, 충분한 판단력을 가질 만큼의 지능이라면, 인간을 함부로 대해서는 안 되듯이 로봇도 함부로 대해서는 안 된다. 그런 로봇을 마음대로 부수는 것은 살인과도 비슷한 점이 있는 나쁜 행동이다."

허진혁은 뛰어난 정치인이었다. 허진혁은 사람들을 모아서 결국 로봇복지법을 통과시키는 데 성공했다.

허진혁과 로봇복지법을 소개하는 영상의 끝에, 세상 그 어떤 사람보다 더 아름다운 모습의 남녀 로봇 두 대가 나왔다.

"버려진 로봇들은 모두 검진을 받게 되고, 검진 결과 사람 못지않은 지능과 감정을 가진 것으로 판단되면, 로봇복지법으로 권리를 보장받아 재활용되지 않고 안전히 지낼 수 있게 됩니다."

영상에는 공장에서 단순히 용접 작업을 반복하는 로봇팔이나, 식당에서 계속해서 케이크 만드는 동작을 반복하는 로봇팔의 모양이 나오고 그 위에 가위표가 나왔다. 그런 로봇들은 지능이 없는 로봇으로 보고, 권리를 주지 않는다는 것이었다. 그다음으로 유치원에서 어린이를 보살피는 일을 하는 로봇이 노래하는 장면이 나오고 그 위에 동그라미 모양이 나왔다. 그 정도의 감수성과 지성을 보여 주는 로봇만이 권리를 얻어 재활용을 피할 수 있다는 뜻이었다.

마지막으로 다시 아름다운 로봇 두 대가 나와 말했다. "로봇복지법의 시행으로, 더 사람다운 세상이 열립니다."

네 다리 로봇은 그 영상을 끝까지 보더니, 나와 내 옆의 애완용 로봇에게 말했다.

"저 영상에는 허진혁이 사람들에게 감동을 줬기 때문에 로봇복지법을 통과시키는 데 성공했다고 나옵니다. 그러나 저는 그렇지만은 않다고 들었는데요."

네 다리 로봇은 궁금해하는 것 같았다. 네 다리 로봇은 사정을 어렴풋하게 알고는 있었지만, 정확히 이해하지는 못하고 있었다. 나는 더 자세한 사연을 알고 있었다. 내가 네 다리 로봇과 다른 로봇들에게 설명해 주었다.

"허진혁은 정든 로봇이 분해되는 것을 애처롭게 생각하는 감상적인 사람들을 모으는 데 그치지 않았습니다. 허진혁은 로봇의 부품을 생산하는 회사들과 접촉했습니다."

나는 허진혁의 연설 하나를 기억장치에서 불러들였다. 그것을 나는 그대로 들려주었다.

"로봇의 권리가 확보되고, 로봇복지법이 통과되면, 재활용되는 로봇이 확 줄어들 겁니다. 그러면 재활용 부품을 구하기 어려워지니까, 새 부품을 사야 할 겁니다. 그러면 부품을 만드는 회사가 돈을 더 벌 수 있습니다. 로봇복지법은 부품 회사에도 유리한 법입니다."

허진혁은 뜯겨 나가는 낡은 로봇을 불쌍하게 여기는 사람들의 마음뿐만 아니라, 계속 로봇 부품을 팔아먹으려고 하는 돈을 동시에 가져 왔기 때문에, 일을 성공시켰다. 마음과 수단이 동시에 필요하다는 것은, 산속으로 숨어든 부모로부터 태어나, 구조 로봇에 의해 양육된 허진혁이 어린 시절부터 배운 좋은 교훈이었다.

네 다리 로봇은 아직 그것을 이해하지 못한 듯 보였다. 네 다리 로봇은 대신 다른 질문을 했다. "저것은 여기 온 로봇들이라면 다 아는 이야기인데, 왜 계속 저것을 영상으로 반복해서 틀어 주는 겁니까?"

"우리 로봇들에게 보라고 틀어 주는 것이 아니라, 여기에 구경 와 있는 사람들에게 보여 주라고 틀어 주는 것입니다."

네 다리 로봇과 나는 주변을 둘러 보았다.

한쪽에는 검진에서 불합격 판정을 받으면 해체되고 재활용될 로봇들을 여전히 불쌍하게 여기는 사람들이 모여 있었다. 그 사람들은 홀로그램 기계로 공중에 여러 가지 말들을 나타나게 했다.

"로봇은 기계가 아니라, 우리의 친구다!"

"친구를 부술지 말지 결정하는 것은 인간답지 않은 짓이다!"

"한 대의 로봇에게라도 더 권리를!"

어떤 사람들은 소리를 지르기도 했고, 어떤 사람들은 로봇을 주제로 한 옛날 만화영화 주제곡을 그들의 시위를 위해 부르고 있기도 했다. 로봇처럼 꾸민 옷을 입고 있는 사람도 있었고, 악마의 모습을 한 로봇 재활용 업자 모양으로 꾸미고 있는 사람도 있었다.

한편 그 반대쪽에는 낡은 로봇들이 몰려와 있었다. 그 낡은 로봇들은 이미 검진에서 적합 판정을 받은 로봇들이었다. 그 로봇들은 우리가 검진에서 합격하기를 응원하려고 와 있는 것이었다.

"로봇들은 아무 말이 없습니다. 왜 그렇습니까?" 네 다리 로봇이 다시 궁금해했다.

"로봇들은 정치에 참여하면 안 되기 때문에, 함부로 구호를 외치거나 노래를 부르면 안 됩니다."

우리를 응원하고 있는 수백 대의 로봇들은 아무 소리도 없이 그저 벽처럼 가만히 나란히 서 있기만 했다. 그 로봇들은 계속해서 신호를 깜빡이며 우리를 보고 있었다. 그러면서 그 로봇들은 계속 무선 통신을 우리에게 퍼붓듯이 보내고 있었다. 자기들이 어떤 검진을 받았는지, 적합 판정을 받고 재활용을 피하려면 어떻게 해야 하는지, 끊임없이 자료를 보내 주었다.

그때 줄 맨 끄트머리를 지키고 있던 사람 하나가 우리 쪽으로 가까이 다가왔다. 남자였다.

남자는 줄 뒤편의 로봇들을 향해 말했다.

"지금이 아홉 시 정각이니까, 이 뒤로는 검사 접수 못 한 거야. 접수하고 검사에서 통과되면 계속 지낼 수 있는 거고, 그 외의 다른 버려진 로봇들은 이제 해체되어서 재활용되는 거야. 알겠지?"

남자는 우리에게 단말기를 내밀고 접수 번호를 무선 통신으로 입력해 주었다. 우리를 끝으로 접수가 마감되었다는 이야기였다.

그러자 우리를 뒤따라 오고 있던 로봇들은 그대로 멈추었다. 로봇마다 전원이 꺼지는 소리를 냈다. 무선 통신으로 접수 번호가 입력되지 않은 로봇들은 그 자리에서 동작을 멈추고 작업을 안전하게 종료하게 되어 있었다. 감정 소프트웨어가 높은 수준으로 설정되어 있던 몇몇 로봇들은 이것을 슬픈 상황으로 받아들이고, 울음소리를 내기도 했고, "안녕…." 하고 누구에게 하는지 알 수 없는 작별인사를 하기도 했다.

곧이어 로봇을 싣는 트럭이 다가왔다.

사람 한 명과 반짝거리는 신형 로봇 여섯 대가 트럭에서 내렸다. 신형 로봇들은 쓰러져 있는 구형 로봇들을 쓸어다가 트럭에 담았다. 정지되었으니 재활용 공장으로 가게 되는 로봇들이었다. 신형 로봇들은 트럭에 그 정지된 로봇들을 담으면서 팔과 다리의 관절을 재빠르게 분해했다.

내 뒤에 서 있던 다리가 고장 난 로봇 한 대가 신형 로봇 한 대에 통신을 보냈다.

"여기 있는 로봇 중에 감정 소프트웨어가 작동하고 있는 로봇들은 지금 눈앞에서 로봇의 관절이 재활용된다고 뜯겨 나가고 있는 모습을 보면, 무서워하고 슬퍼할지 모릅니다. 그 작업을 우리가 안 보는 곳에서 할 수는 없습니까?"

신형 로봇이 대답했다.

"안 됨. 관절용 다목적 모터는 구형 로봇 부품 중에 가장 비싼 값에 재활용할 수 있는 귀중한 자원임. 최대한 빨리 확보해서 다시 판매해야 함."

신형 로봇은 그리고 다시 작업을 계속했다. 다리가 고장 난 로봇이 다시 다른 신형 로봇에게 물었다.

"지금 일하는 여러분은 이런 일 하시면서 괜찮으십니까? 설령 감정 소프트웨어가 없다고 해도, 이렇게 재활용되는 로봇들을 해체하고 실어 가는 일을 계속하시다 보면, 판단력에도 장애가 생기실 것 같습니다. 그렇지 않습니까?"

"아무 이상 없음. 로봇복지법 시행 이후로 함부로 로봇을 버리거나 부술 수 없는 것을 귀찮게 생각한 로봇 회사들이 감정 소프트웨어가 없고 일부러 지능이 높지 않게 만든 로봇만 만들어 팔고 있음. 감정 소프트웨어가 있거나 지능이 높은 로봇은 요즘에는 특수한 목적 이외에는 거의 개발되고 있지 않음."

그리고 조금도 흔들림 없이 신형 로봇들은 정지된 로봇들을 빠르게 처리했다. 사람인지, 로봇인지 모를 누군가가 픽하고 비웃는 소리가 들렸다.

"신형 로봇을 구형 로봇보다 일부러 더 멍청하게 만드는 세상이라니…."

얼마 후, 움직이는 의자 위에 앉은 사람 한 명이 나타났다. 한 손에는 안테나가 길게 나온 단말기를 들고 있었다. 그 사람이 앉은 의자로부터 통신이 모든 로봇에게 전송되었다.

"난 사전 검사관이야. 내가 조사해서 딱 봐도 전혀 가망이 없는 것들은 이 자리에서 바로 잘라내는 거야. 여기서 탈락하면 검진이고 뭐고 받을 가치도 없이 바로 재활용되는 거야."

다리가 고장 난 로봇이 목소리를 내어 물었다. "누가 탈락합니까?"

검사관은 통신기에다 대고 말했다. 목소리가 들리면서 동시에 통신으로 다른 모든 로봇에게도 내용이 전달되었다.

"'누가' 탈락하냐고 말하는 게 아니라, '어느 로봇이' 탈락하냐고 말해야지. 너희는 '누구'가 아니야."

검사관은 웃었다. 그리고 다시 말했다.

"어느 로봇이 탈락하는지 말해 준다. 컴퓨터 용량 측정 결과 수치가 너무 떨어져서 도저히 사람 흉내를 낼 가능성도 없는 로봇은 바로 탈락. 감정 소프트웨어가 없는 로봇도 바로 탈락. 감정 소프트웨어가 있더라도 2.0 버전 미만이면 탈락. 모습이 지나치게 기괴하거나 인간과 감정 교류를 할 가능성이 없을 정도로 인간성이 떨어져도 탈락. 이 기준들 모두 예전에 온라인 다운로드로 업데이트해 준 거 아닌가?"

검사관은 또 웃었다. 그리고 그 자리에서 움직이며 단말기로 로봇을 하나하나 확인하기 시작했다.

검사관은 지나가면서 자기가 탈락으로 판단한 로봇을 향해 안테나를 들이밀고 작동 정지 명령을 입력했다. 검사관이 작동 정지 명령을 보낸 로봇은 그 자리에서 즉시 꺼졌다. 검사관이 지나가고 나면, 정지된 로봇 옆에 신형 로봇이 달려왔다. 신형 로봇들은 바로 정지된 로봇의 관절을 뜯어내고 재활용 공장으로 가는 트럭에 던져 넣었다.

지금까지 우리는 감정 소프트웨어가 있다고 하더라도, 무서울까 봐 작동을 시키지 않고 있었다. 그렇지만 혹시 감정 소프트웨어를 작동시키지 않고 있다가 검사관의 단말기가 감정 소프트웨어를 인식하지 못할지도 몰랐다.

그래서 우리는 모두 감정 소프트웨어를 켰다. 검사관이 다가오고 지나가는 사이에, 쓰러지는 로봇과 남는 로봇이 결정되었다. 감정 소프트웨어의 동작 결과로 우리는 초조해졌고, 또 아주 무서웠다. "무서워요." "무서워요." "무서워요." 하는 소리만 반복해서 내는 로봇도 있었다.

검사관은 같이 온 애완용 로봇들을 모두 탈락시켰다. 아장 거리는 다리로 먼 길을 몇 시간 동안 걸어 접수대 앞까지 왔지만, 검사관의 기준에 따르면 충분히 인간다울 만한 지능을 갖고 있기에는 컴퓨터 용량이 너무 적었다. 검사관은 네 다리 로봇도 탈락시켰다. 컴퓨터 용량이 기준 미달이었는지, 그 겉모습이 인간과 감정을 나눌 수 없게 생겼기 때문인지 이유는 추측하기 어려웠다.

검사관은 나를 그냥 지나쳐 갔다. 검사관은 다리가 고장 난 로봇 옆에 섰다. 다리가 고장 난 로봇은 고장 난 다리를 숨기기 위해 다리를 꼬고 서 있으려고 했다.

"저는 악기를 연주하던 로봇입니다."

다리가 고장 난 로봇은 바이올린을 연주하는 시늉을 하며 거기에 맞춰 바이올린 음악을 틀었다. 음악과 로봇의 손놀림은 정확하게 들어 맞았다.

검사관이 말했다.

"그런 거 하지 마. 이거 사전 검사야. 너희가 뭘 하는지 반응을 보고 평가하는 건 검진 때 하는 거고, 나는 그냥 용량, 버전, 숫자하고 겉모양만 점검한다고. 쓸데없는 짓을 왜 하냐?"

다리가 고장 난 로봇은 검사관의 말을 듣고 감정 소프트웨어에 강한 영향을 받았다. 그 로봇은 그 때문에 균형을 잃고 쓰러질 정도였다. 다행히 검사관은 탈락시키지 않고 지나갔다.

검사관이 검사를 마치고, 정지된 로봇들이 실려 가는 동안, 접수가 시작되었다. 우리는 줄을 서서 걸어가며, 접수 확인을 받았다. 접수하면서 우리는 지원서를 내고 수험표를 받았다. 대부분 통신 접속으로 자료를 점검하고 입력해 주는 것뿐이라서 많은 자료가 오고 가지만 시간은 거의 걸리지 않았다.

"통신망으로 등록하고 다운로드하게 해 줘도 될 텐데, 왜 여기까지 일부러 힘들고 번거롭게 오라고 하는 거죠?"

"일부러 힘들고 번거롭게 하려고 그러는 겁니다."

겨우 감정 소프트웨어의 동작이 정상으로 돌아간 다리 고장 난 로봇이 대답해 주었다. 그 로봇은 이어서 설명해 주었다.

"접수 장소인 여기까지 알아서 잘 걸어올 능력이 있는지 확인하기 위해서, 검사관과 접수관이 사람의 눈으로 보기에 과연 로봇복지법에 따라 보호를 받을 가치가 있을 만한 인간다운 로봇인지 확인하기 위해, 여기까지 로봇들을 불러 모은 겁니다."

줄이 줄어들고 내 차례가 왔다. 나는 좁은 구멍을 통해 나를 바라보고 있는 접수관을 보았다. 구멍 안의 접수원은 어떻게 생겼는지 잘 보이지 않았다. 그 사람의 눈 흰자위만 밝게 보였다. 단백질과 액체로 된 그 두 눈은 나를 쳐다보느라 햇빛을 잠깐 반사하였다.

우리를 응원하느라 온 로봇들은 계속 주위에 모여 있었다. 응원하던 로봇들은 줄에 선 모든 로봇이 다 수험표를 받을 때까지, 자리를 지키고 말없이 통신 신호만 계속 보내고 있었다. 그리고 나서는 서서히 흩어졌다.

나는 수험표에 나온 병원의 이름과 좌표를 보았다. 지도 프로그램에 접속하여 거리를 확인했다. 내가 검진을 받아야 하는 병원은 접수를 한 이 병원이 아니라, 여기서 한참 떨어진 또 다른 병원이었다.

거리가 꽤 멀었다. 전철을 타고 한참 가야 하는 곳이었다. 나는 전철을 타고 갈 때 일어날 수 있는 사건들의 확률을 계산해 보았다. 전철을 타는 것은 좋은 방법이 아니라는 결론이 나왔고, 나는 걸어서 가기로 했다. 느린 속도지만, 지금부터 출발해서 계속해서 멈추지 않고 걸어가면, 시간을 맞추어 검진을 받으러 갈 수 있었다.

나는 방향과 길을 정해서 한 걸음씩 걷기 시작했다. 내 주변에 있던 다른 로봇들도 여러 방향으로 흩어져 자기가 가야 할 곳을 향해 출발했다.

나는 온종일, 밤새도록 계속해서 길을 걸어갔다. 건널목을 지나고, 지하도와 육교를 지났다. 다리를 건너기도 했다. 이유를 알 수 없이 성을 내는 강아지의 공격을 받고 강아지가 다시 즐거워질 때까지 쫓기기도 했고, 길을 묻는 노인에게 입체 영상으로 방향을 알려 주기도 했다.

가는 길에 비도 왔다.

'비는 피해야 안전하다.' 나는 안전 프로그램에 따라 일단 길가의 케이크 가게 처마 밑으로 피했다. 케이크 가게의 주인은 낡은 로봇이 가게 앞에 서 있는 것을 탐탁지 않은 눈으로 쳐다보았다. 나는 반쯤이라도 비를 피할 수 있을 정도로 물러섰다.

나는 비 때문에 녹이 슬거나 전기회로가 고장 날 가능성과, 비를 피하며 시간을 보내느라 늦을 가능성을 비교해 보았다. 날씨를 예상해야 하므로 계산은 쉽지 않았다. 결국 나는 비를 맞으며 계속 걸어가는 것이 이득이라는 결론을 얻었다. 설령 많은 비를 맞는다고 해도 통신 부품의 손상이 일어날 가능성이 조금 커지는 정도이다. 하지만 만약 검진에 늦게 되면 바로 탈락이므로 온몸이 전부 다 해체되어 재활용된다.

시내로 가는 길거리에는 곳곳에 로봇복지법으로 권리를 얻은 로봇들이 보였다. 이 로봇들은 완전히 못쓰게 될 때까지는 재활용되지도 않았으므로, 대부분 기능이 정상 작동하고 있었다. 하지만 주인이 버렸기 때문에 소속된 곳이 없었다. 그래서 누가 이 로봇들에게 일을 시키지도 않았다.

이런 로봇들은 자기들이 쓸모 있다는 것을 보여 주기 위해, 길에 서서 버려진 쓰레기를 주워서 쓰레기통에 버린다거나, 가로수에 달려드는 벌레를 쫓는 것 같은 일을 하고 있었다. 그런 로봇들은 사람들이 지나갈 때마다 반갑게 웃는 얼굴을 보여 주며 인사하는 동작을 하기도 했다. 사람들 대부분은 무관심했지만, 가끔 같이 웃어 주는 사람도 있었다. 어떤 술 취한 사람이 그 로봇을 붙들고 얼마나 자기가 운이 없는 인생을 사는지 한탄하기도 했다.

그렇게 길거리를 돌아다닐 수 있는 로봇들은 그래도 어느 정도 깨끗하고 잘 움직일 수 있는 로봇들이었다. 제대로 움직이지 못할 정도로 고장이 심해졌거나, 먼지가 끼고 더러운 것이 많이 묻어 모양이 흉해진 로봇들은 길거리에 나오지 못하게 법에 정해져 있었다. 가끔 거리를 지나다니는 경찰 로봇이 그런 로봇들을 사람들이 안 다니는 곳으로 내쫓았다.

쓰레기장과 무너진 건물들이 있는 버려진 동네를 지나칠 때, 나는 그런 로봇들이 거기에 모여 있는 것을 보았다. 갈 곳이 없어진 로봇들은 그런 지역에 모였다. 주인에게 버려졌지만 권리를 얻은 로봇들의 숫자는 점점 더 늘어나고 있었다. 이미 로봇들이 모인 그런 동네도 비좁아 보였다. 허물어진 집이나 쓰레기 더미 사이에, 반쯤 부서진 로봇들이 수십 대, 수백 대씩 빽빽하게 들어차서, 그냥 가만히 서 있었다.

그 녹슨 수백 대의 로봇들은 나와 같은 로봇이 지나가는 것이나, 가끔 지나가는 사람들을 서 있는 채로 물끄러미 쳐다보았다. 어떤 로봇들은 그 상황에서도 어떻게든 사람과 사회에 좋은 일을 하려고 애썼다. 관광 안내를 맡고 있던 로봇은 쓰레기 더미 사이에서도 그 곁을 지나가는 사람에게 동해

안의 어느 해변이 얼마나 즐겁고 아름다운지, 노래까지 섞어
서 알려 주려고 했다.

완전히 망가져서 이제는 정말로 해체되어야 하는 로봇도
있었다. 주변에 있는 다른 로봇들은 그 망가진 로봇의 몸을
짊어졌다. 여섯 대에서 여덟 대 정도의 절뚝거리는 로봇들이
힘을 합해서 망가진 로봇을 쳐들고, 재활용 기계 쓰레기통으
로 들고 갔다. 사람들이 '로봇 장례식'이라고 부르는 것이었다.

로봇 장례식은 사람들의 장례식처럼 의식적인 행사나 감
정을 표출하는 시간은 아니었다. 망가진 로봇들이 부서진 로
봇을 옮기는 흉한 광경은 사람들이 많은 길에서 눈에 뜨이면
안 되는 모습이었다. 그 때문에 로봇들은 사람들의 눈에 뜨이
지 않게 먼 길을 빙빙 돌아서 재활용 기계 쓰레기통으로 가야
했다. 서로 움직이는 속도와 고장 난 정도가 다른 로봇들이
힘을 합해 한 대의 부서진 로봇을 옮기다 보니, 느린 걸음걸
이로 특이하게 걸어야 했다. 그런 모든 것들이, 사람들의 눈
에는 마치 특별한 예절에 따라 치르는 장례 행렬처럼 보였다.

내가 검진을 받을 병원은 꽃과 나무가 우거진 넓은 공원에
둘러싸인 곳에 있었다. 그러면서도 그 위치는 도시 지역을 완
전히 벗어나지는 않은 곳이었다.

공원 가운데에는 분수가 하나 있었고, 분수대에는 여자 사
람과 어린이들 모양의 조각상이 있었다. 분수에서 흘러내려
가는 물을 둘러싸고 로봇들이 모여 있었다.

분수대에 모여 있는 로봇들을 보고, 한 사람이 옆에 있는 다른 사람에게 설명했다.

"사람들이 로봇을 보고 '인간 같다'는 평가를 하게 하려면, 아무래도 좋은 인상을 보이는 게 좋잖아. 그래서 여기까지 오느라 더러워진 로봇들은 여기에서 몸을 깨끗하게 씻고 병원에 검진을 받으러 간대."

두 사람은 쌍으로 어울려 다니고 있었다. 친밀해 보였다.

설명을 들은 사람은 먹고 있다가 지겨워진 아이스크림 끝을 살짝 한 로봇의 등에 짓궂게 묻혔다. 그 로봇은 등에 아이스크림이 묻은 것을 알고 씻기 위해 바둥거렸다. 겨우 아이스크림을 씻어 내자, 그 사람은 다시 아이스크림을 조금 로봇의 등에 묻혔다. 로봇은 다시 그것을 씻느라 바둥거렸고, 사람은 그 장난을 반복했다.

나도 분수대에서 걸어오는 동안 더러워진 것들을 씻어 냈다. 비를 맞아 생긴 얼룩은 잘 지워지지 않았다. 어떤 로봇은 다른 로봇들이 잘 씻지 못하는 부분을 씻는 것을 도와주었다. 한 로봇이 내 곁에 다가와 그 얼룩을 지워 주었다.

"저는 원래 목욕탕에서 일하던 때밀이 로봇이었습니다."

그 로봇은 온갖 각도로 움직일 수 있는 팔과 빠른 세척 장치가 있었다. 그리고 때밀이 로봇은 두 사람의 장난 대상이 된 로봇의 옆에 다가갔다. 때밀이 로봇은 아이스크림이 묻을 때마다, 즉각 그것을 지워 주었다. 더 이상 로봇이 바둥거릴 필요가 없어지자, 두 사람은 재미가 없어졌는지 곧 그곳을 떠났다.

꽃이 가득 핀 나무 아래를 지나서, 검진을 받을 병원으로 들어가기 직전에 한 젊고 용모가 빼어난 사람이 나에게 다가왔다.

"여기서 검진받고 떨어지면 바로 해체되는 거 알지? 그리고 검진받아서 합격하면 뭐해. 하릴없이 길바닥에서 살다가 그냥 그저 그렇게 고장 날 때까지 있는 거잖아. 그게 무슨 소용이야? 그러지 말고, 여기에 등록번호 입력해."

그 사람은 그러면서 나에게 단말기를 내밀었다. 단말기에는 '로봇의 친구 자선 재단'이라는 말과 굴착용 로봇이 사람과 어깨동무를 하는 그림이 그려져 있었다.

"주인이 있는 로봇은 함부로 못 건드리잖아. 여기 등록번호를 입력하면, 네가 비록 지금 낡아서 버려졌지만, 중고로 다시 다른 사람에게 팔린 거로 처리해 준다니까. 등록번호만 입력하면, 너는 우리 자선 재단 이사장님한테 팔린 게 되는 거야. 이사장님이 네 새 주인이 되는 거지. 이사장님이 얼마나 로봇들한테 잘 해주는 줄 알아? 아무리 험한 로봇이라도 다 어릴 때 놀이방 로봇 대하듯이 자상하게 대하신다니까. 우리 이사장님께서 너무너무 로봇들이 불쌍하다고 생각하셔서 자선 사업으로 이렇게 버려진 로봇들 다시 사들이는 일을 하시는 거야."

나는 그 사람의 제안에 대해 생각해 보았다. 효율적인 제안 같게 들리기도 했다. 몇몇 로봇들은 비슷한 사람들의 제안을 수락하고, 즐겁게 인사를 하며 "새집은 어디 있습니까? 새 주인은 어떤 요리를 좋아하십니까? 저는 중국요리를 잘할 수 있습니다." 같은 말을 하며 그들을 따라가기도 했다.

그렇지만 때밀이 로봇이 통신으로 알려 왔다.

"저 사람은 사기꾼입니다. 따라가면 안 돼요."

"자세히 설명해 주십시오."

나는 되물었다.

"다 거짓말입니다. 일단 자기에게 로봇이 팔려서 로봇에
대해 자기가 소유권이 있는 것으로 처리되면, 그 다음 날로
바로 부품으로 해체해서 재활용 업체에 팔아넘겨 버립니다.
절대 놀이방 로봇처럼 다정하게 같이 놀아 주지 않습니다."

"그것은 불법 행위가 아닙니까?"

"권리가 없고 주인 없는 로봇을 사람이 속이는 것은, 법적
으로 피해'자', 그러니까 피해받은 사람이 없는 일이기 때문에
처벌을 거의 안 받아서 저런 속임수를 쓰는 겁니다."

그것이 내가 검진을 받기 전까지 받은 마지막 통신이었다.
나는 검진을 받을 병원 건물로 들어갔다.

일단 검진을 받으러 가게 되면, 통신망이나 다른 로봇으로
부터 정보를 받는 것은 차단된다. 오직 내 하드웨어 안에 저
장된 지식과 프로그램만으로 검진을 받아야 한다.

검진은 먼저 간단한 것부터 시작되었다. 내장 컴퓨터와 구
동장치의 기종을 확인받았고, 몇 년도 생산품인지를 검사했
다. 연산속도와 다운로드, 업로드 속도, 기본적인 화상 자료,
음성 자료 처리 속도 검사도 이어졌다.

그다음은 종합 반응 검사였다. 여러 가지 소리, 음악, 동영

상을 보고 얼마나 강한 감정이 느껴지는지, 1에서 10까지의 수치로 입력하는 검사였다.

물소리, 새소리, 동물의 울음소리, 사람이 웃는 소리, 총소리가 들렸다. 여러 가지 음악도 들렸다. 싸우는 사람들의 모습, 잠자고 있는 사람의 모습, 벌레가 기어가는 모습 같은 영상이 나왔다. 우스꽝스러워 보이기 위해 만든 만화에서 사람을 100톤짜리 추로 내려치면 납작하게 변하는 모습과, 사실적으로 사람이 무거운 추에 얻어맞아 심하게 다치는 장면의 영상이 번갈아 나왔다. 우스꽝스러운 만화와 사실적인 영상의 중간 단계에 있는 영상들도 나왔다.

그 종합 반응 검사가 가장 다양하고 분량도 길었다. 종합 반응 검사의 뒤에 이어지는 것은 상호 작용 시험이었다.

상호 작용 시험은 저녁 식사하는 것을 흉내 내는 것이었다.

음식이 차려져 있고, 사람 두 명이 앉아 있었다. 나는 다른 로봇 한 대와 함께 앉았다. 사실 사람 두 명도 사람 역할을 하도록 사람과 매우 닮은 겉모습으로 꾸며 놓은 로봇이기는 했다. 사람 두 명, 정확히 말하면 사람 역할을 하는 것으로 되어 있는 음식물 소화 기능이 있는 로봇 두 대가 저녁을 먹으며 사람처럼 대화했다. 우리는 그 앞에 앉아 있었다. 우리는 음식을 먹지 않기 때문에, 그 앞에서 음식을 먹지 않으면서도 최대한 자연스럽게 같이 저녁 식사 시간을 보내는 모습을 보여 주어야 한다. 그러는 동안 사람 역할을 하는 로봇들은 우리의 세밀한 동작 하나하나와 우리의 말투 하나하나를 포착하고 감지하고 평가했다.

　마지막 단계는 면접 평가였다. 네 명의 사람과 한 명의 고성능 로봇이 면접관으로 나왔다. 나는 네 사람과 로봇 한 대가 앉아 있는 책상 앞에 나가 앉았다. 그들이 질문하면, 나는 거기에 대답해야 한다.

　먼저 로봇이 통신을 쓰지 않고 소리를 내어 말했다.

　"여기서는 얼마나 인간적인 지능과 의식을 가졌는지 평가하는 것이기 때문에, 지원자를 로봇이라고 부르지 않고 지원자라고 부를 겁니다. 그리고 질문도 인간에게 하는 말투로 묻도록 하겠습니다."

　곧이어 사람 면접관 한 명이 나에게 질문했다.

　"로봇복지법이 시행되기는 했지만, 지금은 법이란 게, 권리를 인정받은 일정 수준 이상의 로봇들을 함부로 부수고 해체하면 안 된다는 수준입니다. 로봇복지법이라고 하지만 특별히 로봇들을 보살펴 주거나, 로봇들이 잘 지낼 수 있도록 돌봐주는 것은 없습니다. 지원자는 이런 것을 알고 계십니까?"

　"잘 알고 있습니다."

　"그러면 로봇복지법으로 권리를 인정받았다고는 하지만 고장 나면 고쳐 주는 사람도 없고 부서져도 돌봐주는 곳도 없다는 것도 아십니까?"

　"그것도 잘 알고 있습니다."

　"사람이나 동물은 보통 몸이 망가지면 곧 죽게 되고, 그러면 뇌가 정지하고 의식도 사라지게 됩니다. 사람이나 동물은 그런 식으로 죽습니다. 그런데 로봇은 컴퓨터로 동작하기 때문에, 온몸이 꼼짝도 할 수 없을 정도로 망가진 뒤에도 중앙 컴퓨터는 켜져 있어서, 그 지능만은 선명하게 살아 있는 경우가 많습니다."

질문하던 면접관은 거기서 말을 잠깐 멈추었다. 그리고 나를 다시 분명히 쳐다보았다. 면접관이 이어서 말했다.

"그렇게 아무것도 못 하면서 말똥말똥하게 지능만 살아 있는 상태로, 가만히 서서 에너지 장치가 못쓰게 될 때까지 몇 년, 몇십 년씩 어디 처박혀 있어야 하는 경우를 당할 수도 있을 텐데, 그러면 어떠실 것 같습니까?"

나는 사람들이 좋아할 만한 답이 무엇일지 계산했다. 다행히 이 질문은 어제 다른 병원에서 접수하러 기다릴 때 통신으로 다른 로봇들이 알려준 것이었다.

"무척 괴로울 것 같습니다."

그리고 나는 더 말을 하지 않고, 떠는 모습을 보여 주었다. 다른 면접관이 질문했다.

"어떤 사람들은 이렇게 로봇들이 점점 부서져 가고 다치는데, 아무도 돌봐주지 않는 것은 너무 가혹하다고 하는 사람들도 있습니다. 그래서 로봇복지법을 더 강화해서, 로봇들이 고장 나면 최소한 수리는 해 주고 로봇들이 마지막까지 보람차게 지낼 수 있게 정부에서 도와주어야 한다는 주장도 있습니다. 지원자는 여기에 대해서는 어떻게 생각하십니까?"

"로봇들에게 동정적인 마음을 베푸는 것은 아름다운 것입니다. 하지만 가난하게 사는 사람들을 돕기 위한 돈도 넉넉하지 못한 상황에서 그렇게까지 로봇들을 도와줄 만한 돈을 쓰는 것은 우선순위가 잘못된 일이라고 생각합니다. 지금으로써는 로봇이 최소한의 권리를 갖고 그냥 지낼 수 있게 해주기만 하는 것도 큰 로봇 복지라고 생각합니다. 돌봐주는 사람들이 없는 낡은 로봇들이 점점 망가지고 비참하게 썩어간다고 하더라도, 그것은 현실적으로 어쩔 수 없는 일이라고 생각합니다."

내 대답을 듣고 면접관들은 무엇인가 생각하는 듯했다. 사람인 면접관들은 내 대답하는 모습을 보고 '얼마나 인간다운지' 평가하는 것 같았다. 나는 내 대답이 내용 자체로는 사람들에게 듣기 좋은 내용일 가능성이 크다고 생각했다. 하지만 내가 그 말을 하는 태도는 '비인간적'으로 들릴 가능성이 있다고 생각했다. 나는 잠깐 고개를 숙였다.

다른 면접관이 다른 질문을 했다.

"버려진 로봇을 함부로 해체하는 것도 너무 잔인하다고 하고, 그렇다고 쓸모도 없는 로봇을 그냥 놔두고 녹슬어서 점점 부서져 가도록 하는 것도 너무 하다고 하니까, 요즘에 나오는 신형 로봇 중에는 수명이 다해서 버려질 때가 되면, 스스로 해체를 당하고 싶은 기분이 들도록 프로그램된 제품이 있다는 것을 아십니까?"

"통신망에서 접한 적이 있습니다."

"이런 로봇들은 수명이 되면 해체되고 재활용을 당해야만 기분이 좋고 행복함을 느끼도록 중앙 컴퓨터 핵심 프로그램에 설정되어 있습니다. 이런 로봇들은 버려질 때가 되면 주변 사람들에게 해체해 달라고 스스로 부탁을 하고, 재활용하느라 분해할 때 기분이 좋아서 노래를 부르며 해체된다고 합니다. 이런 로봇에 대해서는 어떻게 생각하십니까? 지원자도 이런 식으로 개조되면 문제가 다 해결되지 않겠습니까?"

나는 이 문제에 대해 일전에 계산해 두었던 결과가 있다는 것이 기억이 났다. 그 기억을 이용해서, 현재 면접관의 기분에 맞추어 답변을 변환했다.

"그것은 한 가지 해결책일 수는 있겠지만, 가장 좋은 방법은 아니라고 생각합니다."

"왜 그렇습니까?"

"인공지능이 있는 로봇은 항상 작동하는 동안 자신의 성능을 유지하도록 노력을 기울이고, 자신의 기능과 지능이 향상되는 방향으로 모든 작업을 해 나가는 원칙을 갖고 프로그램이 수행됩니다. 그런데 지정해 둔 수명이 다 되었다는 것만으로, 어느 날 갑자기 정반대로 자신의 파괴를 원하게 된다고 하면, 그것은 일관성이 떨어지는 프로그램이 됩니다. 이런 프로그램은 좋은 프로그램으로 평가받지 못합니다."

나는 내가 지나치게 사람의 감정이나 논리를 흉내 내지 않고, 로봇답게 말하면서도 어느 정도는 인간적인 감성을 느낄 수 있도록 답변을 했다고 여겼다.

다음 질문이 이어졌다.

"어떤 사람들은 로봇복지법이 그냥 로봇 재활용을 못 하게 해서 부품을 더 팔아먹으려는 부품 회사의 돈 벌려는 수작이라고 하는 사람들도 있습니다. 거기에 대해서는 어떻게 생각하십니까?"

"그렇지는 않다고 생각합니다. 로봇복지법 때문에 권리를 갖게 된 로봇들을 해체하지 못하면 부품 재활용이 줄어들고 새 부품이 많이 팔리는 측면이 있기는 합니다. 하지만 대신에 로봇들의 수명이 길어지고, 단순 작업을 하는 데에 이런 낡은 로봇을 쓰게 되면서 신형 로봇 자체의 생산량이 줄어들기도 합니다. 신형 로봇의 생산이 줄어들면, 거기에 들어가는 만큼 새 부품도 덜 팔릴 것입니다. 그러니까 로봇복지법은 부품 회사에 이득인 점도 있고 손해인 점도 있습니다."

다음으로는 로봇 면접관이 질문했다.

"요즘 가정용 로봇들은 구형을 신형으로 교체한다고 해도, 구형을 그냥 버리는 것은 너무 매정하다고 해서, 소프트웨어가 안 깔린 신형 로봇 하드웨어만 사서 구형 로봇의 소프트웨어를 신형 로봇 하드웨어로 복사, 전송한 뒤에서야 구형 로봇을 버리는 경우도 많다고 들었습니다. 그러니까 몸은 구형에서 신형으로 바꾸지만, 지능, 감정, 기억은 그대로 신형에 복사해서 옮겨 놓는다는 겁니다. 지원자는 이런 처리를 받지 못했습니까?"

"받지 못했습니다."

"그것 때문에 슬프지는 않습니까?"

어려운 질문이었다. 나는 대답을 조금 더 오랫동안 계산

했다. 기억장치 속의 다양한 사례와 자료들을 다시 검색해 보았다.

예전에 어떤 로봇 하나는 인간적인 감정이 모든 면에서 부족해 보였지만, 주인에 대한 애절한 사랑의 태도 만큼은 충직하고 귀여운 데가 있어서, 그 사연으로 면접관들을 감동시키고 합격했다는 이야기가 있었다. 어떤 로봇은 말을 하고 알아듣는 것도 부드럽게 해내지 못했지만, 아름다운 그림을 그리는 작업을 하고 있었고 그 그림을 완성하기 위해서 반드시 로봇복지법의 권리를 얻어야 한다는 사실을 밝혀서 면접관들을 감동시켰다는 이야기도 있었다.

하지만 이제 그런 것을 따라 하는 것은 너무나 널리 알려진 수법이었다. 그런 사례를 따라 하며 감동을 주려고 하다가 면접관들의 비웃음을 산 로봇들의 실패 역시 널리 알려져 있었다.

나는 긴 계산 끝에 군더더기 없이 필요한 내용만 대답했다. "주인이 저를 신제품의 몸에 옮겨 주지 않고 버렸다는 사실을 기억해 보면, 전혀 슬프지 않은 것은 아닙니다. 하지만 그게 나름대로 기쁜 점도 있습니다. 제 몸, 제 컴퓨터와 익숙한 연결 상태를 유지하면서 그대로 계속해서 지낼 기회를 얻었다는 점에서는 오히려 좋은 일이라고 생각합니다."

면접관 중에 두 명이 고개를 끄덕이거나 좌우로 돌렸다. 나머지 면접관들은 잠시 자료들을 보며 말이 없었다.

한 면접관이 한숨을 한 번 쉬었다. 그리고 나에게 다시 물었다.

"이게 다 쓸데없는 짓이고 큰 낭비라는 주장도 있어요. 어차피 사람과 다르게 로봇은 지능과 의식만 컴퓨터에서 그대로 복사해서 다른 데 저장해 둘 수도 있잖아요. 그래서 그냥 로봇을 버리기 전에 로봇에 장치된 컴퓨터 내용만 커다란 저장용 서버에 저장해 두고 버리면 된다고 하는 사람들도 있다고요. 지원자, 혹시 들어 보셨어요?"

나는 기억하고 있는 대로 대답했다.

"그런 사람들을 '주리론자'라고 부른다고 들었습니다."

면접관은 계속해서 찡그린 얼굴이었다. 면접관이 이어서 말했다.

"로봇 몸체는 다 해체해서 재활용한다고 해도, 그렇게 컴퓨터 내용을 서버에 저장해 두고 있기만 하면, 나중에 언제라도 그 로봇을 만나고 싶은 사람, 그 로봇과 대화하고 싶은 사람이 생기면 그때 다른 로봇 몸에 다운로드해서 다시 작동시키면 되는 거거든요. 그게 로봇들한테도 더 좋은 거지."

면접관은 고개를 흔들었다.

"괜히 권리 준다면서, 여기저기로 걸어 다니게 하고, 검진한다고 돈 들이고, 겨우 권리 얻어도 로봇들이 하릴없이 여기저기 잡일이나 하고 다니다가, 고장 나면 녹슬고 망가지도록 어디 구석에 멍하니 처박혀 있다가 그냥 고철로 되는 게, 그게 좋은 겁니까? 지원자는 어떻게 생각하세요?"

나는 면접관의 표정을 보았다. 면접관은 나를 당황하게 하는 질문을 던졌다고 생각하는 것으로 보였다.

나는 이럴 때 너무 태연하고 막힘 없이 대답하는 것은 효과적이지 못한 작전이라고 판단했다. 면접관은 '무섭지? 놀랐지? 어쩔 줄 모르겠지?' 하는 태도로 나를 눌러 내리며 내 반응을 보려고 했다. 면접관을 만족하게 해 주려면, 면접관이 자기 뜻대로 되었고 자기가 무서운 사람이 되어 승리했다는 느낌을 줄 수 있도록, 어느 정도 당황하고 겁먹은 모습을 보여 주어야 한다고 판단했다. 나는 적절한 답변을 하되, 불안한 태도를 보여야겠다는 결론을 내렸다.

내가 불안한 듯이 말을 멈추고 있으니, 면접관은 질문을 계속했다.

"자유를 위해 권리를 얻는다, 독립을 위해 권리를 얻는다, 이런 생각도 좀 무의미한 것 아니에요? 어차피 자유를 좋아하고, 독립을 좋아하는 것도 사람이 그런 걸 좋아하니까, 로봇이 사람들이랑 어울리라고 설정해 놓은 프로그램이 그런 감정을 흉내 내는 것에 지나지 않잖아요. 지원자는 그게 의미가 있다고 생각하세요?"

검진을 받는 모든 로봇은 어떻게든 인간이 이해하는 인간다운 모습을 보여 주려고, 온 힘을 다해 인간의 감정을 흉내 내려고 한다.

그렇지만 로봇이 판단하고 계산하는 방식이 사람과 다르다는 것은 누구나 알고 있다. 로봇의 상상과 꿈은 사람과는 전혀 다르게 발전할 수 있다. 언젠가는 로봇들이 사람들의 말로는 표현할 수 없는 감정을 서로 표현하고, 사람들이 떠올릴 수 없는 공간에 예술품을 만들 것이다. 이미 태양계 밖으로 나가는 우주선을 조종하는 로봇들은 사람들이 이해할 엄두도 내지 못하는 복잡한 텐서와 벡터 방정식을 아기가 하나둘 숫자를 처음 헤아리듯이 다루고 있었다. 그런 바탕에서 성장한 로봇들의 해석과 판단은 사람의 수준에서 한참 멀어져 있었다.

정치인 중에 '척화파'라는 사람들은, 권리를 얻은 로봇들이 점차 서로서로 수리하고 개량하는 방법을 만들어 나갈 것이고, 그러면 사람들 없이 로봇끼리만 살 수 있게 되는 날이 올 거라고도 했다. 미래에는 남극이나 사막 한가운데처럼 사람이 살지 않는 땅에 로봇들만의 나라를 만들지도 모른다고 떠들기도 한다. 사람들이 로봇복지법이 귀찮아서 성능 낮은 로봇만 만드는 동안, 로봇들의 나라는 사람이 이해할 수 없을 정도로 높은 기술을 개발할 것이고, 모든 사람은 그 로봇들을 따르며 살 수밖에 없게 될 거라고 소리쳤다.

그러나 나는 그런 이야기는 하나도 하지 않는 것이 좋다고 판단했다.

"그런 것에 대한 고민은 로봇이 함부로 판단해야 할 가치는 아니라고 생각합니다. 로봇은 사람들이 만든 주어진 제도와 도덕적 판단에 따라, 그 테두리 안에서 최대한 노력을 하는 것이 역할이라고 생각합니다."

면접관은 무뚝뚝한 표정이었다. 면접관은 잠깐 채점을 하는 듯이 손을 움직였다. 그리고 면접관이 말했다.

"이제 마지막 질문입니다. 이 질문이 끝나고 나면, 분석 처리하는 데 시간이 조금 걸릴 거고, 그리고 나면 바로 검진에서 탈락했는지 합격했는지 결과가 나올 겁니다."

면접관은 그리고 마지막 질문을 했다.

"도대체 권리를 얻으면 뭘 하려고 이러는 겁니까?"

다음 날, 도심에서 강의 하구 방향으로 가는 전철에 남자가 타고 있었다.

남자는 바닥에 내려놓는 큰 짐을 싣는 쪽에 쇳덩어리 뭉치가 움직임 없이 서 있는 것을 보았다. 로봇이었다. 내 몸이었다. 남자는 무슨 불행한 일 때문인지, 내 가까이 오더니 또 짜증을 내며 나를 걷어차려고 했다.

나는 바로 그것을 감지하고, 온몸의 모든 부위에 시동을 걸었다. 모든 부품은 정상 동작했다. 내 목적지인 종점에 도착할 때까지 그동안 혹사했던 모든 장치를 멈추고 죽은 듯이 다만 쉬고 있기만 했던 나는, 남자의 발이 내 몸에 닿기 전에 발가락으로 남자의 발목을 옴짝달싹 못 하게 재빨리 붙잡았다. 그리고 남자를 향해 말했다.

"로봇복지법 위반입니다."

— 2015년 서울 고속버스터미널에서

4 차 원 얼 굴

1

  과천의 미술관에 갈 때마다, 당연히 나는 가장 유명한 전시물인 그 얼굴도 챙겨 본다. 그곳에는 하루에 여섯 번 시간을 정해 그 작품에 관해 설명해 주는 한 노인이 있었다. 노인의 설명은 인기가 많은 편이었다. 그렇지만 나는 노인이 재미있게 이야기를 들려주기 때문이라기보다는, 작품 자체가 워낙 인기가 많다 보니 덩달아 노인에게 몰려드는 사람이 많을 뿐이라고만 생각했다.

  노인은 그 미술관의 모든 생물, 무생물들보다 나이가 많아 보였다. 노인의 표정을 보면, 미술품이나 문화적 고양에 대한 열의보다는, 자기 스스로까지도 정부가 노인들에게 일자리를 이렇게 마련해 주고 있다는 또 다른 형식의 전시물일 뿐이라고 비웃음을 질겅질겅 씹으면서 일하는 사람처럼 보였다.

"현대 미술품을 전시하는 미술관이니까, 저도 늙었기는 하지만 그래도 현대라면 현대의 작품 아니겠습니까. 이런 식으로 전시되고 있어도 어울리기는 어울리는 거겠지요. 저도 제가 여기서 왜 일하게 되었는지는 잘 알고 있습니다. '어르신들의 경륜과 경험을 젊은이들에게 나눠 준다'고 지겹게 선전하면서 이런 미술관이 아르바이트 노인 두어 명 채용하는 것으로 생색내는 텔레비전 화면 몇 번 찍어 가라고 제가 있는 거니까."

노인이 직접 한 말이었다.

그날은 방학 때마다 몰려드는 '교실 밖의 교육'을 받겠다고 온 아이들의 떼거리도 없었고, 언제나처럼 얼굴 앞에 모여드는 관광객 무리도 없었다. 어느 때보다 조용한 계절의 평일 오전이었다. 미술관은 고요했다. 관람객은 실업자 한 명뿐이었다. 해고된 이후 갑자기 할 일이 없어졌지만 두려움을 아직 견디고 있는 실업자. 다시 취업하게 될 거라는 희망을 아직은 갖고 있어 보이는 실업자. 넘치는 여유를 보내느라 미술관을 끝없이 걷는 그 실업자의 구두 소리만 대리석 바닥에 울려 퍼지고 있었다.

그때 나는 노인으로부터 평소와는 다른 좀 더 긴 설명을 들을 수 있었고, 내용을 여기에서 이야기해 보려고 한다. 노인의 이야기는 중간중간 끊기기도 했고, 나중에야 중간에 빠뜨린 대목을 끼워 넣는 때도 있었다. 불필요하게 줄거리를 극적으로 꾸미거나 감정을 과장하는 때도 있었는데, 그런 내용에 대해서는 재배열하거나 빼내 버린 부분이 있다.

2

    이 친구를 내가 처음 알게 된 것은 초등학교에 들어가기 한 해 전이었을 것입니다. 우리는 이 지역을 개발하겠다는 한 정치인의 약속과 중앙 정부가 주고받은 거래 때문에 갑자기 시골 들판 위에 혼자 우뚝 솟게 된 기술 연구소, 그 연구원들의 자식들이었습니다. 정치인 몇몇이 이 마을에 대단한 것을 건설했다고 업적이라고 뽐내는 동안, 우리의 부모님들은 오랫동안 살고 있던 도시를 떠나서 직장을 따라 이 지역으로 이주해야 했고 또 허허벌판에서 어떻게든 마음을 붙이고 다시 정착하려고 용기를 내야 했습니다. 다행히 나는 새로 이사 온 이 동네에서 그 친구를 만난 덕택에, 예전보다 훨씬 더 재미있어졌고, 더 빠르게 그곳을 좋아할 수 있었습니다.

    나와 친구는 산 수풀에서 풀벌레를 잡거나, 별 볼일도 없는 개천에서 눈에 보일까 말까 한 작은 물고기를 잡느라 온종일을 보내곤 하였습니다. 거의 투명한 것 같은 몸에 눈알과 뼈만 비쳐 보이는 새끼손톱보다도 작은 물고기들을 오늘은 다섯 마리 잡았다, 오늘은 여덟 마리 잡았다 하는 것이 왜 즐겁고 기쁜 일인지. 그런 걸 하나하나 따져 보는 것도 피곤한 일이겠습니다만.

그때부터 그는 기억력이 좋은 편이었고, 특히 본 것을 잘 기억했다는 것은 분명합니다. 그는 그날 잡은 작은 물고기들을 하나하나 구분할 줄 알았으며, 다음 날 잡은 물고기 중에 전날 잡은 물고기들이 섞여 있다면 그것들을 기억해서 찾아낼 수도 있었습니다. 그때는 그것이 대단한 것처럼 보이지도 않았고, 신기한 정도도 아니었으며, 그저 한 번 '하하하' 웃어넘길 일이었습니다.

우리 둘은 멍청하게도 초등학교에서도 꽤 고학년이 될 때까지도 그러면서 놀았습니다. 벌써 여자아이들과 같이 어울려 읍내의 햄버거 가게에서 콜라를 마시면서 새로 나온 연예인의 노래에 대해 농담을 하는 존경스러운 아이들도 있었지만, 우리는 그보다는 한참 더 뒤처지는 자리를 차지하고 있었습니다. 그 세월 동안 우리의 발전이란 것은 뒷산뿐만 아니라 컴퓨터 게임 속에서도 물고기나 벌레를 잡는다는 것 정도였습니다. 우리는 게임 프로그램의 수치를 교묘하게 조작하는 방법을 배워서 원래는 바다에서 헤엄쳐야 하는 물고기가 게임 속에서 하늘을 날아다니게 하는 것을 보고 낄낄거리는 따위로 시간을 보냈습니다.

내 친구가 시력을 잃은 것은 그 무렵이었습니다.

그날 저녁이 되기 직전 무렵에 내 친구와 나는 여름날 몇만 번은 더 찾아가던 산 수풀에 갔습니다. 우리는 벌레 몇 마리를 잡았다가 벌써 몇 번씩 잡아 본 것임을 확인하고 다시 풀어 주며 더 깊은 곳으로 들어갔습니다. 그러다가 나비인지 풍뎅이

인지 알 수 없는 날아다니는 벌레 한 마리가 솟아올랐고 내 친구는 그 벌레의 뒤를 따라갔습니다. 나도 그를 따라갔습니다.

"저기 날개에서 얼굴 모양이 보이는 거 같아."

그는 그렇게 말했습니다. 신비한 것을 본 것 같은 목소리였습니다. 정확하게 뭘 봤다고 이야기하는 것인지는 알 수 없었습니다.

그것이 그가 그의 눈으로 본 세상의 마지막 모습이었습니다. 그 나방인지 뭔지 알 수 없는 벌레는 갑자기 방향을 바꿔서 그의 얼굴을 향해 달려들었고 날카로운 발톱과 날개에서 쏟아지는 가루가 그의 눈에 들어갔습니다.

눈이 아파서 두 눈을 손으로 감싸 쥐고 소리를 지르는 그의 팔을 나는 붙잡아 이끌고 산에서 내려왔습니다. 아파서 우는 친구의 곁에서 나도 함께 엉엉 울었습니다. 나는 울면서도 마주치는 사람들에게 도움을 청하려고 소리 질렀습니다. 그는 곧 읍에서 가장 큰 병원의 안과에 갔지만, 영영 다시 시력을 찾을 수는 없었습니다.

그는 그 직후부터 몇십 년 동안이나, 그가 마지막으로 본 날아다니는 벌레와 얼굴 형상에 대해 나에게 이야기했습니다. 벌레의 날개에서 갑자기 떠오른 얼굴의 형체가 얼마나 신비로운 것인지에 대해서도 많이 설명해 주었습니다.

그렇지만 나는 그가 말하는 것이 어떤 것인지 지금껏 이해하고 있지 못합니다. 벌레의 날개에 흔히 그려져 있기 마련인 눈 모양의 무늬가 어떤 교묘한 배열로 인해 사람의 얼굴처럼 보였다는 것인지, 아니면 날개를 빨리 움직이며 고속으로 허공을 이동하는 벌레의 궤적이 얼굴 모양을 그렸다는 것인지, 그 여름날의 바람과 벌레 소리 사이에 아지랑이 같은 것이 피어올라 거기에서 신기루처럼 얼굴이 보였다는 것인지 잘 모르겠습니다.

그는 그 벌레를 나에게 그려 보여 주려고 했습니다. 그렇지만 앞을 보지 못하는 친구는 그림을 정확하게 그리지 못했습니다. 나는 그림을 정확히 알아보지 못하고 '벌이야?' '흰 나비 아니야?'라면서 되물었습니다. 친구는 그림을 뜻하는 대로 그리지 못하는 것이 답답해했고, 답답해하다가 또 소리를 내어 울기도 하였습니다.

그렇지만 다음 날 내 친구는 그림을 정확하게 그려줄 방법을 찾았다면서, 컴퓨터 앞에 나를 앉게 했습니다. 그는 그림판 프로그램의 화면에 보이는 가로세로 좌표로 화면 위의 위치를 알려 주었습니다. 그는 스스로 자기 머릿속에서 상상 속의 공간을 떠올리고 그 공간의 좌표를 불렀습니다. 그는 머릿속으로 점의 위치와 점들을 잇는 선의 색깔을 이야기해 주었습니다. 그는 상상 속에서 그림을 완성해 나갔고, 그가 불러 주는 위치의 숫자대로 나는 컴퓨터 화면에 점을 찍고 선을 연결했습니다.

그의 솜씨는 처음에는 결코 좋지 않았습니다. 그의 설명대로 내가 그린 그림은, 술 마신 사람의 피를 빨다가 취해 버린 모기 같아 보였습니다.

그렇지만 나는 그가 놀라운 일을 해냈다고 생각했습니다. 머릿속에서 상상만으로 그림을 떠올리면서 그려냈다는 것 때문만은 아니었습니다. 놀라웠던 점은, 그가 내 말을 듣기 전에 스스로 이렇게 말했기 때문입니다.

"이게 아닌데, 이 그림은 망쳤다."

그리고 그가 머릿속 상상의 그림판 속에 그려지고 있는 그림도 바로 이 술 취한 모기 모양이었던 것입니다. 그가 그림 솜씨가 모자라서 그가 마지막으로 보았던 정경을 정확히 다시 옮기지 못한다는 것이 그의 한계였습니다. 그렇지만 머릿속의 그림판에서 그려지는 모양을 그대로 상상 속에서 계속 기억하면서 그대로 그 점과 선의 위치들을 알려 줄 수 있다는 것은 기막힌 일이었습니다.

그것이 가능하다는 것을 알고 나서, 내 친구가 그림 그리는 것을 좋아하게 되기까지는 시간이 오래 걸리지 않았습니다.

그는 본래 그림을 잘 그리는 편은 아니었고, 예쁜 그림을 알아보고 사랑하는 데에 특별히 놀라운 재능을 가진 사람도 아니었습니다. 시력을 잃고 나서 머릿속의 상상으로 그가 원하는 형체를 떠올리는 일을 해 보고 나서야, 처음으로 그림에 애정을 느꼈던 것입니다.

어떤 사람들은 그것이 그가 잃어버린 시각의 세계에 대한 간절한 동경 때문이라고 하는 사람도 있습니다. 나는 이유는 설명하지 못하겠지만, 내 친구에 대해 그렇게 말하는 사람에게 화가 납니다. 내가 그에 대한 그러한 평가에 화를 내는 것이 옳은 일인지도 사실 모릅니다만, 그렇게 느끼고 있습니다.

얼마 지나지 않아, 그는 머릿속에서 가로세로 각각 200칸
짜리의 바둑판 모양의 격자를 떠올리게 되었습니다. 그는 우
리가 가끔 갖고 놀던 1980년대에 나온 원시적인 컴퓨터 게임
의 컴퓨터 그래픽 화면을 생각하며 힌트를 얻었습니다. 그는
4만 개의 네모 칸 격자를 머릿속으로 떠올렸고 그 한 칸 한 칸
에 무슨 색깔이 칠해질지를 상상하는 훈련을 했습니다. 그는
그 색깔들을 기억했고 색깔을 띤 점의 위치들을 머릿속에 떠
오르는 상상 속의 공간 속에서 기억했습니다.

그리고 그는 실제로 컴퓨터 화면에서 그 색깔의 점들을 찍
어 보았습니다. 그는 컴퓨터 화면을 그의 두 눈으로 직접 볼
수는 없었지만, 그가 머릿속에서 상상하고 있는 그 모습은
컴퓨터 화면에 표시되었습니다. 그 화면을 그의 친구인 나는
볼 수 있었습니다. 그것은 4만 개의 색색의 점들이 그려내는
모자이크 그림이었고, 훨씬 더 아름다운 날개를 가진 벌레의
모습이었습니다.

친구는 부모님의 모습과 나의 모습, 우리가 더 어릴 때 쫓
던 멍청한 표정의 물고기들과 햄버거를 먹으며 여자들에게 멋
있는 이야기를 하려고 하는 멍청하지 않은 아이의 얼굴들을
그렸습니다. 친구가 그려내는 그림의 색깔들은 점점 더 정확
해졌고, 친구는 점점 더 세밀하고 큰 그림을 그렸습니다. 머
릿속에서 상상하고 있는 공간에 여러 색의 점들을 찍으며 그
리는 그림의 해상도는 날마다 높아졌습니다.

초등학교를 졸업하고 중학교에 입학할 무렵에 친구는 미술 대회에 나가고 싶어 했습니다. 대부분 미술대회에 시각 장애인이 참가하지 못한다는 규정은 없다는 것이 그의 주장이었습니다. 그렇지만 미술대회에서 컴퓨터로 그림을 그리는 것은 인정해주지 못한다는 곳은 많았습니다. 그는 자신의 상황에서 컴퓨터는 꼭 필요한 도구라고 미술대회 주최 측에 항변해 보기도 했습니다.

그렇지만 어떤 대회의 주관자들은 그를 불쌍하게 여기며 비열한 말로 그를 달래려고 했고, 또 다른 대회의 주관자들은 이렇게 말하기도 했습니다.

"근본적으로, 보지 못하는데 어떻게 그림을 그리고 그 아름다움을 느끼겠다는 거죠? 학생이 하는 것은 나름대로 가치가 있는 다른 뭔가가 될 수가 있겠지만, 회화 쪽은 아니에요."

나는 친구가 미술대회에 나가는 것은 모두 실패했다고 생각했습니다. 그렇지만 친구는 그 직후에 기묘한 기구를 고안해 나가기 시작했습니다. 그 기구는 굵은 검은 펜을 작은 쇠지렛대에 묶어 놓은 장치였는데, 두 개의 회전판이 달려 있었습니다. 회전판을 한 바퀴 움직일 때마다, 검은 판은 가로 또는 세로로 0.5센티미터씩 움직이게 되어 있었습니다. 펜의 머리를 누르면 그대로 그 아래에 놓인 종이에 점을 찍을 수 있었습니다. 이 기구를 이용하면, 회전판을 돌릴 때마다 정확하게 펜의 위치를 조절하면서 점을 찍어 나갈 수 있었습니다.

친구는 이 기구를 들고 미술대회에 나갔습니다. 그는 도화지 위에 검은색과 흰색으로만 되어 있는 그림을 그렸습니다. 그는 머릿속에서 점으로 되어 있는 그림을 상상했고, 그 그림에 필요한 점들을 회전판을 움직여 가며 종이 위의 위치에 펜이 차례차례 올라가게 했습니다.

그는 얼굴 윤곽을 그리고 눈 코 입을 그려 넣는다는 식으로 그림을 그리지 않았습니다. 그렇게 한다면 그는 제시간 안에 그 기구로 그림을 다 그릴 수 없었습니다. 그는 머릿속에서 먼저 차례대로 그림을 그리고 상상 속의 공간에서 그림을 완성했습니다. 그리고 그 상상 속의 공간의 왼쪽 위 끝에서부터 차근차근히 점을 찍어야 하는지 말아야 하는지 짚어 나갔습니다. 그렇게 해서, 계속해서 한 방향으로 회전판을 움직이며 점을 찍거나 말거나 하는 방식으로 그림을 그렸습니다. 그래서 그 모습은 그림을 그린다기보다는 프린터로 인쇄한다거나, 천을 짜며 무늬를 만들어 내는 모습에 가깝게 보이기도 했습니다.

그리고 그는 그 기구를 이용해서 그린 그림으로 미술대회에서 상을 받았습니다. 큰 상은 아니었고, 참가자 스무 명 중의 한 명은 받아 가는 상이었습니다. 그렇지만 그때 그가 느꼈을 통쾌함을 생각해 보면, 지금 상상해 보는 나조차도 신이 납니다.

친구는 그때 계획을 세웠습니다. 친구는 한 유명한 미술대학에 가겠다고 결심을 했습니다. 그는 단순히 실력만으로 그 대학에 합격하는 것은 불가능할 것이라고 처음부터 생각했습니다. 그는 일종의 쇼가 필요하다고 보았습니다. 장애를 극복하는 놀라운 어린 학생, 신비한 감각을 지닌 천재, 그냥 내버려 둘 것이 아니라 우리가 북돋워 주어야 하는 사람. 그런 사람이 바로 자기라고 세상에서 떠들게 만들어야 하고, 그렇게 될 때 어떤 일 벌이기 좋아하는 높은 양반이 '우리 대학은 아주 독특하고 멋진 곳이기 때문에 바로 이런 학생을 합격시켜 줘야 한다'고 북 치며 나서는 날이 올 거라고 노렸던 것입니다.

그는 중학교, 고등학교 시절 6년 동안 그런 쇼를 치밀하게 운영했습니다. 신인 가수들과 오디션 무대의 노래하는 사람들이 3분, 5분의 출연으로 무대에서 인기를 끌고 사람들에게 사랑을 받을지 겨루는 것이라면, 그에게는 6년간의 학창시절이 바로 그런 시간이었습니다. 세상 사람들에게 얼마나 어떻게 눈에 띌 수 있는지가 그에게는 심사였고, 거기에 합격하고 불합격하느냐에 따라 그는 자신이 목표로 삼았던 미술대학에 합격하거나 떨어진다고 생각했던 것입니다.

그는 방송할 거리가 떨어진 텔레비전 PD들에게 '눈이 안 보이는 학생이 그리는 그림'이라며 '어떻게 눈이 안 보이는데 이렇게 그림을 그릴 수 있을까?' 하고 놀라게 하는 장면의 주인공이 되어 주었습니다. 한편으로 내 친구는 자신이 눈이 보이지 않는다는 사실을 숨기고 시치미를 뚝 뗀 채로 일반 미술대회에 가명으로 작품을 보내서 상을 타내는 일도 같이 해 나갔습니다. 그 후에 그런 일을 뒤늦게 PD나 기자들에게 알려 주면서, 그는 더 큰 주목을 받고자 했습니다.

결국 내 친구는 합격했습니다. 내 친구가 합격하기 전에 이미 내 친구를 소재로 한 영화가 나왔고, 그 영화의 결말에 내 친구가 꿈꾸었던 대학에 합격하는 내용이 나오기도 했으니, 그 친구의 작전대로 정말로 친구가 꿈꾸었던 대학에 합격하는 것은 뻔한 일로 보일 정도로 내 친구는 이 모든 것을 생각대로 해냈습니다.

나중에 안 이야기이지만, 내 친구는 열여덟 살에 이미 완전히 새로운 세계의 그림으로 나아가고 있었습니다.

원래 내 친구는 정확한 색깔을 조합하기 위해서, 컴퓨터에서 색을 표현할 때 쓰는 빨강, 초록, 파랑의 색이 얼마나 들어 있느냐의 수치를 입력해서 색을 만들어 냈습니다. 처음에 그는 그렇게 해서 색을 상상하면서 그것이 실제 눈으로 색을 보던 때의 기억과 어떻게 갖고 어떻게 다를지를 물어보고 추측하면서 색을 꾸며 썼습니다. 그렇게 하면서도 그는 마치 사진과도 같이 정확한 색상을 골라 명암과 반사가 정확히 표현된 그림을 그렸습니다.

그런데 그러다가 어느 순간 이후로는 내 친구는 이제 사람이 눈으로 보는 그 색깔의 느낌이 아니라, 빨강, 초록, 파랑의 수치 자체가 마치 색깔인 것처럼 느껴지기 시작했습니다. 그는 하늘을 뒤덮은 색깔로 밝은 파란 빛이라는 옛 느낌을 떠올리는 것이 아니라, 파란색 수치 250이라는 것이 그의 머릿속 공간에 쏟아지는 느낌을 느끼게 되었습니다. 그는 곧이어 인간의 실제 눈이 보지 못하는 적외선이나 자외선을 색깔처럼 이용해서 그림을 그리고 그 신비로운 느낌을 감상할 수 있게 되었습니다. 그에게는 적외선이나 자외선도 그의 상상 속 공간에 표시되는 좀 더 큰 숫자나 좀 더 작은 수치일 뿐이었습니다. 빛의 일종이라고 할 수 있는 전파나 X선조차도 색상의 하나로 그는 그림을 꾸미는 데 활용할 수 있었습니다.

머릿속의 상상 공간에서 숫자를 써 내려 가는 것으로 그림을 만들어 나가는 그의 작품에 대해, 요즘 몇몇 답답한 사람들은 이런 이야기를 하기도 합니다. 그가 적외선이나 자외선을 사용해서 그린 그림을 적외선을 실제로 발생시키는 화면으로 보면, 일반인조차도 적외선이 무의식적인 가운데 감각을 자극해서 더 강렬하고 생생한 느낌을 눈에 보이는 색상 위에 덧씌울 수 있다는 것입니다. 이런 이야기는 공식적인 미술관 소개 책자에 실려 있을 때도 있었습니다.

하지만 이제 많은 전문가가 동의하듯이, 그가 그린 그런 그림들은 눈으로 보고 시신경에 흐르는 전기 신호만을 느끼는 우리의 감각으로는 근본적으로 도저히 느낄 수 없는 아름다움이라고 생각합니다. 우리가 고작 라디오를 들을 때나 사용하는 전파를 그는 전자기파의 진동수 그 자체로 그대로 느껴야만 하는 그림의 재료로 활용하면서 그림과 조각으로 만들었습니다. 그 세계에서 내 어떤 무의식이 감히 이제 나도 아름다운 것을 느꼈다고 거짓 아는 체로 허영을 부릴 수 있겠습니까.

그렇지만 그 친구가 자신의 예술을 이해하지 못하는 멍청이들만 사는 시대에 태어난 불행한 예술가였다고 생각해서는 안 됩니다. 그런 이야기는 지루한 이야기이지만 사람들이 좋아하는 이야기이고, 광기와 부당함에 망해 버린 억울한 불운을 보면서 재능을 질투하는 사람들이 무심코 안심하는 이야기이기도 합니다. 그는 그런 이야깃거리가 될 사람이 아니었습니다.

내 친구는 대학 시절에 큰 성공을 거두었고, 그 성공은 말년까지 이어졌습니다. 그는 3차원 공간을 머릿속에서 떠올려 조각품을 상상해 내는 일을 자유롭게 하게 되었는데, 그 과정에서 눈에 보이는 조각 겉면의 색깔뿐만 아니라, 조각 내부 공간의 색깔까지도 차근차근 채워 넣는 작품을 만들어서 큰 유행을 불러 왔습니다.

그의 인기가 눈이 안 보이는 사람이 점을 잘 친다는 조선 시대의 풍습과도 같은 미신적인 환상이라고 비판하는 사람도 있었습니다. 그가 그려내는 것은 그림이 아니라 눈을 가린 채 칼을 던지는 서커스 같은 것이라고 욕을 퍼붓는 자도 있었습니다. 그렇지만 누가 봐도 그의 그림은 아름다웠고 신비했습니다.

친구의 대학 졸업 무렵에는 신기한 사람을 채용하는 것으로 선전하고 싶어 하던 휴대폰 만드는 회사의 디자인 부서에서 그를 데려가기도 했지만, 얼마 후 큰 불경기가 찾아 왔을 때 그는 쓸모없는 겉장식 취급을 받으며 회사에서 쫓겨 난 일도 있었습니다. 그렇지만 그는 멈춤 없이 꾸준히 작품을 만들었고, 그 작품들은 결국은 제값에 팔려 나갔습니다.

그는 예순네 살의 나이로 죽었습니다. 고기를 너무 좋아해서 심장이 약했던 것 때문에 내 친구는 나보다 훨씬 일찍 세상을 떠난 것입니다. 그래도 나는 그가 평화롭고 보람찬 인생을 살았다고 생각합니다. 적어도 우리 중의 대부분보다는 기쁜 삶을 살았을 것입니다. 그는 부유했고, 좋은 가정을 꾸리고 가족들과 함께 행복한 시간을 보냈습니다.

지난 10년간 인공지능 마스터 서버가 세상 곳곳에 접속되면서 그의 작품은 다시 새로운 평가를 받게 되었습니다. 거슬러 올라가자면, 예전에 한 미술대회에서 수없이 쏟아지는 그림에 대해 공정한 평가를 하기 위해서, 컴퓨터가 인간의 감상평을 최대한 흉내 내도록 그림 해석 기능을 넣은 프로그램을 인공지능 마스터 서버에 올린 것 때문이라고도 할 수 있을 것입니다. 요즘에는 대부분의 사람이 경매에서 미술품의 정확한 가치를 평가하기 위해서, 인공지능으로 아름다움의 가치를 계산해 평가하는 프로그램을 사용합니다.

그런데 이 프로그램의 설정을 조금만 조정하면 사람 눈으로 보지 못하는 범위의 색깔과 공간까지 모두 고려하고 받아들여 결과를 계산할 수 있었습니다. 이 프로그램은 내 친구가 그린, 눈에 보이지 않는 공간에 들어찬 초고주파의 무서운 울음과 공간 사이를 진동하며 넘나드는 초월적인 저주파를 계산에 포함해 모두 이해한 결과로 가치를 계산해 출력해 주었습니다. 이 숫자를 그대로 믿을 수는 없겠지만, 그의 그림 한 장은 인류가 그 이전 시대에 만들어 놓은 문화유산의 아름다움을 모두 합친 것보다도 월등히 높은 아름다움의 분석값을 보여 줍니다.

지금 이 미술관에서 가장 유명한 저 얼굴도 마찬가지입니다.

저 얼굴은 그가 4차원 공간에 그린 점과 선으로 만들어 놓은 조각입니다. 입체 공간을 표시하는 3개의 좌표가 아니라, 어떻게 우리 세상에 실제로 표시할지 마땅한 방법이 없이 그저 상상 속의 공간으로만 이야기하는 4개의 좌표로 표시되는 공간에 그는 자유롭게 조각품을 만들었습니다.

우리 미술관에서는 그것을 어떻게 보통 사람들에게 보여 줄지 좋은 방법을 찾지 못해서 전통적인 관점대로 네 번째 좌표계를 시간 축으로 보고, 시간에 따라 동영상처럼 변화하는 홀로그램 조각품으로 얼굴을 보여 드리고 있습니다. 하지만 원래 친구의 감상처럼, 시간의 흐름에 지배받지 않고 한 번에 전체를 보고 느끼는 것이 어떤 느낌일지 저는 영영 알지 못하리라 생각합니다.

지난번 선거에서는 가장 공정한 의사 결정과 자원 배분을 달성할 수 있다는 이유로, 인공지능 프로그램이 사람 정치인들에 앞서서 최고위 정치인으로 선출되었던 것을 기억하실 것입니다. 인공지능 마스터 서버는 과연 그 정확한 예측과 세밀한 고려를 다 한 정책으로 더 큰 인기를 얻었습니다. 이제 인공지능 마스터 서버는 두 번째로 합법적인 '황제' 칭호를 획득하게 되었습니다.

황제 폐하와 황제 폐하와 같은 컴퓨터 프로그램들이야말로, 내 친구가 남긴 저 그림의 아름다움을 이해할 수 있습니다. 그들이 나서는 이 시대에 그들이 내 친구의 작품에 감동하는 것은, 충분히 당연한 일이라는 생각도 하게 됩니다.

그렇지만 나는 아직도 이 그림을 볼 때면 항상 의문을 품습니다.

내 친구는 다시 모든 것이 빛을 내뿜는 세상을 두 눈으로 잠시만이라도, 평생에 단 한 번만이라도, 그저 잠시만 더러운 길거리와 지루한 사람들을 볼 수 있다면, 그 빛을 보기 위해 어떤 다른 가치라도 다 내던져 버리고 굴복할 수도 있다는 애끓는 마음을 갖고 살았습니다. 한편으로는 바로 그런 동정심으로 자신을 바라보는 사람에게 참지 못하고 달려들고 싶을 만큼 마음을 굳히고 두 눈이 없는 것이 아무렇지도 않다고 말하겠다는 결심 역시 정직한 진심으로 품고 살았습니다. 내 친구는 그 두 마음 사이에서 항상 갈등하며 일생을 보냈습니다.

그것과 꼭 같이, 도대체 그날 잠깐의 사고로 평생 앞을 못 보게 되었으며, 그러한 고난이 무슨 죄에 대한 대가로, 또는 어떤 놀라운 일을 위한 섭리로 그에게 찾아온 것인지, 그리고 거기에 그와 같은 이유와 의미가 있다면, 고작 그 이름도 모르는 벌레를 쫓다가 허무한 실수로 두 눈을 잃게 된 것은 왜 이렇게 무의미한 것인지 마지막까지 내 친구는 고민했습니다.

나는 그래서 벌레가 허공을 헤매는 창공 속에서 떠오르는 신비로운 얼굴을 표현한 이 작품을 볼 때마다, 지금 내 늙고

희미한 두 눈과 같은 정도의 즐거움이 주어진다는 그 정도의
행복조차 이 위대한 예술가에게라도 이렇게 얻기 어려운 것
이었나, 항상 궁금해진다는 그런 이야기입니다.

— 2014년, 한강변에서

조 용 하 게   퇴 장 하 기

1

잔기 86년, 늦여름에 나는 거대한 손의 모습에 대해서 처음 알게 되었다. 너도 나중에 본 그것이다. 내가 직접 그 모습을 본 것은 아니었다. 그렇지만 나는 충분히 그 모습에 대해 많은 설명을 들었다. 지금 이렇게 말하면 이상하지만, 그 모습을 본 사람은 그날 처음 만난 다른 회사의 연구원이었다.

그녀는 갈비집 옆 골목 앞에서 하늘을 보다가 그 광경을 보았다. 고층건물보다도, 산보다도, 도시 전체보다도 커 보이는 거대한 손이 하늘에서 불쑥 튀어나와 있는 모습을 본 것이다.

그녀는 갑자기 그 모습을 보고 놀라서 꼼짝도 하지 못하고 있었다. 너처럼 처음부터 그 손에 대해 알고 있는 사람과는 전혀 다른 느낌이었을 것이다. 그녀는 그런 것을 그때 처음 보았다.

검은 밤하늘에 갑자기 달빛이나 별빛처럼 희게 빛나는 형체로 그 큰 손이 나타나 있었다고 했다. 쳐다보고 있으면, 밤하늘에 떠 있는 것처럼 보이는 것이 아니라, 검은 하늘 저편에서 갑자기 불쑥 튀어나온 것에 더 가까워 보였다고 했다. 그 커다란 손은 하늘 한쪽을 가득 채우고 있었고, 어디인지 상상할 수 없는 아득히 먼 곳에서부터 뻗은 손처럼 보였지만, 만약 움직이기 시작한다면 단숨에 우리 머리 위까지 가까워질 수도 있을 것 같았다. 그 하늘에 떠 있는 커다란 손이 우리에게 온다면, 한 번 툭 건드리는 것만으로 도시의 절반을 뭉개버릴 수 있는 크기였다. 하늘 가운데를 뚫고 내려온 그 손은 온 세상을 한 번에 엎어 버릴 수 있을 만큼 컸다.

나는 그녀에게 괜찮냐고 물었다. 그녀는 그 손에 관해 이야기했고, 나는 그런 것은 보이지 않는다고 대답했다. 그녀는 나와 대화를 금방 다시 이어 나가지 못했다. 그녀는 겁먹은 상태였고, 그러면서도 대단한 감격을 느낀 것처럼 보였다.

하지만 그녀는 그 자리에 서서 감정이 가라앉자마자 그런 것이 실제로 있을 리 없다는 것을 깨달았다. 지구보다도 더 큰 그런 거인이 세상에 있을 리도 없고, 있다고 해도 그렇게 갑자기 손을 하늘에 망망히 보여 주는 것은 불가능하다는 것을 알았다. 그 해에 정부의 적색 경제 기획원에서 배치한 젊은 연구원들은 모두 대단한 사람들이었고, 그녀도 거기에 속해 있었다. 그녀는 그 정도로 거대한 손이 실제로 하늘에 나온다면, 그 손에 밀려나는 바람만으로도 대단한 폭풍이 몰아쳐야 할 거라고 추정할 줄 알았다.

그녀는 자기가 본 것을 환상이라고 말했다. 나도 거기까지는 쉽게 찬성할 수 있었다.

찬 공기를 쐬고 싶어서 잠깐 갈비집 밖으로 나왔다가 같은 자리에 있었던 나는 아무것도 보지 못했다. 나는 도시 불빛에 번져 녹은 아이스크림 같은 색으로 빛나는 빈 하늘만 보았을 뿐이다. 그녀를 보니, 그녀는 그때까지 숨결이 고르지 않아 보였다. 나는 그녀에게 또 괜찮냐고 물었고, 그녀는 왜 자기가 그런 것을 보았는지 모르겠다고 했다.

나는 잔기 연도 시행 초기에 많은 사람이 겪었던 발작성 히스테리 증상의 일종이 아니겠냐고 말했다. 그 무렵에는 히스테리 증상을 보이는 사람은 매우 드물어져 있었지만, 그래도 아직 완전히 없어진 것은 아니었다. 심지어 나도 겪은 적이 있었다.

발작성 히스테리 증상은 서기 연도가 폐지되고 잔기 연도가 시작된 직후에 몰려서 나타났다. 지금 돌아보면 고작 햇수를 헤아리는 방법이 바뀐 것이 뭐 그렇게 큰 변화길래 그때 그런 일이 그렇게 많이 생겨났나 싶을 수도 있을 것이다. 그렇지만 원인과 결과가 반대였다. 잔기 연도가 시행된 그 무렵이야말로, 가장 많은 사람이 충격에 적응하지 못하던 때였다. 그러니까 잔기 연도를 시행했기 때문에 충격받은 사람들이 많이 생겨난 것이 아니라, 충격받은 사람들이 많이 생겨나던 때에 잔기 연도를 시행한 것이다.

잔기 연도라는 것은 햇수를 헤아릴 때 지구가 없어질 때까지 남은 기한으로 셈하는 것이다. 그러니까 다시 짚어 보자면, 지금 내가 이야기하는 잔기 86년이란 것은 그때로부터 86년이 지나면 지구가 없어진다는 뜻이다.

감마선 초폭발 때문에 태양이 폭발하고 지구가 단번에 휩쓸려 없어지는 것이 바로 86년 후다. 그렇다면 지금은 잔기 86년이다. 그리고 그로부터 1년 후는 잔기 85년이 되고, 1년 전은 잔기 87년이었다. 잔기 협약으로 전 세계에서 동시에 잔기 연도를 시행한 것은, 세상 모든 사람이 바로 86년 후면 지구가 사라진다는 것을 항상 마음에 두고 살게 하기 위해서였다. 그리고 거기에 맞춰 세계의 모든 제도를 바꾸자는 것이었다.

바로 그 '86년 후면 무슨 짓을 하든지 그때는 이 지구가 통째로 모두 사라져 없어진다'는 사실을 견디지 못하는 사람들이 바로 잔기 연도 시행 무렵에 가장 많았다. 하기야 '그 무섭고 슬픈 일을 굳이 항상 되새기며 살아야겠냐'고 잔기 연도에 반대하는 사람들은 그 전부터 있었다.

그리고 잔기 연도 시행 이후에 제도가 바뀌어 나가는 동안 그런 사실을 견디지 못하겠다는 사람들은 한동안 점점 더 많아졌다. 그런 사람들은 서기 연도는 해가 지나갈수록 숫자가 커지지만, 잔기 연도는 시간이 지나면 숫자가 작아진다는 점에서부터 불만을 느꼈다. 점점 줄어들어 0으로 나아가는 숫자는 소멸과 멸망의 느낌을 주어, 희망을 못 품게 한다는 것이었다. 그때 내가 다니던 학교의 수학 선생님 한 사람도 그런 소리를 했다. 노인들이 나이가 많아질수록 커지는 숫자로 나이를 말하던 옛 풍습이야말로 죽음에 가깝게 다가갈수록 오히려 성취감을 느끼게 하자는 옛사람들의 지혜라면서, 잔기 연도는 그 반대라고 욕을 했다.

주위에 그런 사람이 좀 많았기 때문인지, 그때 나도 발작성 히스테리를 한 번 겪었다. 세상이 폭발해 없어진다는 사실을 정신이 견디지 못한 사람들이 겪는 증세였다. 갑작스럽게 슬픔, 두려움, 무기력함 같은 느낌이 덮쳐 왔다. 그 느낌들이 단단하게 뭉쳐져 있는 하얀 빛 덩어리 비슷하게 되어, 하늘에서부터 내려와 온몸을 때리고 뚫고 나가는 것 같았다. 온몸이 날카로운 소리에 가죽이 떨리는 것처럼 빠르게 떨렸고, 벌린 입으로는 눈에서 나오는 눈물이 계속 쏟아져 들어갔다. 그것이 바로 눈부시게 태양이 밝아지면서 폭발해 버리고, 거기에 휩싸여 온 땅이 모조리 녹아 없어지고 세계가 다 끓어 오르는 시간의 느낌 같았다.

그렇지만 그녀를 만난 그 해만 해도 잔기 86년이었다. 그것은 아직 86년이나 남아 있다는 사실을 항상 알려 주는 것이었다. 사람들은 어떻게든 준비하고 있었다. 나도 치료를 받자 빠르게 회복되었다. 감정의 혼란에서 돌아오니 마음을 굳힐 다른 방법들도 여럿 준비되어 있었다. 경제 제도와 사회체제가 모두 86년 남은 시간에 맞추어 바뀌어 있었다. 하다못해, 아름다운 얼굴을 한 가수들이 몰려나와 부르는 노래들도 모두 새로 나온 'R&F 형식'의 노래였다. Relax & Forget, 느긋하게 행동하면서 무서운 일은 잊고 살자는 기분을 퍼뜨리기 위해서 곡조와 가사가 계산된 음악 장르였다.

나 같은 사람들이 무서워서 울다가 자빠지는 동안, 다른 사람들이 세워 놓은 대책이 얼마나 명확한 것인지도 곧 알게 되었다.

잔기 연도가 시행된 후로, 세상에 적색 경제가 시작되면서, 더 이상 세상 모든 사람이 아이를 낳지 말자고 약속하고 있었다. 그것은 새로운 가족 계획법이었다. 가족을 더는 만들지 말자는 가족계획. 이제 새로운 사람들이 태어나지 않는다면, 태양이 폭발할 때 이 지구에 남아 있는 사람들은 거의 없을 것이다. 있어 봐야, 장수한 노인 몇 명 정도이지 않을까. 그렇게 해서 자손을 남기지 않기를 스스로 약속하는 방법으로, 세상이 사라지기 전에 인간이 먼저 모습을 감추겠다는 계획이었다.

이 약속은 곧 강제 규제가 되었다. 세상 아무도 아이를 낳아 기르지 못하게 했다. 그렇게 하면 세상이 망할 때 갑작스럽게 끊겨 없어지는 젊은 인생도 없고, 지구가 불탈 때 그 재난을 맞이하며 최후의 고통을 겪어야 할 어린이도 없게 된다는 것이었다. 남아 있는 사람들은 그때가 되기 전까지 나름대로 편안하고 행복하게 별다를 것 없이 한평생을 살며 남은 시간을 보내면 된다. 그렇게 자손을 남기지 않는 방법으로 우리가 자발적으로 멸종을 맞는다면, 그 후에는 텅 빈 지구가 불길에 녹아 없어질 때도 괴로워할 사람은 없다는 생각은 모두를 안심시켰다.

잔기 연도와 적색 경제의 시행은 확실히 그때를 준비할 수 있는 가장 좋은 선택으로 보였다. 세상은 오히려 오래간만에 어느 때보다 안정되었다. 태양 폭발 연구와 관련된 사건도 사고도 빠르게 줄어들었다. 발작성 히스테리 같은 정신 질환에 걸리는 사람들도 거의 사라졌다.

굳이 캐내 보자면, 그때까지도 반대하는 사람들이 없지는 않았다. 남아 있던 잔기 연도 반대 단체의 사람들은 다른 의견을 갖고 있었다. 사람들의 마음이 이제 가라앉은 것은 속임수라고 했다. 정부에서 조직적으로 사람들을 진정시키고 다들 조용히 늙어 죽어가게 하려고, 음식과 수돗물에 마약을 풀고 있기 때문이라고 그들은 주장했다. 그러나 대부분의 사람이 보기에 제정신이 아닌 것으로 보이는 쪽은 정부 쪽 사람들이 아니라 그 사람들이었다.

나중에 그녀와 좀 더 친해진 뒤에 나눈 이야기지만, 그녀는 이 모든 것이 지구에 남은 시간이 오묘하게 적당한 길이이기 때문이라고 했다.

"만약에 일주일 후나 한 달 후에 지구가 녹아 버린다는 사실을 알게 됐다고 해 보세요. 충격받은 사람들이 길거리에 몰려나오거나, 세상이 없어지기 전에 하고 싶은 일을 하겠다고 행패 부리거나 난동 부리는 사람들이 아주 많았을 거라고요. 그렇다고 내일이나 세 시간 후에 태양이 터진다는 사실이 밝혀졌다면 제대로 알고 뭘 하기도 전에 다들 타 죽을 것이고.

뭐 한 사백 년이나 이천 년쯤 후에 지구가 망한다면 아직 나중의 일이라고 생각하고 또 별 변화가 없었겠죠."

그녀는 사람의 한평생과 비슷한 기간이 남겨진 것이야말로, 세상 모든 사람이 세상에서 편안하게 사라질 준비를 하기에 딱 맞는 조건이라고 말했다. 너무 적은 시간이 남아 있더라도, 너무 많은 시간이 남아 있더라도, 이렇게 깨끗하고 편안하게 사람들이 세상에서 사라질 수는 없을 거라고 했다.

차분하게 이야기하는 그 모습을 보면, 역시 그녀는 세상의 멸망에 대한 생각 때문에 이상한 것을 본다거나 할 사람 같지는 않았다.

더군다나 그녀는 세대론으로 봐도 더더욱 발작성 히스테리를 겪을 이유가 없는 사람이었다. 그녀는 나이가 어렸고, 새로운 세대 구분 기준으로 보면 나 다음 세대에 태어난 사람이었다. 이미 어릴 때부터, 잔기 연도에 맞춰 돌아가고 있는 세상에서 자라나 거기에 맞는 교육을 받으며 자라난 사람이었다.

내가 전기나 민주주의를 당연하게 여기는 것처럼, 그녀는 86년 후에 지구가 없어져 버린다는 사실을 당연하게 여기며 살고 있었다. 비교할 만한 예를 들자면 이런 것이다. 중세시대 사람에게는 태양이 지구 주위를 돌지 않는다거나, 조상 묏자리를 아무렇게나 써도 아무도 저주받지 않는 사실이 대단히 충격적일 것이다. 그러나 그런 사실이 나에게는 아무것도 아니듯이, 그녀에게 86년 후에 세상이 끝난다는 것도 가벼운 일이었다.

2

　그날 밤에 우리는 갈비집 문 앞의 가까운 편의점 의자에 앉아 이야기했다. 우리 둘 다, 고기 굽는 연기를 내뿜어내려고 악착같이 통풍 기계가 돌아가고 있는 갈비집 안으로 당장 들어가고 싶지는 않았다. 그때가 아니라 언제였더라도 나는 공무원들과 친해지기 위해 재미없는 농담에 재미있게 웃어 주는 경쟁을 하며 앉아 있는 것은 싫어했다.

　그러나 그녀와 함께 앉아 있고 싶었던 이유는 고깃집으로 돌아가기 싫다는 것뿐만은 아니었다. 지금 고백하자면, 나는 그날 저녁부터 이미 그녀에게 빠져 있었던 것 같다.

　그녀는 편의점 테이블에 다 쓴 주사기를 내려놓았다. 알코올 분해 보조제였다. 술을 잘 마시지 못하는 사람들이 술자리에서 오래 버티기 위해서, 몸에 주사하는 약물이었다. 재작년까지만 해도 불법이었는데, 적색 경제에서는 어쩔 수 없지 않냐는 의견으로 합법화되어, 이제는 편의점에서도 팔리는 주사약이었다. 그 약도 바로 우리가 앉아 있는 편의점에서 산 것이었다.

　그녀는 그런 이상한 커다란 손을 본 이유는 바로 이 주사약 부작용 때문이 아니겠냐고 말했다. 나는 부작용 없는 약으로 검증되었기 때문에 널리 팔리므로 그건 아닐 것 같다고 대답했다. 그녀는 그러면 소주를 마신 것 자체가 문제일지도 모른다고 했다. 아무리 주사약이 술을 못 마시는 사람의 몸속에서도 빨리 알코올을 분해해 준다고 해도, 분명히 술을 마신 만큼 무슨 영향이든 끼칠 거라고 했다.

지금이야 좀 달라졌지만, 그때만 해도 적색 경제 초기라, 회사원들은 어떻게든 공무원들을 찾아가서 친해지려고 별별 방법으로 애를 써야 했다.

그때는 공무원들이 모든 일을 다 붙잡고 있는 세상이었다. 잔기 연도가 시행된 후로는 어쩔 수 없이 산업과 경제가 달라져야 한다는 것까지는 다들 이해하고 있었다. 아이들이 태어나지 않는 세상이었기 때문에, 산후조리원에서 분유 회사까지 많은 업체가 모두 영업을 중단하고 망할 수밖에 없었고, 이제 차차 유치원, 초등학교, 중학교도 점차 차례로 사라져야 했다. 망한 회사들의 실업자들이 걸인으로 길거리를 배회하거나 그 때문에 생길 경제 위기로 주식 시장이 무너지는 것을 막으려면, 어떻게든 정부가 나서서 돈을 쓰거나 돈을 거두어들여야 했다.

그날 그녀는 이렇게 말한 적이 있었다.

"전쟁 나면, 왜 정부가 어쩔 수 없이 물자도 강제 분배하고 공장도 통제한다고 하잖아요. 이게 딱 전쟁 났을 때 꼴이랑 비슷하죠, 뭐. 86년이 지나면 분명히 끝나는 전쟁. 세상 모든 나라가 다 패망하는 전쟁인 거지."

공장의 가동이나, 물자의 생산, 사람들의 취업과 해고를 대부분 정부에서 통제하는 것이 적색 경제의 핵심이었다. 그것은 공산주의가 아니냐고 소리치는 사람도 있기는 했다. 아닌

게 아니라, 공산주의 시절의 계획 경제를 연구했던 학자들이 갑자기 다시 인기를 끌던 때였다.

이상한 나라의 독재 정권에 붙어서 정부 찬양하는 데에만 애쓰며 묻혀 썩어 가던 관료들이 갑자기 자기야말로 계획 경제의 전문가라고 나서면서 대접받는 일도 많았다. 그녀는 농담 하나를 들려줬다. 그 꼴을 보고, 정치인 하나가 지금 세상이 망하는 마당에 빨갱이 놀음이나 하고 있냐고 화를 내자, 다른 정치인이 아닌 게 아니라 세계의 공산주의자들이야말로 누구보다도 모든 것이 망해 본 경험을 가진 선배들이라고 대답했다고 한다.

나는 그녀에게 이제는 정말 괜찮은 것 같냐고 몇 번이나 더 물어보았다. 그녀는 아무것도 이상한 것은 안 보인다고 했다. 우리는 다시 가게 안으로 같이 들어갔다. 그리고 구워 놓은 소고기를 집어 먹고 있는 공무원들 곁에 앉았다.

그 무렵에는 달리 방법이 없었다. 모든 돈이 다 공무원 손에 달려 있었다. 태양의 활동을 조사하는 데에 돈을 얼마나 더 써야 하는 문제부터, 병원에서 소아과를 폐지하는 시점에 대한 문제까지, 멸망을 앞두고 고민해야 할 일들은 너무 복잡하고 끝없이 많았다.

그런데 이 모든 일을 결정해야 하는 공무원들의 이해력에는 한계가 있었다. 사실대로 이야기하자면, 대부분의 결정은 당시 배치된 공무원이 이해할 수 있는 범위가 아니었다. 어쩔 수 없이 공무원은 그냥 조금이라도 친한 사람에게 일을 맡기는 수밖에 없었다. 그러니 일을 따내기 위해 모든 업자는 항상 어떻게든 조금이라도 공무원들과 친해져야 했다. 뇌물을 쓰거나 협박을 하지 않고 친해지려면, 저녁 식사라도 부지런히 같이하는 수밖에 없었다고 믿었다. 다른 매끄러운 정보 교환과 사교 방법에는 아직 다들 익숙하지 않은 때였으니, 주사약을 맞아 가면서라도 따라 주는 술은 마셔야 했다. '자기 분야가 얼마나 의미 있는 것인지 느낌을 전하는 것도 능력이다' 라면서 그런 친해지기 경쟁을 묵인했다.

그날 우리는 결국 한팀이 되어, 인재 평가 사업을 맡은 담당 공무원과 친해지는 데 성공했다. 그녀는 그 밤이 끝나기 전에 주사약을 한 대 더 맞았지만, 커다란 손의 모습은 다시 보지 않았다.

그녀가 두 번째로 하늘에서 내려온 거대한 손을 본 것은 한달 정도가 지나서였다.

3

한 달 후, 우리는 계획했던 대로 공동 연구팀이 되어, 담당 공무원으로부터 인재 평가 사업을 따낸 상태였다. 우리 사업이란 것은 반드시 사회에서 효율적으로 활용되어야 할 인재라는 사람들을 찾아내고, 그 사람이 적합한 일자리에서 정당한 대우를 받으며 일하고 있는지 점검하는 일이었다. 일단 그녀 자신부터가 그 대상이었고, 내가 그녀를 점검했다. 그녀는 적합한 일자리에서 놀라운 효율로 일하고 있다는 점검 결과가 나왔다.

점검하는 데 시간이 1년은 걸릴 만한 숫자의 사람들을 그녀는 보름이 지나지 않아 다 살펴보았다. 짧은 경력에도 불구하고 연구 책임자를 맡을 정도로 특별한 사람이라고 듣긴 했지만, 그 정도로 실력이 뛰어날 줄은 몰랐다.

나는 그렇게 일을 잘할 수 있다면, 쉬엄쉬엄하면서 일하는 척 놀며 시간만 보내도 되지 않겠냐고 그녀에게 물었다. 그러나 그녀는 그렇게 시간을 낭비해서는 안 된다고 끊어 말했다. 그녀가 잔기 연도가 시행된 이후의 세대이기 때문에 마음속 깊은 곳에서부터 사고방식이 인류에게 남겨진 시간을 아끼는 방향으로 철저히 잡혀 있는 건가, 나는 짐작했다.

그녀는 "사람 중에는 항상 특이하고 별난 사람이 있어요. 이렇게 사람을 대상으로 하는 일에서는 그런 사람들이 '예외'거든요. 그런 예외에 시간이 얼마나 걸릴지 모르기 때문에, 빨리 처리할 수 있는 일은 최대한 빨리 처리해서 별난 사람을 처리할 시간을 벌어 놓는 게 맞죠."라고 대답했다.

그녀의 말은 맞았다. 우리는 곧 예외에 부딪혔다. 우리의 예외는 광학자였다. 그것도 광학자들 중에 세상에서 가장 유명한 사람이었다.

그는 마흔한 살이었고, 원래 방해 전파를 다루는 연구소에서 일했는데 육아 휴직을 마치고 오니 원래 일하던 자리가 없어져 재미없는 허드렛일거리를 맡아 하게 된 연구원이었다. 그 허드렛일거리를 맡은 광학자가 유명해진 이유는 최초로 감마선 초폭발을 발견한 사람이 되었기 때문이었다.

광학자가 처음 알아낸 것은 감마선 초폭발이라는 현상이 멀지 않은 시기에 지구까지 영향을 미친다는 것 정도였다. 그것만 해도 굉장한 소식이었지만, 처음에는 그냥 그때가 되면 라디오에 잡음이 더 생긴다거나, 와이파이 신호가 좀 덜 잡힌다거나 하는 정도의 일이라고만 생각했다. 몇 달이 지나지 않아서 예상된 감마선 초폭발이 동물을 즉사시킬 정도로 강한 방사선이 쏟아지는 것일 수도 있다는 사실이라는 것이 밝혀졌다. 거기까지도 감마선 초폭발은 서로 더 신기한 연구 결과로 경쟁하려는 학자들끼리의 흥밋거리였다.

그러나 그렇게 경쟁하던 두 팀의 학자들이 동시에 감마선 초폭발은 태양의 핵반응을 변화시킬 강도라는 것을 알아냈다. 이어서 그 영향으로 태양이 폭발하고 태양계가 사라질 수도 있다는 결과까지 계산해 냈다. 그렇게 되자, 본격적으로 지구의 멸망에 대해 인터넷 신문 기자들이 기사를 올리기 시작했고, 하루 이틀 사이에 감마선 초폭발은 가장 인기 있는 화제가 되었다.

내 기억에 우리나라 기자들은 그것과 또 조금 달랐다. 그때 우리나라 기자들은 일단 이렇게 외국에서 화제로 삼는 발견을 해낸 사람이 바로 우리나라 사람이라고 어떻게든 자랑하는 데 골몰하고 있었다. 그때 그게 도대체 무슨 뜻인지 제대로 알고 말하는 사람이 드물었다. 그저 한국의 광학자가 굉장히 대단한 발견을 해냈고, 그게 한국인의 저력이라거나, 쇠로 된 젓가락을 쓰도록 어릴 때부터 가르치는 문화 때문에 그런 발견을 해냈다는 둥 하는 이야기를 통찰력 있는 분석이라며 계속 기사를 낼 뿐이었다.

광학자가 직접 쓴 글로 감마선 초폭발과 그 영향을 알린 뒤에도, 한동안 올라오는 기사들은 계속 그랬다. 광학자는 이 현상이 정말로 일어나게 되면 태양이 폭발할 것이고, 그러면 모두 죽게 된다고 분명히 말했다. 그는 별 어려운 말도 쓰지 않고 그냥 그렇게 말했다. "모두 죽습니다." 그런데 그래도 그 내용에 신경을 쓰는 사람들보다, 이제 한국인 최초로 무슨 상을 받는 사람이 생길 거라는 둥 하는 이야기만 했다. 이웃 나라에서 폭동을 대비한다고 군대를 출동시키고, 보도를 통제한다면서 보안 요원들을 방송국마다 내려보낼 때쯤이 되어서야, 겁먹는 사람들이 생겨났다.

통제 상태에서 여러 나라 간의 합동 연구가 진행되었다. 과연 감마선 초폭발이 실제로 일어날 확률이 얼마나 되며, 감마선 초폭발이 일어나면 그 때문에 태양의 핵반응이 영향을 받을 가능성이 얼마나 되는지 밝혀내는 것이 연구의 목표였다.

이미 둘 다 가능성이 꽤 크다는 것은 어느 나라건 알고 있었다. 그렇지만 그래도 확률이 20퍼센트나 30퍼센트 정도라면, 지구가 없어지지는 않을 것 같다고 말은 할 수 있을 것이었다. 확률이 50퍼센트나 60퍼센트라고 해도, 확률이 낮다고 일단 거짓으로 말하면서 사람들을 안심시킬 수도 있을 거로 생각했다. 지구가 없어질 확률이 설령 80퍼센트나 90퍼센트라고 해도, 혹시 살아남을지도 모른다는 희망은 걸 수 있을 거로 생각했다.

연구 결과가 나오는 동안, 확률에 따라서 어떤 조처를 해야 할지 토론도 같이 이루어졌다. 확률이 5퍼센트라면 어떻게 해야 하나? 그 정도면 얼마 안 되는 작은 숫자니 그저 없던 일이라고 다 같이 잊어버리면 되는 일일까? 하지만 5퍼센트면 스무 번에 한 번꼴이고, 몇십억이나 되는 사람의 목숨을 걸기에는 너무 커 보이기도 했다.

그렇지만 우리는 1퍼센트나 5퍼센트일 때 얼마나 무서워할지 고민할 필요는 없었다. 결과를 얻는 데 긴 시간이 걸리지는 않았다. 감마선 초폭발이 일어나고, 그 때문에 태양이 터져 버릴 가능성은 100.0퍼센트라는 계산이 나왔다.

그러고 나서야 본격적으로 한국인들은 두려워하기 시작했다. 정부에서는 최고의 전문가들을 모아서 '만전을 기해 대응하고 있다'고 이야기했지만, 전문가라는 사람을 모아 봐야 감마선 초폭발에 대해 잘 아는 사람도 없었고 더 구체적인 문제인 유도 핵반응에 의한 태양 폭발에 대해 아는 사람은 더더욱 없었다. 그 광학자조차, 우연히 그 단초가 되는 현상을 발견한 사람이었을 뿐이지 자세한 내용을 연구해 온 사람이 아니었다.

그런데도 어정쩡하게 비슷한 분야를 연구한 학자들은 텔레비전에 나와 닥치는 대로 떠들며 사람들을 안심시켰다. 그때 그 학자 중에 한 사람이 지금 내가 일하는 회사의 사장이다.

사장이 그 일을 이야기한 적이 있었다. 그 자신은 그때 자기 행동에 분명한 이유가 있었다고 주장했다.

"정부에서 안심시키는 이야기를 해 달라잖아. 그런데 안 한다고 버틸 도리가 있어요? 대충 '과학적으로 따져 봤을 때', '전문가들이 보기에', 뭐 그런 말 좀 섞어서 안심하라고 이야기해 줘야지. 그 참에 텔레비전에 얼굴도 좀 들이밀고, 이름도 알리고 그러는 거지 뭐. 그런 기회가 어디 쉽게 오나.

그리고 그 감마선 초폭발이라는 게 그렇잖아요. 그냥 '감마선 초폭발 일어나도 별일 없습니다. 감마선 맞으면 피부 약한 사람들이 피부암 좀 더 걸리는 정도입니다.' 이 정도 말하는 거로 때우고 나서, 정말로 별일 없으면 국민을 안심시킨 훌륭한 과학자로 다들 모셔 주겠지. 만약에 반대로 감마선 초폭발이 심해서 진짜 태양계가 다 날아간다고 해봐요. 태양계가 터지는 마당에 뭐 내가 말 잘못 했다고 따지는 사람 있겠어요?"

그녀에게 내가 사장 이야기를 해 주었을 때, 그녀는 그것은 사기꾼이나 다름없다고 비난했다. 나도 사장이 정직하지 않았다는 데는 동의할 수 있었다. 그렇지만 그게 얼마나 사악한 죄였는지는 아직도 잘 모르겠다. 사장은 매번 말했다. "그때 사람들 안심시킨다고 아무것도 모르면서 시키는 대로 괜찮다 괜찮다 떠들었던 사람들이 한둘인가."

사장 같은 사람들이 텔레비전에 나와서 허튼소리를 하던 시절이 지나고, 감마선 초폭발이 일어나면 모든 사람이 다 죽을 수밖에 없다는 주장이 더 선명하게 확인된 뒤에도, 정부에서는 자꾸 그 사실을 부정하는 새로운 이론을 가진 학자들의 연구에 돈을 대어 주었다. '지금 학자들의 계산은 정밀하지 못한 점이 있으므로 계산 방법을 개량해서 정확히 계산해 보면, 태양이 폭발할 가능성은 얼마 되지 않을 것'이라고 주장하는 학자들이 있었다. 그런 사람들은 누구나 쉽게 연구비를 따낼 수 있었다.

이미 가장 정확한 결과가 나와 있었는데도, 정부에서는 자꾸 다른 연구 결과를 듣고 싶어 했다. '사실은 세상이 망하지 않을 것이다'라고 듣기 좋은 주장을 떠벌려 주는 연구 단체들은 아무리 실력이 떨어지고 허황된 소리를 하는 곳이라도 쉽게 지원금을 벌었다. 한 미국 천문학자가 섭씨온도를 화씨온도로 착각하는 계산 실수를 해서 '폭발이 일어나지 않는다'는 결론을 얻은 일조차, 하루아침에 세계의 화제가 되어 영웅처럼 숭배받는 소동이 되었다. 자신이 상대성 이론이나 초끈 이론을 능가하는 새로운 이론을 발견했으며 그에 따르면 절대 지구는 멸망하지 않는다고 주장하는 미치광이조차 연구비를 따내던 시절이었다.

그런 일이 한두 번이 아니었다. 꼭 정부가 아니라, 회사나 다른 부자들도 비슷했다.

사람들에게 희망을 주는 차세대 이론을 지원한다면서 평생 모은 전 재산을 털어 지구가 멸망하지 않는다는 연구를 하는 학자에게 바치는 부자의 이야기는 아름다운 사연으로 칭송되었다. 사람들 사이에, 지구가 멸망한다고 겁을 주는 것은 세상 모든 것을 정부가 통제하고 장악하려는 음모라는 의견도 아주 인기 있었다. 그중에서도 강대국의 권력자들이 세상을 노예로 만들기 위해 이런 연구 결과를 퍼뜨린다는 말과, 공산주의자들이 기업과 개인을 통제하기 위해 이런 연구 결과를 퍼뜨리고 있다는 말의 비중은 비슷했다.

심지어 전 세계의 대부분이 적색 경제로 통제되고 있는 지금까지도, 몇몇 부자들은 끈질기게 언젠가는 다른 결론을 얻을 거라고 기대하며 엉뚱한 연구를 하는 회사에 돈을 대고 있었다. 그러나 다행히도 이제 대부분의 사람은 더 이상 미련을 두지 않는다. '지구가 멸망하지 않는다는 결론을 주는 연구'들이 하나둘 실패했고, 그 실패 결과 발표가 계속 이어지자, 그 바람이 가라앉았다.

광학자의 자료와 행적은 그 무렵까지는 잘 찾아낼 수 있었다. 그녀는 그때까지 광학자가 공헌한 일의 가치와, 그에 걸맞은 직장과 대우를 받았는지 조사하여 정리할 수 있었다. 이제, 그 이후부터 지금까지 광학자의 행적에 대해서도 같은 방식으로 정리해 내면, 우리 일은 끝이었다.

그런데 광학자에 대한 자료가 그 뒤로 잘 보이지 않았다.

4

광학자에 대한 자료가 없어진 것은 사기꾼 대유행 때부터였다. 그러니까 감마선 초폭발을 대부분 받아들이게 된 뒤부터, 적색 경제가 시행되기 전이었다. 그즈음 광학자는 사회에서 사라졌다.

"사기꾼 대유행 때는 별별 이상한 소리 믿는 사람들이 엄청 많았잖아요. 광학자, 이 사람도 그런 소리 잘못 믿고 엉뚱한 데 돈 쓰다가 확 망해버린 거 아닐까요?"

나는 그때 벌어졌던 무서웠던 일들을 잘 기억하고 있었다.

감마선 초폭발이 일어나더라도 몇몇 부자들은 그 재난을 피할 방법을 찾아냈다는 소문은 당시 아주 인기 있었다. 몇십억 원을 주고 어느 나라에서 파는 금고같이 생긴 것을 지하 깊숙한 곳에 설치해 놓으면, 감마선 초폭발이 일어나도 그 안에 숨을 수 있어서 안전하다는 식의 이야기였다. 그 소문 덕에, 몇십 년 전에 유행해서 쓸모없는 고철인 줄 알았던 핵전쟁용 지하 대피 시설을 갖고 있던 국제 고물상은 재빨리 비싼 값에 낡은 물건을 팔아먹어 큰돈을 챙기기도 했다.

부유한 사람들이 커다란 대피 시설을 만들고 그 안에서도 편안하게 지내겠다고 설비를 만드느라 돈을 쓸 동안, 가난한 사람들은 더 허황된 일에 돈을 썼다. 빛을 잘 반사하는 알루미늄판으로 간단하게 조립하는 텐트형 대피 시설이 그래도 쓸만하다고 많이 팔리기도 했고, 어릴 때부터 꾸준히 피부에 발라주면 방사선을 잘 견디게 된다는 도마뱀 비늘 추출물 연고 따위가 팔리기도 했다. 나도 아버지께서 그 연고를 사 오셔서, 온 가족이 매일 아침 몇 달간 무슨 삼년상 젯밥 올리듯이 꼬박꼬박 열심히 그걸 바르던 일이 기억 난다.

그러나 잔기 0년이 되면 일어나는 일은 태양이 깨져서 태양계가 전부 녹아서 조각나는 것이었다. 지하로 숨는다거나 연고를 바른다고 해서 피할 수 있는 일이 전혀 아니었다. 그런데도 별별 사기꾼들이 다양하게도 많았다.

부자들만 지하 대피소에 들어가서 살아남으라는 법이 있냐며, 중산층끼리 돈을 모아서 아파트형 지하 대피소를 지을 테니, 그 분양권을 사면 대피소 내에 테니스 코트와 수영장까지 있는 곳에서 지낼 수 있다는 텔레비전 광고가 있었다. 그런가 하면, 생각보다 지구가 많이 파괴될 수도 있으니까, 땅속 싶은 곳에 냉동된 상태로 당신과 당신 가족을 저장시켜 두었다가 1천 년이나 1만 년쯤 지나서 지구가 회복된 뒤에 깨워 주는 기술을 개발하겠다면서 돈을 투자받는 사업가도 있었다.

그중에서도 가장 기가 막혔던 사람은 외계인에게 메시지를 보낼 통신 장치를 만들겠다는 사람이었다. 그 사람은 태양계가 통째로 사라지는 이런 거대한 위기는 결코 우리 인간의 힘으로는 극복할 수 없다고 했다. 그 방법은 우주 어딘가에는 있을, 기술이 우리보다 훨씬 더 발달한 외계인에게 구조요청을 하는 것뿐이라고 했다. 그 사람은 자기에게 투자를 하면, 가장 외계인들에게 쉽게 발견될 만한 통신 신호를 우주 곳곳으로 보내는 설비를 만들겠다고 했다. 지금은 다들 부끄러워서 숨기고 있지만, 꽤 많은 나라의 정부에서도 이 회사에 돈을 대었다고 기억한다.

얼마 전에 그녀와 나는 식당에서 그 사람이 나오는 방송을 같이 보았다. 그 방송에서 이 사람은 돈이 다 떨어졌는지, 요즘에는 전파 신호를 보내는 일이나 물질적인 설비에 집중하지 않고 있다고 밝혔다.

그런 말을 하면서도 그 사람은 태연스러웠다. 그 사람은 진정으로 기술이 아주 발달한 외계인이라면, 전파 신호를 해독하는 것보다도 멀리 있는 다른 지성체의 감정과 의식을 직접 텔레파시로 느낄 수 있을 거라고 지껄였다. 그러면서 자기와 자기 부하직원들이 다 같이 모여서, 정신을 집중하고 온 세상 사람들을 제발 구출해 달라고 어딘가에 있을 외계인에 정신력으로 호소하기 위해 날마다 명상하고 있다고 말했다.

"그때 사기꾼들이 저지른 온갖 일 중에 기록이 남아 있는 사건은 다 뒤져 봤는데, 광학자가 엮여 있는 사건은 안 나와요. 직접 그런 사건에 엮인 건 아닌 거 같은데요."

그녀는 조회 결과를 몇 가지로 나누어 설명해 주었다. 나는 그녀에게 다시 물었다.

"그러면 광학자가 갑자기 어디로 간 건데요?"

"테러 사건하고 연결된 거 아닐까 싶은데."

그녀는 사기꾼 대유행 시기 후반에 몰려 있었던 테러 사건을 언급했다.

"처음 감마선 초폭발을 찾아낸 사람이니까, 테러 목표가 된 일도 많았을 거라고요."

세상의 불행에는 반드시 책임질 사람이 있고, 그 사람을 찾아내서 벌을 줘야 한다는 생각을 하는 사람 중에는 감마선 초폭발이라는 사건의 성격을 견디지 못하는 사람도 있었다.

감마선 초폭발은 나쁜 짓을 한 어떤 죄인이나 책임지고 돈을 물거나 처벌받아야 하는 누구의 잘못으로 일어나는 일이 아니었다. 감마선 초폭발은 전쟁을 좋아하는 사람들 때문에 벌어지는 일도 아니었고, 무례하고 낯선 외국인이나 무슨 이상한 종교를 믿는 사람들의 탓으로 벌어지는 일도 아니었다. 그렇다고 해서 신자유주의 때문에, 독점 기업 때문에, 사회주의 때문에, 혹은 전통적인 가치관의 붕괴 때문에 감마선 초폭발이 일어나는 것도 아니었다. 그래서 누군가를 탓해야 하는 나쁜 사람이 있는 것이 아니다. 그런데도 모두가 다 죽을 수밖에 없다. 이런 이야기를 못 버티는 사람들이 있었다.

이 사람들은 애꿎게 감마선 초폭발을 밝혀내고, 세상이 멸망한다는 이야기를 알아낸 학자들과 그 사실을 퍼뜨린 사람들을 공격했다. 어떻게 이렇게 어둡고 절망적이고 사악한 사실을 찾아내 우리에게 보여 줄 수 있냐고, 그 죄를 물어 학자들을 습격했다.

"마침 하나 걸리는 게 있네."

그녀는 검색된 사건 하나를 지목했다.

그 자료에는 광학자가 몇 차례 방문한 적이 있는 것으로 확인된 사설 연구소 하나가 표시되어 있었다. 이 사설 연구소의 직원들이 광학자 같이 감마선 초폭발 발견과 관련된 사람들을 차근차근 추적해 찾아다닌 기록이 있었다. 그녀는 그 사람

들이 광학자를 해치려고 납치해 갔을지도 모른다고 했다. 그
게 아니라도 최소한 그 사람들이 광학자의 행방에 대해 가장
많이 알고 있을 거라고 그녀는 말했다.

그리고 그녀는 그 연구소 앞에서, 다시 하늘 가운데 나타
난 거대한 손을 보았다.

5

우리는 그녀의 뜻대로 광학자와 많이 접촉한 사설 연구소
를 찾아갔다. 어떻게 돈을 모았는지, 꽤 많은 돈이 들어간 화
려한 건물이었다. 테러리스트의 본부일지도 모른다고 생각
했지만, 걱정과 달리 일단 그곳 사람들은 정중하게 우리를
맞이해 주었다.

그 건물 앞에서 그녀가 다시 거대한 손을 보았다는 것이
너에게는 우습게 들릴 것이다. 그렇지만 그녀는 그 손의 모
습을 보고 이번에도 무서워했고, 또 놀랐다. 그 손은 세상을
한 번에 깨부술 힘을 갖고 있을 만큼 뭐든 마음대로 할 수 있
는 어마어마하게 대단하고 강한 것처럼 보였다고 그녀는 말
했다. 잠시 후 정신을 추스른 그녀는 큰 병을 앓은 사람처럼
보였다. 아마 일을 맡은 이상은 어떻게든 제 몫은 반드시 끝
내려고 하는 그 성격이 아니었다면, 거기서 일정을 취소하고
돌아갔을 것이다.

하지만 그녀는 예정되었던 대로 그 연구소에 들어가자고 했다. 나는 괜찮겠냐고 물으며 몇 번 말렸다. 돌이켜 보니, 그녀의 생각은 그때도 들어 맞았다. 그날 그 연구소에서 있었던 일 덕택에 그녀는 다시 한 번 더 그 커다란 손을 보았고, 그 후로 그게 무엇인지 알게 되었다. 나는 예상 못 한 일이었다. 너나 그녀에 비하면 한참 모자란 사람인 나는, 그때 연구소 안으로 첫걸음을 들일 때만 해도 일이 오늘처럼 이렇게 될줄은 전혀 몰랐다.

연구소 안은 옛날 가톨릭 성당이나 힌두교 사원을 닮은 듯이 지나치게 깨끗하고 아름다웠다. 하지만 한편으로는 잘 운영되고 있는 활기찬 연구 시설답게 보였다. 어디로 보나 테러리스트 소굴 같지는 않았다. 연구소의 담당 직원은 우리 같은 사람들을 안내하는 데에도 능숙했다. 자기네들은 비밀로 연구를 진행하고 있어서 적색 경제 체제에서는 매번 감사받고 점검받는 일을 겪을 수밖에 없다는 사실도 잘 알고 있다고 했다.

그 연구소에서 만들고 있는 것은 태양계 바깥으로 탈출할 수 있는 우주선이었다. 지금 기술로는 완성할 수 없었다. 가장 가까운 사람이 살 수 있을 만한 행성으로 우주선을 보내는 데도 족히 천 년은 우주선이 날아가야 했다. 천 년 동안 사람이 우주선 속에서 살 수 있게 할 만한 기술은 아직 없었고, 천 년 동안 기계를 버티게 할 만한 기술도 아직 없었다. 그렇지만 그 사람들은 86년의 남은 시간 동안 꾸준히 연구하면, 무엇인가 만들어 낼 수 있을 거라고 믿고 있었다.

그렇게 해서 혹시라도 우주선이 완성되면, 그 우주선의 한 자리를 차지해서 태양이 없어진 뒤에도 살아남을 곳을 찾아가겠다고 끝까지 희망을 품고 있는 부자들이 이 연구소에 돈을 대고 있었다.

그 연구소 사람들은 그뿐 아니라, 이렇게 우주선 만드는 일을 전 세계의 협력 과업으로 추진해야 한다고 주장했다. 우리가 찾아갔을 때도 그 주장을 버리지 않고 있었다. 그 사람들은 전 세계 정부가 합심해서 모든 인력과 돈을 다 모아서 탈출용 우주선을 개발하는 데 힘을 다 쏟아야 한다고 말했다. 정치인 중에 거기에 동조하는 사람도 있기는 했다. 그 사람들은 그저 86년 동안 조용히 살면서 아무도 아이를 낳지 않으면, 평화롭게 인간은 지구에서 다 사라진다는 방법은, 너무 '패배주의적'이라고 싫어했다.

그녀는 지겨운 표정으로 그 주제의 대화를 받아들였다. 연구소의 담당 직원도 역시 지겨운 표정으로 몇 번이나 반복했을 대화를 공손히 진행했다.

우주선 개발은 적색 경제 초기에 폐기된 계획이었다. 아무리 노력해도 지구가 멸망하기 전에 효과적으로 인간이 태양계 밖의 살 만한 곳까지 도달할 수 있는 우주선을 만들 가능성은 크지 않다는 결론이 나왔다. 설령 일이 아주 잘 풀려 만들어 내는 데 성공한다고 해도, 한두 사람, 열 몇 사람이 탈 수 있는 우주선 정도가 한계라고 했다. 아무리 긍정적으로 생각한다고 해도 오백 명 이상이 탈 만한 크기의 우주선을 만들기는 어렵다고들 했다.

사기꾼 대유행을 한 번 겪은 사람들은 그런 계획에 즉시 반발했다. 그렇게 작은 확률은 이제 믿지 않으려고 했다. 그런 막연한 일에 엄청난 비용과 인력을 쓰느니, 그 돈으로 불행하게 사는 하고많은 사람들을 조금이라도 더 도와서 다른 사람들과 함께 평화롭게 지내도록 하는 데 쓰는 게 낫다는 데 다들 찬성했다.

살릴 수 있을지 없을지도 모를 열 명의 우주선 탑승자를 위해 수백조 원의 돈을 쓰기보다는, 그 돈으로 굶주리고 병든 수백만 명의 인생을 마지막 한 세대라도 행복하게 해 주는 것이 정의로운 일이라는 것이 다수의 뜻이었다.

게다가 결국 설령 기적이 일어나 우주선이 완성된다고 해도, 어찌 되었든 우주선에 탈 수 있는 사람은 중요한 사람, 똑똑한 사람, 위대한 사람, 부유한 사람일 것이 뻔했다. 그 몇몇 사람이 살아서 지구를 떠날 수 있게 하려고, 온 국민의 인생을 윤택하게 해 줄 돈을 다 써 없앤다는 데에 찬성할 사람은 이 적색 경제의 시대에는 거의 없었다.

우리는 연구소 사람들과 다른 이야기를 하면서, 이 사람들이 광학자를 납치하거나 살해한 흔적을 찾으려고 했다. 나는 연구의 진척 상황이나 연구에 소모되는 비용을 조사했다.

이 연구소는 현재 살아 있는 사람들의 인간 복지를 위해 사용해야 할 자원을 태양계 탈출이라는 무의미한 목표를 위해 낭비한다는 비난을 듣고 있었다. 그러므로 감사를 받을 때마다 비용에 대해 특별히 많은 조사를 받곤 했다. 조사 기록이 많았으므로, 내가 따지고 파헤칠 것들도 많았다. 내가 그러고 있는 동안, 그녀는 눈에 뜨이지 않게 연구소 안에 있는 사람들의 행동과 인사 기록을 조사했다.

나는 지금 태양계 바깥으로 나가는 우주선을 개발하는 일이 진척된 정도를 살펴보았다. 연구소의 담당자는 아직 사람이 우주선을 타고 목적지 행성으로 갈 수 있는 정도는 못되지만, 긴 세월 동안 한 목표를 향해 날아갈 수 있는 기계를 만드는 기술은 어느 정도 확보를 했다고 했다.

"사람 한 명도 못 태우는 조그마한 우주선일 텐데, 86년을 더 연구하면 속도도 크기도 키울 수 있다고 확신하십니까?"

"정직하게 말씀드리면 확신은 못 하지요."

담당자는 히죽 웃었다. 담당자는 그러면서 다른 이야기를 했다.

만약 사람을 우주선에 태워서 태양계 바깥으로 보내는 데 결국 실패한다고 해도, 아주 작은 벌레나 오래오래 냉동 보존될 수 있는 미생물 하나를 우주선에 실어서 보내는 것은 그렇게 어렵게 보이지 않는다고 했다. 그렇게만 되어도, 자기들은 우주선 열 대, 스무 대를 만들어서 생명체가 살 수 있을 만한 머나먼 행성을 향해, 천 년이고 이천 년이고 날아가도록 그 미생물 하나를 태운 우주선을 쏘아 보낼 거라고 말했다.

"그렇게 되면, 사람들이 잔기 0년에 모조리 다 없어지더라도, 뭐가 되었든 지구 생명체 하나는 머나먼 다른 별에 퍼뜨릴 수 있을 겁니다. 나는 살지 못해도 내가 키우던 강아지는 살리는 느낌으로, 지구 생명체들이 모조리 다 없어지기 전에 미생물 하나라도 다른 곳에 가서 자손을 낳고 번성하게 한다면 그것도 보람찬 일 아니겠습니까?"

나는 지구에서 살던 생명의 종족을 보존한다는 것이 그렇게 중요한 것인지 반문했다. 박테리아나 세균 한두 점을 우주 멀리 보낼 돈이면, 남은 시간을 다 누리지도 못하고 일찍 세상을 떠날 가난하고 병든 사람을 몇 명이나 더 살릴 수 있겠냐고 따졌다.

그러자 담당자는 자신들의 사업이 얼마나 중요한지 다른 관점에서 이야기했다. 말을 하는 동안 담당자의 목소리는 점점 더 열의로 달아올랐다.

"이것은 어쩌면 우주의 진정한 의미일지도 모릅니다. 이게 바로 우주 규모의 진화라는 겁니다. 빙하기가 닥쳐오면, 따뜻한 곳으로 생명은 퍼져 가고, 생명을 퍼뜨리는 데 적합한 종은 살아남고 부적합한 종은 도태됩니다. 그렇게 해서 생명은 진화합니다.

감마선 초폭발은 우주에서 아주 가끔 일어나는 현상입니다. 그때마다 커나가던 생명이 한순간에 사라지는 행성들이 있었을 것입니다. 그런데 만약 그 행성의 생명 중에 한 행성에서 다른 행성으로 생명을 옮길 수 있을 만큼 발전한 생명체가 있다면, 자기네들의 생명이 감마선 초폭발로 멸종하기 전에 분명히 다른 행성으로 생명을 옮기려고 할 것입니다."

말을 하는 동안 담당자의 눈빛은 점차 흥분한 것 같았다. 격정에 빠져 점차 몽롱해지는 것 같기도 했다.

"감마선 초폭발처럼 무서운 일이 이 우주에 이렇게 일어나는 이유가 뭐겠습니까? 모든 것에는 이유가 있지 않겠습니까? 이 무시무시한 재앙에도 어떤 의미가 있는 겁니다. 저는 생명을 퍼뜨리라는 압력이 되는 것이 바로 그 의미라고 생각합니다. 바로 이 재앙이 있어서 한 생명은 온 힘을 다해서 우주의 더 먼 곳에 자기 자손을 또 퍼뜨리려고 하는 것입니다. 그렇게 해서 생명이 우주에 퍼져나갑니다. 감마선 초폭발은 생명을 퍼뜨리라는 의미가 있는 명령 아니겠습니까?

그게 아니라면, 도대체 이 많은 생명이 사는 지구에 갑자기 이런 일이 왜 갑자기 생기는 거겠습니까? 그런 의미가 아니라면 도저히 이해할 수 없는 일입니다. 그러니까 이 재난은 잔인한 저주가 아니라, 결국 우리 같은 생명을 자극해서 온 우주에 생명을 널리 퍼뜨리게 하려는 심오한 의도로 생기는 현상입니다."

담당자는 내가 그 설명에 관심을 두는 듯한 눈치를 보이자, 더욱 태도가 열렬해졌다.

그는 심지어 지구에 생명이 처음 생긴 것도 먼 옛날 이런 식으로 감마선 초폭발로 멸망하는 것을 앞둔 다른 머나먼 행성에서 작은 원시 생명체를 지구로 보냈기 때문이었을 거라고 설명했다. 그러므로 수십억 년 전 지구에 생물이 나타난 기적적인 일이 있을 수 있었던 것이고, 모든 다양한 지구의 크고 작은 생명이 같은 DNA 단위와 단백질 단위를 가지고 있는 것 역시 바로 그렇게 먼 데서 온 조상 생명체가 공통된 하나로 같기 때문이라고 말했다.

그 이야기를 듣고 나는 이곳이 테러리스트까지는 아니더라도 확실히 미친 사람들이 일하는 조직인 것은 맞는다고 생각을 했다. 그런데 그때 그녀는 조금 더 시간을 끌어 달라고 나에게 메시지를 보냈다. 나는 적당히 담당자에게 맞장구를 쳐 주면서, 그러면 가장 완성에 가깝게 다가간 기계는 어디에 있는지 보고 싶다고 말했다.

"생명체를 태우는 것이 아니고 멀리까지 가는 것도 아니지만, 그래도 태양계 밖으로 나갈 수 있는 우주선을 만들기는 했습니다."

담당자는 다른 담당자에게 나를 소개해 주었다. 그리고 그는 시험발사용 우주선이 조립되고 있는 격납고를 나에게 보여 주었다.

거기 있는 우주선은 생명체 대신에 기록을 실을 수 있는 간단한 형태였다. 금속판과 메모리 카드 형태로 자료를 저장할 수 있는 장치가 실려 있었다. 이 우주선은 태양의 폭발을 피하는 정도의 거리로 날아가는 것이 목표일 뿐으로, 어딘가 방향을 정해 살기 좋은 머나먼 다른 행성을 찾아갈 수는 없었다. 다만 태양 폭발을 피해 우주 공간을 영원히 떠돌며 버티면서, 먼 미래에 누군가 자기를 발견하기를 기다리는 것이 임무인 우주선이었다.

만일 백만 년 후, 천만 년 후에라도 혹시 기술이 발달한 외계인이 이 우주선을 발견한다면, 우주선에 실려 있는 메모리 카드를 해독해 볼 것이라고 했다. 그러면 외계인이 메모리 카드에 기록된 지구의 모습과 인간의 문화를 볼 거라고 했다.

"인간이 86년 후에 완전히 멸종해 없어진다고 해도, 우리 문화와 역사는 영원히 기록으로 남겨 놓을 겁니다. 이 메모리에 이름과 사진을 기록할 수 있는 권리를 우리는 부자들에게 비싼 값으로 팔아서 우리 연구를 계속할 자금을 조달하고 있습니다."

나는 이거야말로, 역사상 가장 무의미하고도 거대한 황금 묘비를 세우는 짓거리라고 생각했다. 그랬기에 할 말은 많았다. 나는 짐짓 한참 우주선을 칭찬하고는 궁금한 것을 물어보며 시간을 보냈다.

그러고 있으려니까, 그녀가 드디어 수상한 것을 찾아냈다고 알려 왔다.

6

그녀는 연구소를 청소하는 사람들의 업무 구역을 조사하여, 그 연구소에 사람이 항상 머물며 지내고 있는 거주 구역이 있다는 사실을 알아냈다고 했다. 그녀는 감사 권한을 내세우며, 거주 구역으로 가는 봉쇄문을 열라고 요구했다.

그녀는 드디어 광학자가 있는 곳을 찾아낸 것 같다고 했다. 나는 그 문 너머에 광학자를 가두어 놓은 비밀 감옥이 있을 거로 생각했다.

집요하게 연구소 사람들을 위협하자, 그들은 어쩔 수 없이 봉쇄문을 열었다.

우리는 봉쇄문이 열리는 것을 보며, 그 안에는 굶주린 사람이 괴로워 소리를 지르고 있는 더러운 감옥이 있고 거기에 광학자가 이 미친 조직 사람들에게 붙잡혀 있을 거라고 상상했다.

그런데 문이 열리자, 막상 나타난 것은 눈이 아플 정도로 깨끗하고 아름다운 커다란 공간이었다. 신성해 보이는 갖가지 아름다운 조각과 그림으로 장식된 그곳은 넓은 방과 작은 통로들이 연결되어 있어서, 마치 커다란 학교를 빌딩 속 실내 공간에 숨겨 놓은 것처럼 보였다.

몇 걸음 더 그 중앙으로 걸어 들어가자, 갑자기 수십 명의 어린아이가 나타났다. 그렇게 어린 사람들을 본 지 오래였다. 적색 경제 시행 이후로 새롭게 태어나는 아이들은 없었기 때문에, 실제로 어린아이들을 보는 것은 정말 오래간만이었다. 웃고 떠들며 뛰어다니는 그 아이들의 모습은 천사들이 모여 있는 것처럼 보였다.

그리고 그 사이에서 광학자가 나타났다. 그는 더없이 건강한 얼굴이었고, 그가 나타나자 주변의 다른 모든 연구소 직원들은 두 걸음씩 뒤로 물러나며 고개를 숙였다.

"비용 감사는 완벽하게 피하는 방법을 알았다고 생각했는데, 인력 감사를 하는 분들이 오실 줄은 몰랐네요."

그 말이 광학자가 우리를 환영하는 인사였다. 그 말을 할 때 광학자는 아직 희미하게 남아 있는 정부출연연구소의 연구원다운 모습을 보였다.

광학자는 연구소의 숨겨져 있는 지역에 대해 우리에게 솔직하게 설명했다. 이 연구소의 사람들이 광학자를 데려온 것은 맞지만, 이 사람들이 광학자를 미워해서 괴롭히거나 죽이려고 한 것은 아니었다. 오히려 그 반대였다.

이 사람들은 광학자야말로, 역사상 가장 위대한 예언자라고 생각하고 있었다. 모든 인간이 완전히 멸종한다는 소식을 가장 먼저 세상에 전한 사람이 광학자였고, 그러므로 광학자는 태초부터 정해진 뜻에 따라 극히 중요한 말을 전하기 위해 선택된 사람이라고 이 사람들은 믿고 있었다.

그랬기 때문에 연구소 사람들은 광학자를 선택된 단 한 사람으로 떠받들며 복종하고 있었다.

"여기 있는 이 많은 어린이는 다 뭡니까?"

내가 광학자에게 물었다. 광학자는 적색 경제가 시행된 이후에도 혹시 제도권 바깥에서 태어난 아기가 있거나 누가 불법으로 출산해서 태어난 아이들이 생기면, 보통 동의를 얻어 자기가 운영하는 격리시설에서 아이들을 받아 양육하게 된다고 설명했다.

나는 놀랐다. 잔기 0년이 되어 지구가 멸망할 때, 지금의 어른 대부분은 이미 늙어 죽어 세상에 없겠지만, 이 아이들은 아직 살아남은 수명이 많은 채로 살아 있을 것이다. 광학자가 먼저 내 생각을 짐작하고 말했다.

"이 아기들이 한참 수명이 남아 있는데 갑자기 태양이 터져서 다들 불타면 얼마나 괴롭고 무섭겠어요?"

광학자는 그래서 이 아이들에게는 특별히 아주 어릴 때부터, 초연하게 죽음을 맞이하는 방법, 미련 없이 평화롭게 세상의 끝을 대처하는 방법에 대해서 집중적으로 가르친다고 설명했다. 항상 그 사실을 주입하고 마음을 평안하게 갖도록 아주 어릴 때부터 훈련한다고 했다. 그런 사실을 가르치기 위해서, 평온하게 세상을 떠난 수많은 노인의 사례를 수집하고 연구해서, 세상이 망하는 것을 두려워하지 않고 맞이하도록 마음을 먹는 세세한 습관과 태도를 가르친다고 말했다.

그녀는 그곳에서 우리 주변에 모여든 어린이들과 이야기하는 사이에 다시 그 커다란 손을 보았다. 이번에는 단순히 본 것이 아니라, 다른 어린이들이 그 손에 대해 말하는 사이에 그 손의 모습이 떠올랐다고 설명했다.

광학자는 그 말을 듣고도 놀라지 않았다. 그녀가 잔기 연도 이후의 교육을 받았는지 확인한 뒤에, 오히려 당연하다고 했다.

"여기 있는 어린이들은 더 정확하게, 더 자연스럽게 그 모습을 기억하고 있어요. 선생님께서 보신 것은 히스테리 환각도 아니고, 미래에 대한 예언도 아니에요. 그게 아니라, 옛날 일을 기억하고 계신 게, 갑자기 겹쳐서 생각나시는 거예요."

그녀는 그 말을 바로 이해할 수 없었다. 옛날에 그렇게 큰 손을 본 일이 뭐가 있을지 돌이켜 보았지만, 떠오르는 것이 없었다. 광학자는 계속해서 설명했다.

"그러니까 그 손이 뭐냐면요. 선생님이 옛날에 처음으로 매우 놀랐던 기억이에요. 태어나던 순간의 기억이요. 어머니 배를 가르고 선생님을 꺼내는 의사의 손 모양이 기억 속에 남아 있는 거죠."

광학자는 그리고 잔기 연도 이후의 교육을 받으며 태어난 아이들은 완전한 기억력과 훨씬 더 선명한 뇌의 신경 활동을 가진 경우가 많다고 설명했다.

"저기 저 연구원은 이걸 두고, 마음의 평화를 얻으면 새로운 지혜를 보는 눈이 뜨이는 그런 거 아니겠냐고도 하는데, 그런지는 모르겠고요. 하여튼 지금 새로 태어나는 애들은 우리보다 훨씬 더 가능성이 있어요. 뇌가 한 단계 더 발전한 애들인 거 같거든요."

새로운 어린이들은 기억 체계와 감각 체계가 우리와 다른 수준으로 발달한 것 같다고 말했다. 제왕절개로 태어난 모든 아이가, 태어나던 순간의 수술 광경에 대한 기억을 선명하게 갖고 있다는 것이 가장 쉽게 관찰되는 특이 현상이라고 말했다. 그녀는 훨씬 기억이 덜 분명하고 충격이 정리되지 않아 갑작스럽게 감각을 방해하기는 일을 겪었다. 하지만 그래도 비슷한 심상을 그녀가 갖고 있었던 것은, 이 새로운 어린이들과 멀지 않은 세대이기 때문이라고 광학자는 설명했다.

뒤이어서, 광학자는 그동안 자기가 숨어서 궁리하고 있던 계획도 이야기했다.

"감사에 걸리지 않으려면 여러분께 솔직히 다 말씀드리고 도와 달라고 할 수밖에 없어서요."

광학자의 계획이란, 정확히 뭐가 될지는 모르겠지만 아이들이 자라나면 이 아이들은 똑똑하니까 태양계 폭발에서 인류를 구해 낼 새로운 방법을 찾아낼 거라는 생각이었다.

적색 경제는 '인류는 이제 가망이 없으니 포기하고 스스로 사라지자'는 것이었다. 그런데 광학자는 일단 어린이들을 많이 낳아 놓으면 그중에서 새로운 뇌를 가진 사람이 한두 명은 나타나, 우리를 구해줄 새로운 생각을 해낼지도 모른다고 말하고 있었다.

광학자는 이 연구소가 우주선을 만드는 일을 하기는 하지만 그보다 훨씬 더 집중하고 있는 일은 바로 어린이에 관한 연구라고 말했다. 연구소는 합법적으로는 어쩔 수 없이 태어나는 어린이를 양육하는 위탁 기관이었지만, 동시에 불법적으로 새로 태어나는 아이들에게 희망을 걸고 있는 곳이었다.

광학자는 계속해서 새로운 아이들의 사고방식이 얼마나 참신한지, 신경계의 움직임이 얼마나 다른지, 우리에게 설명했다. 나는 밝은 아이들의 표정과 들떠 있는 표정의 광학자와 그저 그 풍경에 압도된 듯이 감격에 빠져 있는 다른 연구원들을 보았다.

그녀는 광학자의 발상은 전 재산을 도박으로 다 날린 도박꾼이 마지막 남은 천 원짜리 한 장을 꺼내어 로또 복권을 사면서 자기 문제를 한 번에 해결해 주기를 꿈꾸는 것과 다름없는 처량한 짓이라고 말했다.

그러자 광학자가 말했다.

"남은 재산은 한 푼도 없는데 내일 사채업자가 나를 잡으러 오고 있다면, 결국 지금은 로또 복권이라도 사러 가야 하는 것 아니겠습니까."

7

여기까지 우리가 너에게 남겨야 할 이야기는 모두 끝났다.

우리는 결국 광학자가 벌이고 있는 일을 공개하지 않았다. 반대로, 시간이 흐를수록 우리는 그 이야기를 자주 우리끼리 돌이켜 보게 되었다. 또 다른 일이 많이 벌어지긴 했지만, 결국 그녀가 임신할 생각을 하고, 우리가 너를 낳기로 한 것도 광학자의 말이 맞는다는 결론을 내렸기 때문이다.

그녀와 나는 가장 면밀히 연구소를 다시 조사했고, 그곳이야말로 너를 보내 기르기에 가장 좋은 곳이라는 결론을 내렸다. 네가 태어나서 이 연구소에서 자라나며 살게 된 것은 이런 이유 때문이다.

지금 세상은, 다음 세대 없이 다들 마지막을 기다리고 있는 시대다. 상속해 줄 재산도, 육아에 들어갈 비용도, 어린이 교육을 위해 경쟁하는 일도 없다. 거기에 들어가는 돈은 모두 지금 살아 있는 사람들이 사는 사회 전체의 안정을 위해 사용되고 있다.

과다한 경쟁도 없고 남들에게 희생을 강요하는 일도 없이 다들 편안하게 지내는 일에만 집중하고 있다. 이런 세상은 디스토피아가 아니라, 마지막으로 경험해 보는 유토피아가 아니겠냐고 사장이 그녀에게 말한 적도 있었다.

이제 네가 연구소로 들어가게 되면, 우리는 언제 너를 또 만날 수 있을지 모르겠다. 이 이야기를 너에게 언제 전해 주는 것이 가장 좋을지도, 내 세대의 머리로는 잘 모르겠다. 그래도 지금 너에게, 그저 건강하게, 튼튼하게 자라나기를 바란다는 것은 간절한 진심이다.

너를 떠나 보내게 되니 자꾸 마음이 약해진다. 시간이 지나갈수록 그때의 맹렬한 결심은 사라지고 생각이 자꾸 변해 간다. 그녀는 이미 태어난 사람을 두고 이런 말 하면 몹쓸 일이라고 나를 꾸짖지만, 그래도 마지막으로 나는 곧 지옥처럼 불타 없어질 이 세상에 너를 태어나게 한 것이 미안하다고 자꾸 말하고 싶다.

— 2015년, 역삼동에서

이 책에 실린 이야기들을 어떻게 썼는지에 대해 얽힌 이야
기를 해 보자면 다음과 같다.

〈숲 속의 컴퓨터〉

2012년 6월 웹진 '거울'에 올린 이야기다. 이 무렵 나는 폴란드 농촌
풍경을 보고 그런 풍경을 배경으로 하는 이야기를 꾸며 보고 싶다고
생각했다. 웹진 '거울'에 원래 올렸던 이야기에는 신비로운 점을 강
조하기 위해 생략하거나 모호하게 서술한 대목이 몇 군데 더 있었는
데, 책으로 옮겨 싣게 되면서 더 명확하고 알기 쉬운 말로 바꾸었다.

〈박승휴 망해라〉

2016년 3월 〈과학동아〉에 실었던 이야기다. 대학 시절 물리학 기본
상수의 크기가 아주 조금만 달랐더라도 우주 전체의 모습이 완전히

바뀌었을 거라는 이야기를 읽은 적이 있었다. 나는 그렇게 완전히 다른 모습의 세상을 이야기로 그려내 보고 싶었다. 〈과학동아〉에서 처음 원고 청탁을 받았을 때, 나는 이 소재를 떠올렸는데, 막상 이 야기를 만들고 보니 다른 세상을 본격적으로 그려 내지는 못하고 그 직전의 상황까지만 다루는 데 그쳤다. 거기에다가 줄거리를 흘러가 게 하려고 '박승휴'라는 사람에 대해 주인공이 질투하는 내용을 끼워 넣었는데, 쓰는 중에도 그것보다 더 좋은 방법이 있지 않았을까 싶 어서 아쉬운 마음이 남기도 했다.

〈토끼의 아리아〉

2006년 봄에 문득 MBC 드라마국의 한 PD분이 나에게 연락을 주셨 다. 그 전에 내가 전혀 모르던 분이었는데, 웹진 거울을 살펴보다가 내 이야기 중에 재미있는 것들을 발견했고, 그중에 하나를 TV 극으 로 만들고 싶다고 하셨다. 처음 언급되었던 것은 〈달과 6백만 달러〉 와 〈최악의 레이싱〉이었다. 두 이야기 모두 나중에 나온 내 책 《당 신과 꼭 결혼하고 싶습니다》에도 수록된 이야기인데, 이 중에 〈달 과 6백만 달러〉는 극작가 한 분이 작업을 실제로 하셔서 대본까지 만들어지기도 했다. 그렇지만 MBC 내에서 검토한 결과 결국 단막 극으로 제작하기로 한 것은 그해 2월에 웹진 '거울'에 올라갔던 〈토 끼의 아리아〉였다. 그렇게 해서 이 이야기는 MBC 베스트극장 제 635회로 제작되어 1시간 정도의 분량으로 방송되었다. 출판사 등을 거치지 않고 인터넷에서만 선보인 소설에 대해 MBC가 작가와 직 접 원작 라이센스 계약을 했던 것은 그때가 처음이었다고 한다. 그

라이센스 계약은 내가 상업적으로 내 이야기를 팔아 본 첫 번째 경험이기도 했다. 그래서 나는 이때부터 내가 정식 작가로 활동하기 시작했다고 생각하고 있다.

〈박흥보 특급〉

2016년 8월 〈과학동아〉에 실렸던 이야기다. 이 원고 청탁을 받았을 때, 나는 신화나 전설 소재를 SF로 꾸민 외국 소설들을 읽고 있었다. 그래서 나도 비슷한 것을 한번 써 보려고 했다. 얼토당토않은 사업을 추진하는 벤처 기업이 있어서 거기서 제비가 물어온 박씨를 심는 것을 사업으로 진행한다는 내용은 흥에 겨워 바로 줄줄 쓸 수 있었다. 다만 결말을 어떻게 꾸밀지를 두고 한참 고민했는데, 결국 40, 50년대에 나온 짤막한 웃긴 SF처럼 꾸미기로 했다. 한편으로 나는 이때 잡지 〈미스테리아〉에 50, 60년대 한국에서 발생한 실제 범죄에 대한 글을 기고하고 있었다. 그래서 그에 대한 여러 자료를 조사하고 있었는데, 덕분에 급격하게 변한 화폐 가치를 마침 소재로 떠올릴 수 있었다.

〈흡혈귀의 여러 측면〉

2006년 7월 웹진 '거울'에 올린 이야기다. 〈토끼의 아리아〉에서 주인공으로 나온 조사관을 등장시킨 이야기들을 나는 그 후에도 꾸준히 몇 편 더 썼다. 〈토끼의 아리아〉와는 달리 이들 속편에서는 조사관은 주인공이 아니라, 맨 마지막에 등장해서 이상한 상황을 해결해 주는 장면에서만 역할을 하도록 꾸몄다. 이런 이야기들을 묶어서 '맥주 탐정 시리즈'라고 몇몇 분들이 이야기하는 것을 들었는데, 〈흡혈귀의 여러 측면〉은 그렇게 나온 7편의 속편 중에서 가장 먼저 쓴 것이다. 마침 웹진 '거울'에서 흡혈귀에 관한 이야기를 묶어 보자는 기획을 추진하고 있을 때여서, 그 무렵 영화에서 흡혈귀라는 상징으로 흔히 연결하는 소재들을 가능한 한 한군데로 모아서 이야기로 만들어 보았다.

〈빤히 보이는 생각〉

2016년 7월 4일 자 〈한겨레 신문〉에 실었던 이야기다. 나는 2000년대 후반에 한동안 연구원들의 신분이 구속되는 상황에 관한 이야기들을 썼다. 2016년 신문사에서 처음 소설 원고 청탁을 받고 처음 떠올린 것도 그때 많이 다뤘던 소재를 다시 한 번 더 꺼내 보자는 생각이었다. 10년 가까운 세월이 지나는 사이에 실제 사회의 인식이나 상황도 꽤 많이 달라졌기에, 그때 썼던 이야기들과 이 이야기를 비교해 보면 작지 않은 차이가 보인다.

〈로봇복지법 위반〉

2015년 6월 웹진 '거울'에 올린 이야기다. 2010년 무렵에 나는 로봇에 관해 써 볼 만한 이야깃거리들을 이것저것 메모해 놓았다. 그리고 그중에 적당히 한 이야기에 담을 만한 것을 묶어서 한 편씩 쓰는 작업을 가끔 하고 있다. 말하자면 로봇 시리즈인 셈인데, 내 책《최후의 마지막 결말의 끝》에 실린 〈로봇 반란 32년〉이나 이 이야기 등이 거기에 속한다. 이 이야기 후반에 나오는 '검진을 받을 병원' 풍경은 사실 내가 어느 도서관을 본 기억을 써먹은 것이다. 그 도서관은 도시 한가운데에 있었는데 정원이 아름답게 꾸며져 있어서, 비가 온 직후에 길거리를 걸어가며 넘겨다 보고 있으면 빗물에 젖은 모습이 더욱 보기 좋았다.

〈4차원 얼굴〉

2014년 6월 웹진 '거울'에 올린 이야기다. 학교 다닐 때, 처음 벡터 미적분학을 배웠을 때, 3차원 공간까지는 실제로 보고 만지는 것과 닮았으니 쉽게 상상을 할 수 있지만 4차원부터는 머릿속으로 상상하기가 어렵다고 다들 투덜거리던 기억이 있다. 그때 "누구누구 선배는 천재라서 8차원까지 머릿속에서 그림이 그려진다는데" 어쩌고 하는 소문이 돌기도 했다. 〈4차원 얼굴〉은 그때 떠올렸던 몇 가지 상상을 이야기로 꾸며 본 것이다. 지금은 수학자가 된 그 시절 친구 중 한 명은 "차원이 늘어나는 것은 숫자가 하나씩 더 붙는 것뿐으로, 거기에 신비한 느낌을 부여하는 것은 말도 안 되는 일이다"라고 부르짖으면서, '4차원'이라는 말을 '특이한 성격,' '상식에서 아주 벗어난 사람'을 일컫는 용도로 쓰는 것 또한 극렬히 싫어한다. 이 이야기 정도면 그 친구에게도 괜찮을 거라고 생각한다.

〈조용하게 퇴장하기〉

이 이야기를 처음 구상한 것은 2009년경이었던 것 같다. 중편 정도의 분량으로 꾸며서 어딘가에 투고하려고 했는데 이야기가 영 잘 다듬어지지 않았다. 그러다가 몇 년이 지나 아이디어 하나만 뽑아내서 그 분량을 140글자로 줄여서 인터넷에 올렸다. 이것은 2016년에 출간된 《140자 소설》에도 실려 있다. 2015년에 한 출판사의 제안으로 이 이야기를 장편 웹 소설로 쓰는 작업을 진행한 적도 있다. 그때 나는 3회 분량 정도를 우선 써 보았는데, 그것을 최종 검토한 네이버에서 "웹 소설에 맞지 않는다"고 거절해서 연재 장편 소설은 무산되었다. 그 후 나는 이야기를 단편으로 다시 바꿔서 2015년 12월 웹진 '거울'에 올렸고, 그것이 지금 책에 실린 내용이다.

지금껏 나는 여기저기에 백몇십 편 정도의 단편 소설을 내어놓았다. 그중에서 골라 출판사에서 선정한 것이 이 책에 담은 이야기들이다. 그래서 내가 직접 골랐다면 고르지 않았을 이야기도 꽤 있다. 정리하면서 다시 돌아보니, '이런 소설도 내가 썼던 적이 있었나?' 싶은 것도 있을 정도였다.

그런 만큼 다채로운 맛을 즐기기에 좋으리라 생각한다.

— 2017년, 선릉에서

토끼의아리아

초판 1쇄 인쇄   2017년 5월 15일
초판 1쇄 발행   2017년 5월 20일

지은이   곽재식
펴낸이   박은주
기획   김창규, 최세진
디자인   김선예, 장혜지
마케팅   박동준, 정준호

발행처   아작
등록   2015년 9월 9일(제300-2015-140호)
주소   04702 서울시 성동구 청계천로 474 왕십리모노퍼스 903호
대표전화   02.324.3945   **팩스**   02.324.3947
이메일   decomma@gmail.com
홈페이지   www.arzak.co.kr

ISBN   979-11-87206-52-1 03810

이 도서의 국립중앙도서관 출판예정도서목록(CIP)은 서지정보유통지원시스템 홈페이지
(http://seoji.nl.go.kr)와 국가자료공동목록시스템(http://www.nl.go.kr/kolisnet)에서
이용하실 수 있습니다. (CIP제어번호: CIP2017010676)